品成

阅读经典 品味成长

网文写作变现

冰　封
曹缦兮
鹿小策　著

人民邮电出版社

北京

图书在版编目（CIP）数据

网文写作变现 / 冰封，曹缦兮，鹿小策著 . -- 北京 ：人民邮电出版社，2025. -- ISBN 978-7-115-66093-0

Ⅰ . I207.999

中国国家版本馆 CIP 数据核字第 2024QY2185 号

◆ 著　　　　冰　封　曹缦兮　鹿小策
　　责任编辑　刘　浩
　　责任印制　陈　犇

◆ 人民邮电出版社出版发行　　北京市丰台区成寿寺路 11 号
　　邮编 100164　　电子邮件 315@ptpress.com.cn
　　网址 https://www.ptpress.com.cn
　　涿州市般润文化传播有限公司印刷

◆ 开本：880×1230　1/32
　　印张：10.75　　　　　　　　　　2025 年 1 月第 1 版
　　字数：209 千字　　　　　　　　2025 年 10 月河北第 5 次印刷

定价：59.80 元

读者服务热线：（010）81055671　印装质量热线：（010）81055316
反盗版热线：（010）81055315

本书赞誉

虽然我写文已经十几年了，但看到这本书的时候，依然觉得获益匪浅，这本书很适合初入网文行业的新手，是一本绝对的新人宝典，能让你少走很多弯路。

——番茄小说金番作家　紫梦游龙

这本书由浅入深，通俗易懂，从网络文学的发展起源，讲到网文写作入门和进阶。我们已然进入一个全民写作的美好时代，人人都可以拥有自己的读者与听众，人人都可以书写属于自己的故事。这是一本非常适合新手的网文写作工具书，如果你也有一个写作梦，不妨在这本书里寻找答案。

——番茄小说金番作家　京祺

如果当年我写网文的时候有这本书，收入会再加一个零。

——阅文百万版权作家　琬玲珑

这是一本非常棒的工具书，尤其是对于初学网文创作的朋友来说，值得细读和好好揣摩。任何一门技艺，从零到一的过程是最困难的。这本书将会帮助初学者迅速掌握网文创作的基本技巧，沿着登堂入室的进阶之路更快前进，直至打开属于自己的文学新境界。

——山东省网络作家协会副会长　飞天

这本书非常适合想写作却找不到方向的新手作者。

站在别人的经验和技巧之上去写作，是降低写作时间成本的有效方法。

——知乎百万粉丝短篇作家　闲得无聊的仙女

这本书对于零基础的网文作者意义重大，从选题到设定，从主线到结构，书中都有详细的讲解，而且通俗易懂，能让一个没写过网文的人豁然开朗。其实写网文并不神秘，很多人只是缺乏正确的方式和方法。这本书里分享的，全都是适应网文市场的方法和技巧，掌握这些技巧，你写出的作品将会更受读者欢迎！

——抖音百万粉丝博主，资深悬疑作家　牛仔西部

山野风不歇

嗨，我是三月。

认识本书作者之一老曹的人，应该对我不陌生，我们经常在同一个写作平台上写小说，在同一个平台上发视频。

如果不认识我也没关系，那我们现在认识一下！我是一个1999年出生的小说作者，出生在广西的一个偏远贫困山村，后来靠网文写作实现了买车、买房，拥有了别人眼中"大女主"的人生。

如果没有写作，或许我不会有机会让你们认识我。写作改变了我的生活，也改变了很多普通人的命运。

有人说："我也想靠写作赚钱！"

那你来对了！

这本书正是一本写作工具书，涵盖了男频、女频、短篇，三大版块，会让你对写作这个行业以及写作的技巧有个基本的了解，非常值得一看！

在正式学习之前，由我来给大家灌一灌"鸡汤"吧。

哦？大家不爱喝鸡汤？

那我给大家讲个真实的故事吧，一个关于"衣服"的故事。

小时候，我几乎是穿表姐的旧衣服长大的，而我人生中第一条裙子，是我妈妈给我缝制的。那时候，女生结婚时嫁妆里都会有门帘，妈妈的门帘很大，裁剪下来正好够给我和妹妹每人做一条裙子。

在看电视剧《西游记》的时候，孔雀公主在湖里跳舞、裙摆平摊在水面的样子，深深印在我的脑海里。我也想尝试，但我的裙摆在水里撑不开，那时我觉得，都是因为我的裙摆不够大，妈妈的门帘布料不够多。在小小的我心中，漂亮的裙子就是布料多的裙子。每逢节假日赶集，妈妈带我去街上挑衣服时，我都会挑布料多的。

后来到了那年，我 15 岁，在贫困县念初中。

青春期的女孩会发掘爱美的天性，从穿衣到妆容，大家都开始有了自己的审美。

但我呢，只有三条裤子可以穿，初中的校服是按照我入学时145 厘米的身高买的，初中三年里我长了足足 15 厘米，初三的时候，我的裤子穿着已经短了一大截。站着还好，一弯膝盖，裤腿只能盖到小腿。

那露出来的半截小腿，我称之为：少女赤裸的尊严。

而比裤子短一截更让人窘迫的，是裤子磨损后的破损。有天早晨，我穿了一条裤子去早读，站起来的时候发现屁股后的布料已经磨损到脱线了。我只能借口自己来例假，回宿舍换裤子。等回到宿舍之后，我翻箱倒柜找出自己所有的衣服，悲哀地发现，所有的裤子都破损了。

15 岁的那个清晨，我找不出一条能穿出门的裤子。

在别人关注穿衣自由的时候，我却连一条遮羞的裤子都没有。在我 18 岁之前，我总是被人嘲笑：这条裤子怎么能搭配这件衣服呢？好丑。

搭配吗？

什么是搭配呢？

我只有那么几件裤子和衣服，用于遮羞，用于保暖。而搭配，对于物质匮乏的人来说，是奢侈品。

再后来，我上了大学，渐渐地能靠写作赚到钱了，我开始"宴请"小时候的自己。我买了许多衣服，许多漂亮的裙子，多到五百根衣架都装不下。我对衣服的审美不再是只求布料多。经济自由后，那个青春期被嘲笑不会搭配、乱穿衣服的小女孩，也开始因为穿衣服好看被人夸奖和关注了。

看着这些赞美，我脑海里想的是什么呢？

15 岁的那个清晨，翻箱倒柜找不到一件完好的裤子的我，无论如何也想不到，10 年后，25 岁的我拥有了自己的衣帽间，衣服多到能把撑衣杆压弯。我能买得起任何我想要的裙子，有了自己的穿衣风格，甚至买得起装漂亮裙子的房子。

我用写作，把那个皱巴巴不自信、捉襟见肘的小女孩，养成了现在这样自信大方的 E 人"快乐小狗"。此刻的我，终于靠自己实现了另外一个层面的穿衣自由。

写作十余载，从初二参加比赛拿到第一笔 800 元的稿费，到如今 25 岁能靠写作满足自己各方面的物质需求。

写作，真的能改变命运。

但写作，也真的不容易。

我做自媒体后，收到过不少私信，听过很多写作故事，有人写不出好成绩的作品想放弃，有人的作品成绩不错但断更后颗粒无收，还有人想写作但迟迟没有下笔，更有人突破了迷茫期之后稿费翻倍。

我想说：亲爱的，你正在经历我曾经经历的，这些困苦、迷茫和你的信念比起来，都不算什么。请坚持一段时间吧，请继续写下去吧！

要做山野里那阵不会停歇的风，当风穿越山野，一定会面向大海。

我等着你来给我报喜。

少女三月

2024 年 12 月

目 录

PART 1 网文写作是什么

PART
2
手把手教你写女频网文

PART 3　手把手教你写男频网文

PART 4　手把手教你写付费短篇

目
录

第十一章 | 短篇小说的变现　　264

　　第一节　短篇小说的六大平台分析及签约教程　　264

　　第二节　由短篇小说衍生的其他行业　　276

第十二章 | 短篇小说的写作技巧　　279

　　第一节　短篇小说的大纲　　279

　　第二节　短篇小说的导语　　281

　　第三节　短篇小说拆文　　282

　　第四节　文笔与情节　　284

　　第五节　人物塑造　　293

　　第六节　环境描写与情感描写　　295

PART 5　职业网文作家的养成

第十三章 | 入门　　301

　　第一节　新手入门——从敲下第一个字开始　　301

　　第二节　完成比完美更重要　　302

　　第三节　如何浏览热榜、研究红文　　303

v

目
录

PART

1

网文写作是什么

写作是我唯一为自己、靠自己做的工作。

在写作中，你可以用一种独特的方式行使自主权。

——托妮·莫里森

第一节　网络文学的兴起和发展

网络文学的发展基本上分为三个阶段，分别是**萌芽阶段、发展阶段、成熟阶段**。

20 世纪 90 年代末，互联网进入中国，一批文学爱好者首次尝试通过网络发表自己的文章。1998 年，作家蔡智恒在网络上完成的 34 集连载小说《第一次的亲密接触》，被认为是中国网络文学的第一部标志性作品，同时使网络小说这个名词第一次出现在公众面前。

2001 年 5 月，幻剑书盟创立，它由书情小筑、石头书城、小书亭等网络文学爱好者所创立的文学网站合并而成。幻剑书盟收录作品的类型主要以武侠小说和奇幻小说为主，收录作品 3 万多部。它以免费为噱头吸引了大量的流量与读者，每天的页面访问量达到 1200 万至 1500 万，注册会员 50 多万人，一度成为国内最大的原创文学网站之一。

2002 年 6 月，起点中文网成立；2003 年 10 月，其推出了 VIP

收费模式。但当时付费受众较少，付费方式也较为麻烦，起点中文网的发展并不顺利。直到 2004 年，盛大集团收购了起点中文网，这才解决了读者付费看书麻烦的问题。

2006 年至 2008 年，网络文学市场的"蛋糕"越来越大，大量资本开始涌入，在"纷争不断"的同时也促使了网络文学茁壮成长。后来，腾讯入场组建了创世中文网，一年之后，它就与起点中文网、纵横中文网、17k 小说网势均力敌。之后腾讯收购了盛大文学，成立了阅文集团。

2014 年，百度文学成立，其架构包括纵横中文网、91 熊猫看书、百度书城等子品牌在内。2015 年，阿里巴巴文学成立，整合了旗下的书旗小说、UC 小说网、优酷书城。同年掌阅文学成立，旗下有掌阅文化、书山中文网、红薯网、趣阅科技、有乐中文网、速更小说、魔情阅读等多个原创内容平台。自此，网络小说也开始走出国门。

2024 年 2 月 26 日，中国社会科学院文学研究所发布的《2023 中国网络文学发展研究报告》显示，截至 2023 年年底，中国网络文学作者规模达 2405 万，网文作品数量达 3620 万部，网文用户数量达 5.37 亿，同比增长 9%。第 52 次《中国互联网络发展状况统计报告》中显示，中国网民数量 10.79 亿，按照这个数据计算，中国网民近一半是网文用户。

第二节 网络文学的特点及受众分析

网络文学有以下六大特点。

1.实时互动性。网络文学创作和传统写作不同，作者经由网络平台发布自己的文章后，会第一时间收到读者的反馈，与读者进行互动。

2.风格多样性。网络文学作品的风格多样，包括言情、都市、玄幻、悬疑等多种类型，写作题材也越来越新颖。

3.传播快捷性。网络文学依托于互联网，其传播不受地域和时间限制，读者能通过电子产品阅读，传播更为广泛和快速。

4.写作自由性。网络文学作者的创作不受地点、时间的限制，也可以更加自由地表达自己的思想和创意。

5.身份隐蔽性。网络文学作者可以使用网名，以此隐藏自己的真实身份。

6.门槛降低性。网络文学作者不局限于专业的作家，对学历也没有硬性要求，普通人同样可以通过网络平台发表作品。

前文中提到，随着互联网的迅猛发展，网络小说也变得越来越受欢迎。而由于网络小说的题材多样，风格多样，因此网络小说的受众年龄跨度很大，每个年龄段的人都能够找到自己喜欢的网文类型。

另外，网络小说的受众群体性别也较为均衡，根据男性和女性的不同喜好，网络文学作品还分出了男频小说和女频小说。

从职业背景上来说，网络文学同样也能满足不同职业读者的需求。上班族在工作结束后阅读网络小说，能够获得放松、娱乐的体验。对于学生来说，这也是很好的消遣活动。

从阅读习惯上来说，网络小说在年轻人中更为流行，因为阅读时要使用手机或电脑，对于不擅长使用电子产品的老年人来说，阅读网络小说不够方便。

但从整体而言，不同的群体都能够在网络小说中找到自己感兴趣的部分，这也使得网络文学越来越受到人们喜爱。

第三节　网络文学的传播风向及变化

2023 年 4 月 7 日，2023 年全国网络文学工作会议在上海召开，会上发布了《2022 中国网络文学蓝皮书》：从文本出海、IP 出海、模式出海到文化出海，网络文学将中国故事传播到世界各地，日益成为世界级文化现象。

网络文学发展至今，已经成为中国文化走向海外的重要载体之一。从兴起到发展，它的成长速度是飞快的。十余年的时间，网络文学的传播风向也一直在变化，一部分作者带着网络文学成长，一部分作者追随着它成长的步伐。

一、从免费到付费再到免费

网络文学最早兴起是在贴吧、论坛等免费平台上，那个时候很流行同人小说，譬如把金庸小说里面的几个角色拎出来进行二次创作，作者也不图挣钱，就是写自己喜欢的故事，吸引同道中人和自己交流。感兴趣的读者就会回帖、顶帖，就会有更多的读者看到、参与交流，作者得到鼓励，创作的兴致就会更浓。

后来各大网站陆续建立，作者也有了创作的平台。为了吸引更多的作者来创作，网站会和作者签约，作者在平台上发表作品，网站支付作者稿费，并负责推广作品，让读者能够看到。起初看小说都是充值领取书币这样的付费方式，充值的读者越多，作品自然也就越赚钱，网站会扣掉推广和运营费用，将剩下的钱分给作者，这就是作者能够拿到的稿费。

付费的阅读模式持续了很长一段时间，直到后来，七猫中文网、番茄小说等免费网文阅读平台陆续上线。读者打开手机软件（App），页面上会有广告，但文字是免费阅读的，如果不想看广告就需要充值会员，平台通过广告费和读者的会员充值费用赚取收益，支付作者稿费。读者不用花钱，平台和作者还能赚钱，皆大欢喜。于是付费模式受到了冲击，免费模式很快成为主流的阅读模式。

如今付费平台和免费平台都有，读者可选择的范围很多，作者也可以作为自由人签约不同的平台写作，大多数的平台都是"签书不签人"，所以作者可以同时和好几家网站合作，**流动性大**是网文市场的一个特点。

二、具有 IP 属性的文化现象

网络文学从一个比较小众的圈子逐渐变成一种具有 IP 属性的文化现象，和网络的发展是密不可分的。早些年电脑还没有开始普及，很多作者还在手写，或者只能趁着休息时间去网吧等地方"码字"。马伯庸曾经分享过，他最早开始写故事就是每周末去网吧更新，看读者的回复，中间会有一个时间差。所以最早一批写网文的作者大多都是兼职写作，而且相对来说都是经济水平还不错的作者。

现在网文市场作品越来越多元化，作者也越来越年轻化。随着越来越多的网文作品被影视公司看到并改编成网剧、电视剧、电影，网文市场也开始走向 IP 化。

网络文学一直在适应社会和网络的发展变化，成了文化发展不可分割的一部分，也越来越追求正能量和高品质的作品输出，顺应时代的转变和发展。

📖 **知识卡片**

IP 类的作品自带广告属性，传播迅速、广泛，如《斗破苍穹》《庆余年》《盗墓笔记》《河神》这些男频网文，《甄嬛传》《芈月传》《知否知否应是绿肥红瘦》《你好，旧时光》《东宫》等女频网文，都成了热门的大 IP。爱奇艺还专门出了一个"迷雾剧场"，主要播放由悬疑小说改编成的网剧，品质都不错。

第四节　网文的分类

一、按照篇幅长度来分类

1. 微型小说：也被叫作小小说、袖珍小说、微信息小说、超短篇小说等，字数一般在五百到两千。目前微型小说常见于杂志、微博和微信公众号。

2. 短篇小说：字数一般在两千到三万。随着人们阅读习惯的改变，如今短篇小说也十分受读者欢迎。短篇小说常见于杂志、公众号和专门发布短篇小说的平台。

3. 中篇小说：字数一般在三万到十万，其容量大小、篇幅长短、人物多寡、情节繁简等均介于长篇小说和短篇小说之间。

4. 长篇小说：字数一般在十万以上。长篇小说根据字数也可细分为小长篇（十万字到三十万字）、中长篇（三十万字到六十万字）、大长篇（六十万字到一百五十万字）、超长篇（一百五十万字以上）

等，巨长篇甚至长达四五百万字。中篇和长篇小说大多以已经 IP 化或已经出版纸质书的小说为代表。目前各大网文平台均对字数有具体要求。

二、按照写作人称或小说形式来分类

1. 第一人称小说

第一人称是指从"我"的角度出发来叙述故事或表达想法的方式，无论作者是否真的是作品中的人物，所叙述的都像作者亲身的经历或者亲眼看到、亲耳听到的事情一样。

文中的"我"可以是作者本人，也可以是其他虚构人物，全文由"我"和作品中其他人物发生种种关系来推动故事情节发展。第一人称叙述方式可以给人亲切、真实的感觉，也更方便作者表达情感，常用于短篇小说和中篇小说里。太宏大的作品若用第一人称叙事容易视角单一，创作相对受限。

例如《简·爱》，全书均以第一人称叙述。

我溜进那间屋子。那儿有个书架。我很快就找了本书，特意挑了一本有很多插图的。我爬上窗座，缩起双脚，像土耳其人那样盘腿坐着，把波纹厚呢的红窗帘拉得差不多合拢，于是我就像被供奉在这神龛似的双倍隐蔽的地方。

2. 第三人称小说

用第三人称进行写作，算是目前网文市场的主流，意指说话人与听话人以外的第三方，即叙述人不出现在作品中，而是以旁观者的身份出现。运用第三人称即以第三者的身份来叙述，不受时间和空间限制，反映现实比较灵活自由。

作者可以选择最典型的事例来展开情节，而不受第一人称写法所受的限制。叙述者可以变得克制，倾听者也会变得客观。

3. 书信体小说

以书信形式为基本表达途径和结构格局的小说中，故事情节的展开，环境、心理的描绘和人物形象的塑造都是通过一封封书信的形式来实现的。以"我"为主人公，讲解故事，塑造形象，写人叙事都以"我"的亲身经历为依据。

比如《少年维特之烦恼》。

你问，要不要把我的书寄来。亲爱的朋友，求你看在上帝的份儿上，就别加重我的负担了。我不愿再让人指引、激励和鼓舞，我的心潮已经够激昂澎湃的了。我需要的是摇篮曲，而这我已在荷马的诗中找到了很多。我常常吟诵荷马的诗句，使我的激情平静下来，恐怕你还从未见过我的心如此不安、如此变化无常呢。

4. 对话体小说

顾名思义，是以人物对话为主要结构的小说。这类小说主要是在作品人物之间的对话中叙述事件、展开情节，对话的内容可以是对话人亲身经历的叙述，也可以是转述他人故事，多为两人对话形式，也有一人自白或多人从不同角度对同一事件的叙述的形式。

对话体小说常见于短视频平台，或短篇小说平台，以微信对话的视频形式展示出来。

5. 日记体小说

小说体裁的一种独特形式，它是以日记形式作为小说基本结构的小说。这类小说在叙述方式上多采用第一人称，以日记主人公所见、所闻、所感的方式叙述事件、展开情节、刻画人物。

比如鲁迅的《狂人日记》。

今天晚上，很好的月光。

我不见他，已是三十多年；今天见了，精神分外爽快。才知道以前的三十多年，全是发昏；然而须十分小心。不然，那赵家的狗，何以看我两眼呢？

我怕得有理。

📖 **互动问答**

* 回看一下你喜爱的小说作品，它们分别是以什么人称写的？

三、按照读者群体来分类

网络小说发布的网站，一般将本站点的小说分成两大类。

1. 男频小说：即男生频道小说，涵盖大多数男生爱看的网络小说类型，比如玄幻、都市、科幻、游戏和历史等。

2. 女频小说：即女生频道小说，涵盖大多数女生爱看的网络小说类型，比如现代言情、古代言情、玄幻爱情、现实生活等。

第五节　网文的题材

一、20 种热门网文题材

1. 都市小说：泛指背景设定为现代都市的小说。都市小说的内容源于都市生活，但又不局限于都市生活，可以包括各种题材，比如都市爱情、都市异能、娱乐明星、校园青春等。

下面举例介绍几个都市小说里面的分类。

（1）**都市言情小说：**以现代社会为背景，讲述男女之间相爱的故事，通过完整的故事情节和具体的环境描写来反映爱情的心理、状态、事物等。比如《微微一笑很倾城》《何以笙箫默》《偷偷藏不住》等。

（2）**都市重生小说：**指小说中的主角因为种种磨难死过一次，

后带着回忆重新活一次，主角因此带有预知未来的能力。

（3）**都市异能小说**：指小说中的主角拥有一些特异功能，如隐身、鉴宝等。比如《我的隐身战斗姬》《黄金瞳》等。

（4）**都市兵王小说**：指各种高手、雇佣兵、杀手等功夫不凡的人回归都市生活。

（5）**都市职场小说**：内含元素有官场、文娱、商战等。

（6）**都市校园小说**：故事发展背景以校园为主。

2. 古代言情小说：简称古言，以古代社会为背景，讲述男女之间的浪漫爱情故事。比如《华胥引》《怎惊春》《鸣蝉》等。

3. 悬疑小说：指暗含悬念并最终解开谜题的小说，是具有神秘性的推理文学。比如《烈日灼心》《白夜追凶》《长夜难明》等。

4. 科幻小说：分为硬科幻和软科幻两种，硬科幻比较考究硬核的科学知识和内容底蕴，软科幻则多以爽文为主。全文以幻想的形式，想象未来世界中的各种人物、场景，同时又有一定的科学依据，也被称为科学虚构小说。其中包括机器时代、科幻世界、星际战争、末世危机、进化变异等。硬科幻如《小蘑菇》《星际童话》等。软科幻如《吞噬星空》《黎明之剑》等。

5. 奇幻小说：故事多从历史中寻求背景依据，故事结构多半以神话、宗教和古老传说为设定，有其独特的世界观。内容有魔法、剑、神、恶魔、先知等。其中包括西方奇幻、吸血家族、剑与魔法、历史神话等。比如《高天之上》《洪荒历》等。

6. 玄幻小说：玄幻小说不受科学、人文、时空的限制，任凭作者想象力自由发挥，它强调一个"玄"字。通常小说里会涵盖架空世界、非人智慧种族、奇怪的宗族体系等。玄幻小说中融合多种幻想元素，有明显的升级体系，主角还会有"金手指"[①]，常见的有东方玄幻、远古神话、西方玄幻等。比如《斗罗大陆》《斗破苍穹》《将夜》等。

7. 武侠小说：小说多以侠客和义士为主角，描写他们身怀绝技、行侠仗义和叛逆抗争的故事。其中包括传统武侠、新派武侠、历史武侠、快意江湖等。

8. 仙侠小说：以独特的东方仙侠世界为背景的小说，基于古代民间故事和神话传说。仙侠类小说还分为以下几个类型。

（1）古典仙侠：以古代为故事背景，故事中的凡人在尘世中修仙，比如《仙剑奇侠传》。

（2）修真仙侠：讲究仙气，其中有道教因素。小说中多有练气、筑基、金丹、元婴等元素。故事背景有现代也有架空，又被细分为现代修真和奇幻修真。比如《诛仙》《凡人修仙传》等。

（3）洪荒封神：故事背景多为混沌蒙昧的状态，以山海经、封神榜、西游记等小说为架构，内含盘古开天、三皇治世、巫妖大

---

① 金手指：是指作者在小说中给予主角的很多异于常人的强悍能力，一般都是聪明绝顶的头脑、高强的武功、大量的财富等等，把主角塑造成生活中难得一见的万能型人才，也就是所谓的开"金手指"。

战、女娲造人等元素，多为圣人之间的因果较量。比如《洪荒封神》《万仙之祖》《洪荒火榕道》等。

9. 历史小说：历史小说有两种，一种是基于真实历史人物书写的小说；另一种是不基于原有历史人物写的小说，背景、时间等都为虚构或者半虚构的，比如《庆余年》《长安十二时辰》等。

10. 游戏小说：多以网络游戏、电竞游戏为背景，通过改编或重塑网游世界，刻画玩家的游戏体验，唤起读者对网络游戏的记忆和共鸣。一种是直接与游戏相关的小说，如全息网游、电子竞技、游戏异界等；另一种则是衍生游戏的小说。游戏类小说比如《猛龙过江》《全职高手》等。

11. 军事小说：以军事生活为题材的小说，也被称为战争小说，多以部队生活、军官士兵为主题。其中包括战争幻想、特种军旅、现代战争、穿越战争、军旅生涯等。比如《我的谍战岁月》《谍云重重》等。

12. 穿越小说：主角由于某种原因从其原本生活的年代离开，穿越时空，到了另一个时空，并在这个时空展开了一系列的活动。其中有的是只有灵魂和记忆穿越，有的是连身体一同穿越。比如《神医嫡女》《斗破苍穹》等。

13. 竞技小说：这是相对比较小众的一个类别，对作者的专业技能要求极高，指的是以带有竞争性质的体育项目为题材的小说。此类小说的主人公多为职业运动员，其中包括篮球运动、足球运动、网球运动等。比如《NBA登峰造极》《绿茵巨星》《我要做球王》《炽道》等。

14. 灵异小说：此类小说中描写道士、驱魔人居多，会结合许多鬼怪、墓地等元素。其中包括恐怖惊悚、灵异怪神、风水秘术等。

15. 同人小说：指的是根据原有的漫画、动画、小说、影视作品中的人物角色、故事情节或背景设定等元素进行的二次创作小说。此外还有真人同人小说，是根据真实人物撰写的小说（此类小说容易引发版权纠纷，撰写时应格外注意）。

16. 轻小说：可以理解为"可轻松阅读的小说"，其文体多用惯常口语书写，句子较短，行文中会有大量对话，并且多用短句和空格，读起来非常浅显易懂，也会大量使用拟声词，在青少年群体中更受欢迎，文中多配有有趣的插画。同时，轻小说也较容易被改编成漫画、游戏等。比如《我在宝可梦世界开餐厅》等。

17. 二次元小说：二次元小说在概念上也可以理解为轻小说的一种，是以动漫、游戏等虚构文化元素为题材的小说。通常会含有热血、激情、幻想等元素，阅读起来较为轻松。其中包括原声幻想、青春日常、搞笑吐槽、衍生同人等。

18. 冒险小说：顾名思义，小说中会含有不同程度的冒险事件，主角会经历各种冲突，过程惊险、离奇，整篇小说的核心和主线均为冒险，可能是人与社会势力的冲突，也可能是人与自然的冲突。

19. 推理小说： 是指以推理方式解开故事谜题的小说，通常讲述主角以敏锐的观察和理性的分析解决事件的故事。推理小说通常也和侦探小说、犯罪小说、间谍小说等不分家。

20. 穿书小说： 是指主角直接穿越到某一本书里，成为此书中的人物，或者作为一个此书中不存在的人物穿到书里面去，和书中的人物发生故事联系。比如《职业替身，时薪十万》《黑莲花攻略手册》等。

二、其他 11 大类型网文题材

1. 小白文： 此类小说情节较为简单，通俗易懂，阅读体验非常轻松愉快。主角设定也多为个人英雄主义，完美无缺点。

2. 老白文： 和小白文相比，老白文逻辑性更强、文笔更好，是资深读者更愿意阅读的网文类型。

3. 爽文： 是指从头到尾都爽点十足的小说，一般这类小说的主角一路都顺风顺水，任务就是升级打怪。爽文中比较常见的有以下两种。

（1）**升级文：** 主角的各种技能升级很快，别人升 1 级，主角升 5 级甚至更高。

（2）**有强大的外援：** 主角在成长路途中通常会有贵人或者师傅，从而获得旁人没有的资源，主角光环强大。

4. 种田文： 此类小说更偏向于现实主义题材，以古代封建社会或近现代科技不发达时期为背景，描写小人物的家长里短和生活琐事。一般都是从无到有，主角通过自己的双手一点点努力，最终有所收获，完成人物的最终成长。比如《锦绣农女种田忙》《画春光》等。

5. **高干文**：此类小说主要是写高级干部子弟的爱情故事，主角有着出色的家庭背景，职业通常有律师、医生、商人等。比如《京洛再无佳人》《君子有九思》等。

6. **女强文**：此类小说的女主角通常很强势或者是万能型，她们勇于面对困难，不断成长，最终取得成功。虽然这类小说有时也包含爱情元素，但更侧重于女性的成长和自我实现。

7. **女尊文**：这类文章会强调女性社会地位高于男性社会地位，通常女人有勇有谋、男人娇小柔弱；或者女人拥有超能力、男人没有超能力。

8. **架空文**：整个故事的背景都是虚构的年代。

9. **空间文**：这类小说一般是指主角拥有自己的一个空间，并且这个空间可以随身携带，而且这个空间的大小和内容都是可以变换的，可以自由搭建。常见的有田园、储物、修炼、医疗空间等。

10. **无限流**：主角会在无数个电影、游戏或者动画之类的世界里，完成各项任务，达到活下去的目的，同时主角也随着任务的推进，让自己不断变强。

11. **废柴流**：主角本来是个一无是处的人，从小就被人看不起，可后来一步步拿到了属于自己的人生剧本，开启开挂人生，实现逆转，拥有了财富和地位。废柴流小说的设定基本与爽文设定相同，都是主角由弱变强，最终成为人人敬仰的人。与此很相似的还有凡人流，也是凡人主角通过逆天的机遇成为了不起的大人物，常出现在修仙文中。

> 📖 **互动问答**
>
> • 你喜欢看哪类题材的小说？

三、不能写的题材和内容

1. 涉及种族歧视、分裂国家、破坏民族团结的内容坚决不可以写。

2. 不可以恶意抹黑公职人员形象。

3. 不可以故意歪曲或抹黑历史人物。

4. 民国文中不能涉及政治，也不能涉及有关的名人、战役和地名。

5. 不可以在文中宣传宗教、封建迷信。

6. 盗墓谋取私利的内容不可以写，但是盗墓探险类小说可以写。

7. 严禁在小说中写未成年人谈恋爱的情节，未成年人之间不能有谈恋爱的情节。

8.宣扬恐怖暴力、教唆犯罪、违背社会道德法制的内容不可以写。

此外，根据《出版管理条例》，网文写作中也不得包含如下内容：

1.反对宪法确定的基本原则的；

2.危害国家统一、主权和领土完整的；

3.泄露国家秘密、危害国家安全或者损害国家荣誉和利益的；

4.煽动民族仇恨、民族歧视，破坏民族团结，或者侵害民族风俗、习惯的；

5.宣扬邪教、迷信的；

6.扰乱社会秩序，破坏社会稳定的；

7.宣扬淫秽、赌博、暴力或者教唆犯罪的；

8.侮辱或者诽谤他人，侵害他人合法权益的；

9.危害社会公德或者民族优秀文化传统的；

10.有法律、行政法规和国家规定禁止的其他内容的。

以及，以未成年人为对象的出版物不得含有诱发未成年人模仿违反社会公德的行为和违法犯罪的行为的内容，不得含有恐怖、残酷等妨害未成年人身心健康的内容。

第二章 从兴趣到变现：
人人都可以成为网文作家

第一节 为什么将写网文作为副业

一、投稿简单

首先，目前在市面上常见的网文投稿方式有两种：直发或内投。

直发是指作者将写好的稿子直接发布到平台，达到一定字数后，会进入平台的自动审核，不确定是哪位编辑审核。内投是指作者投稿给网站内部的编辑，投稿方式多数以发送电子邮件为主，由指定编辑亲自审核。

二、低门槛

成为网文写手没有学历门槛，小学毕业、初中毕业的人也都可以写网文，作者在与网站签约时，不需要提供学历证明。很多作者都是语文成绩相对突出，其他科目比较弱，偏科严重。但是没关系，只要你爱好文学、喜欢写故事，就可以试试。网站收稿更看重的是剧情是否精彩、设定是否新颖，对于文笔修辞没有硬性要求，语句通顺即可。

但我非常不建议大家退学写网文。虽说写网文没有学历要求，但我们必须拥有足够的知识储备，才能够走得更远，有机会成为榜单上的大神作者。靠一时的激情创作很容易，但是日复一日面对空白的文档，要写出新的创意、有新的想法，其实是一件很难的事情。

三、副业首选

1. 前期投入的成本低

其他的副业项目可能都需要实打实的金钱投入，但写网文不一样，写网文只需要作者付出时间与精力，经济成本极低。而且在一些不怎么需要更新量的网站，作者只需要每天写四千字就可以拿到网站的全勤奖励，并且还有每日的阅读收益、读者打赏、听书收益等一系列收入渠道。相对而言，投入的时间和精力也没有那么多。

2. 不受时间地点的限制

只要有手机或电脑，作者随时都可以进行创作，甚至可以断断续续地创作，无论是学生、全职太太、上班族都可以来写，所以网文写作非常适合当一项兼职来做。每天利用闲暇时间完成日更，既不耽误正常工作，又能多一份收入，两全其美。

第二节　如何判断自己是否适合写作

　　大多数作者走上写作这条路，都是因为喜欢看书、写东西，对文字有天生的敏锐度。除此之外他们还有以下几种特点。

- 表达欲相对较强，愿意把自己内心的东西写下来，发表出去。
- 想象力旺盛，想象力是天生的能力，很难在后期培养出来，是很难得的写作天赋。
- 逻辑思维能力强，这是一种能够准确表达自己思维过程的能力，对于写故事的人来说也尤为重要，拥有这种能力的人才不会让自己的故事漏洞百出。
- 共情能力很强，大多数写作的人都是较为敏感的，这种能力能够让作者捕捉到他人所忽视的情感、细节。

　　有很多新人作者会问：以上的特点我都有，我也非常喜欢写作，但是文笔不好，虽然脑袋里想法很多，却没有办法很好地叙述出来，更怕写出来的东西没人看，怎么办？我还能从事写作这一行吗？

　　其实你大可以不用考虑那么多，只要你能够开始动笔写，能够签约，就已经打败了许多正在观望的人。如果能够赚到稿费，那么恭喜你，你就是有天赋的！

写作没有太高的门槛，只要你有想法、有故事，就可以发表自己的作品。只是想要成为职业作者，还是需要具备一些条件和能力，你可以看看自己能否做得到以下几点。

一、你能坐得住吗

对于作者来说，每天最需要做的事情，就是打开电脑，坐在书桌前，在本子上写写画画，在键盘上敲敲打打。

这一坐，可能就得几个小时。

大多数全职作者每天需要工作四至十个小时，除了吃饭睡觉，其他时间都坐在电脑前，**能坐得住**是全职作者需要具备的素质之一。

哪怕是兼职写作，新人作者写一章通常也需要花费几个小时。这期间他可能没有灵感，写不出什么东西，或者是想要写出脑袋中的情节却发现自己词汇量不够，抑或是想到什么历史人物不够确定，中途还要去查一下资料，好几个小时过去，屏幕上出现的可能也只是寥寥几行字。

但写作就是这样的。

它需要你沉得住心，定得住性。在写作的过程中，如果你能够做到完全沉浸其中，达到心流状态[①]，那简直是一件超幸福的事情，仿佛进入了另外一个世界。

写作不需要你投入资金、场地等诸多成本，只要有一张书桌和一台电脑就可以了。但你如果喜欢深夜码字，为了不影响他人休息，你最好能够拥有**一间属于自己的房间**。当然，如果暂时没有也没关系，写作不拘囿于环境和条件，只要你想写，随时随地都能创作。记得我还在念书的时候，有一篇小说是我在跑操前完成的，当时大家正集合准备跑操，我正好来了灵感，就趁着跑操前的五分钟用手机写了好几百字。有时候灵感来了真的是挡也挡不住，你可以先把灵感记录下来，然后再找时间坐在写字桌前细细修改打磨。

写作需要投入最多的成本是时间，想要写出好章节是需要慢慢打磨的，一定急不得。所以你想想，自己能够耐得住性子，能够在几个小时内专注地做一件相对枯燥的事情吗？

二、你能坚持几年

写小说不需要太高的门槛，人人都能写，但能写多久就因人而异了。能够坚持五年以上并且笔耕不辍的人，怎么也会有一点儿成

---

① 心流状态：由心理学家米哈里·契克森米哈赖提出的一个概念，描述了一种完全沉浸在某项活动中的状态，其中个体表现出极高的专注力和兴趣。这种状态下，人们通常会忘记时间的流逝，并体验到高度的兴奋和充实感。心流状态有助于提高创造力、效率和个人的成就感。

绩了，不然他也坚持不下来。毕竟作者刚开始写作时，大抵都是一时兴起，但是长期写作甚至把写作变为职业之后，日复一日的写作难免会有枯燥的时候。

尤其是坚持创作多年都没有看到什么成果时，人难免会陷入一种焦虑的状态。

人都是需要鲜花和掌声来鼓励的，这无可厚非。当连续写了几部作品都没有什么水花的时候，作者通常都会陷入一种自我怀疑的状态：我真的适合吃这碗饭吗？我是不是并没有什么写作的天赋？跟人家大神作者一比，我真的差得太远了，可能我这一辈子都写不出那么好看的小说……

很多写了多年的作者也曾就"天赋"这回事感到焦虑。

你在刚开始写作的时候，做出了一点儿成绩，身边的人大多都会提供正向反馈。获得了诸多鼓励和表扬，你难免也会有骄傲自满的时候。但当你真的经历了许多失败，被现实暴击过之后，那种膨胀的心会渐渐收紧。

你可能从最初觉得自己很有天赋，到后面觉得自己完全不是作者这块料，再到现在，觉得自己应该还是有那么一点儿天赋，但确实不够努力，应该更加努力一点儿才是。

很多知名的作家也都会说自己并非天赋型选手，有一些情节、设定，他们也得抓耳挠腮地想好几天，恨不得拿脑袋撞墙。连马伯庸都说自己并非天赋型作家，他说自己属于勤奋型的。一来，有能耐的作家大多都比较谦虚，也比较清楚自己身上的短板；二来，他们也会看到更加厉害的作家，毕竟山外有山，人外有人，我们都是追随着前人的脚步在努力前进。

但是写网文，当真还没有到拼天赋的时候，靠勤奋也能够闯出属于自己的一片天。

一书封神的作者很少，大家所知道的那些作者，大部分也都是有些运气和光环在身上的，普通作者没有太多东西的加持，就得靠自己不断地输入、输出，孜孜不倦地学习、码字，先不用想什么天赋不天赋的事情，能够签约、拿到稿费，才是第一步要做的事情。

从拿到第一笔稿费的满足，到月入几千、月入几万的层层欢喜，这就是写作自信心建立的阶段。你会觉得：我好像可以，我应该可以。

但写作之路和人生一样，很难一帆风顺。

哪怕一书封神的作者，他写的第二本、第三本的成绩也未必会比第一本好，他后期的作品也会被拿来和第一本书比较。但作品能够出圈少不了各种因素的加持，而且有成绩的作者也会希望自己不断地提升，不愿意一直待在舒适圈里。

大多数的作者还没有到能够依靠版权收入等"被动收入"养家糊口的阶段，没有版权费的情况下，基本上都是"手停口停"，只要不写那就没有收入，他们便只能在这本未完结的时候就立马开始写下一本，无缝衔接，才能够缓解一部分的收入焦虑。

但是这种快节奏的写作状态也意味着作者没有时间去沉淀，每天写得浑浑噩噩的，还伴随着敏感、焦虑、压抑，经常内心崩溃。

但哪怕内心崩溃一百次，作者也得尽快调整好情绪爬起来继续写，因为作品签约后每天都需要保证一定量的更新，不能断更、"开天窗"，那样作品成绩只会更糟糕。很多时候其实作者写到一半就知道这本书的成绩不会很好了，但是也得硬着头皮写下去，给它一个像样的结局，因为完成比完美重要。作者只要能完成一部作品，不管质量如何，就算对得起自己这段时间的付出，然后就是复盘、总结经验，期待下一部会更好。

作者的情绪就这样反反复复，而成绩起起伏伏又是写作的常态。最重要的是别停下，更别轻言放弃，守得云开见月明，及时调整，保持进步，总有破局的时候。

"坚持"二字，说起来容易，做起来难。

人都是在挑战中进步，在失败中不断吸取经验教训，逐步成长。你只要走好当下的每一步，一部作品接一部作品地写，就可以了。

三、热爱是最大的动力

根据不完全统计，很多兼职作者甚至全职作者都是以兴趣爱好为切入点，正式开始写作之旅的。

同样，如果以兴趣爱好为出发点，那么不论是在写作动力上，还是创作激情上，你都会是一个精神十分饱满的状态。很多作者在入行前期，爱好还没有变成职业时，思维相对更加活跃，创意更加天马行空，脑洞大开。那么以此为基础，作者在创作的同时加入一定的商业化思维，就可以事半功倍，完成写作变现。而且很多人在写作初期很有可能面临没有收入的困境，而发自内心的热爱更能让他们坚持下来。

举两个简单的例子。

1. 一个钟爱年代电视剧的观众，凭借多年的看剧经验去创作年代文，不论是理论知识，还是创作欲望，他都会比零基础入门的作者要强很多。

2. 一名资深美食爱好者去写美食文，他对于色香味的刻画，自然会比寻常人更加深刻，入木三分。

先以兴趣爱好为基础，再以此进阶，完成写作变现——这个流程，想必大家都已经懂了。但在正式开始写作之前，你还需要好好审视一下自己，要清楚地知道自己喜欢什么、擅长什么、对什么类型的题材感兴趣。充分利用自身优势去进行商业创作，变现效果自然会大幅提高。

📖 **经验分享**

　　保持兴趣爱好所带来的创作动力非常重要。试想有一天，当爱好变成职业，当完成写作变现，你是否又能像当初一样，对写作拥有无限的热情呢？事实上，行业内的很多作者都难以做到这一点。虽然兴趣爱好与写作变现并不冲突，但时间一长，不论收入高低，工作都难免会逐渐消磨热情。这个时候，你要多去想想自己的初心，有时候也需要适当地在爱好与工作之间做出取舍，以此来保证积极性和动力的持续。

第三章

网文写作的商业模式

第一节 免费和付费市场的商业区别

早年，免费小说在众多作者和读者的印象中，似乎就是"盗版"的代名词。但随着时代更迭，番茄小说网等众多免费网站开始逐步兴起。甚至在短短几年时间内，就已经有了和起点中文网等老牌小说网站分庭抗礼之势。

若分析其中的核心原因，无非是许多读者都有的一个观念问题：**我能不花钱看小说，为什么要去看花钱的？**

这也是为什么这些年来盗版网站横行，遭到打击后又犹如雨后春笋般冒出。而现在的免费小说网站，也恰恰是利用了这一点，吸引了广告商投资，以在免费小说中插入广告的方式盈利。

读者在免费看小说过程中，刷到文中插入的广告之后，网站会给作者广告费分成，分成比例以 50% 为主。网站对作品的运营模式，从新书发布到作品完结，基本都以大数据推送为主，先将作品放入流量池，然后再利用类似于滚雪球的机制进行推送，作品越吸引人，流量自然也就越好，流量池也就会层层递进，直至作品吸引的流量达到上限，最后固定在某一个等级的流量池内。

反观付费订阅类网站，以老牌龙头网站起点中文网为例，网站和作者的盈利方式是：读者阅读到书中某一节点时，通过充值解锁付费章节进行阅读，以此产生的订阅费由网站和作者分成。运营模式则是：作品上架①前，被推送到网站和 App 上的各个推荐位，根据作品本身的质量和读者追读来优胜劣汰。而后，再根据上架后作品的成绩好坏，继续分配后续的推荐位名额。

将二者进行对比就会发现，免费市场的优点在于其本身的流量滚动模式。免费市场更容易让新手作者快速吸引流量，赚到第一桶金。

就比如，前段时间火爆全网的某赘婿文，就是通过别出心裁的设定，加以极具反差的书名与简介，在抖音短视频平台爆火，进而吸引了一大波读者的兴趣，导致作品流量很快滚动起来。虽然最后昙花一现，但也间接证明了这种快速吸引流量的方法在免费网站的可行性。

免费市场的缺点也十分明显。目前免费市场的盈利渠道较为单一，收益不够透明，且会受流量池和广告商投放的影响，产生收益忽高忽低的情况，让很多作者摸不着头脑，陷入精神内耗。

而付费市场的优点则是收益可以完全根据作品后台的读者订阅

---

① 上架：作品的免费期结束，后续章节开始付费订阅，即为上架。

量来判断，在保证作品质量的情况下，收益比起免费市场会更加稳定。

但同样，由于受其上架付费以及 PK 机制的影响，作者需要写出高质量的作品，以此来让读者愿意为自己的作品付费买单，对于新手而言，写作难度也会更高一些。

还是以前面提到的赘婿文为例，这类以噱头吸引流量的作品，若是放在付费小说网站，虽然可以通过博眼球吸引一部分读者点击进去，但作品质量不过硬，很难再让读者愿意为后续的付费章节买单，作者自然也就赚不到太多稿费。

综上所述，不论是付费市场，还是免费市场，"强者恒强，质量为王"永远是不变的道理，但如果能够细心分析其中的商业区别，你就能更快选择适合自己的方向，少走弯路，更快完成写作变现。

📖 **经验分享**

打铁还需自身硬，强噱头和高质量二者是相辅相成的，如果二者兼备，那么你写出一本爆款作品指日可待。

网文写作的被动收入有多少，说到底还是取决于作品的成绩。

没成绩的作品在市场上溅不起什么水花，作者写多少字就拿到相应的稿费，相当于基础工资，多劳多得，这个月多写一点儿，下个月就多拿一点儿稿费，但每个月收入相差不大，比较稳定，却也难免焦虑。

因为一旦这部作品完结，作者就没有收入了，往往一部作品还没写完，作者就开始着急开下一本，不然中间会有一段"收入空白期"，也就是我们常说的"手停口停"，手完全不敢停下来，只能不停地写。甚至有些作者会同时写两本小说，用来平衡收入，保证这部作品完结以后，那部作品还能有一定的收入。

其实很多全职作者都能同时写两本小说，每天的更新量也比较大，八千字到一万字是常态。其实作者们都知道，质比量重要，写出一部有成绩的作品比写出十本成绩平平的作品挣得都多。但质不是一时半会儿就能够提升上去的，大多数的全职作者还是要靠写作来养家糊口，所以他们就需要先把量给堆起来，保证收入。

相对来说兼职作者的收入压力会小一些，毕竟他们有本职工作，有一份稳定的收入来源，网文写作更像是一份副业，额外的收入有多少不会给他们太大压力。所以我也并不建议大家在稿费收入不稳定的时候就贸然辞职回家全职写作，我常对身边想要全职写作的新人作者说，你得先能够解决自己的温饱问题，再考虑全职。

而被动收入，便是作者在作品完结后每个月还能拿到的稿费，能有被动收入是非常幸福的事情。

作品完结后作者就不会再继续更新了，被动收入就相当于在工作项目完成后拿到的提成或者奖金，即便项目已经搞定了，你不需要再为它投入什么精力，但你每个月还能迎来一份额外的惊喜。那种感觉是非常奇妙的，有种"天上掉馅饼"的感觉，也很大程度上可以缓解开新书青黄不接的收入压力，毕竟在新书尚未出成绩，不写就没有收入的情况下，老书还可以补充一点儿收入。

有一些作品在完结后就没有收入了，而有一些作品在完结后会有一段时间的被动收入，但持续的时间也有长有短，一看作品成绩，二看作品字数。

通常来说，长篇小说的持续性比短篇小说要好一些。当然，成绩足够好的短篇小说完结后的关注度也非常持久，只要还有人看，作者就有钱赚。

所以，往往也是因为考虑到了这一点，业内很多有经验的老作者，在开书的时候都会选择市场热度较高的常青树题材，或者自带流量的同人题材去写。如此一来，哪怕成绩中规中矩，只要不算太差，长篇作品在完结之后就依旧会有数月甚至一年以上的时间，是可以持续获得被动收入的。一年后，如果市场流量趋于稳定，被动收入通常也有连载时月稿费的十分之一左右。若是遇到风向回炉[①]，还有可能"回光返照"，老树开新花。

被动收入还有一部分来源于作品的版权费。

作品如果能够卖出有声版权，或者短剧、广播剧、出版、影视版权等，版权费也会在作品连载期间或者作品完结后陆续发放。

大神作者的收入会非常可观的一个原因就是他们通常手握几本大爆的作品，这些作品中有很多在连载期间就已经把版权卖出去了，作品完结后也会持续在榜单上游走，哪怕完结了，每个月也会有渠道费以及版权费的收益。

试想一下，你在这个月一个字都没写的情况下，每个月还能入账几万元甚至十几万元，确实很让人开心。

> 📖 **经验分享**
>
> 那些大神作者往往更勤奋，不管作品成绩好坏，都能够做到笔耕不辍，保证每天一定量的更新。连他们都如此勤奋，我们有什么理由不努力呢？

---

① 风向回炉：指网文市场中的某些分类或题材在平稳一段时间后，受到外界引流或读者审美的影响，再次焕发生机。类似于以往某些年代的老歌，在被翻唱改编之后突然再次爆火。

第三节　网文写作的相关版权开发

　　很多新人作者都很好奇也很关注网文写作的版权问题，想知道自己写的小说，将来能否出版，或者改编成有声书、漫画、短剧，甚至影视剧。其实不光是新人作者，像我这种混迹网文圈多年的老作者，也对版权开发有着好奇与向往。

　　试问哪个作者不希望自己的作品能够全面开花，甚至有一天能够走上大荧幕呢？抱着这样的期待，怀揣着这样的梦想，我们也来详细探讨一下网文版权开发问题。

> 📖　**知识卡片**
>
> 　　网文目前的版权开发主要有以下几个方面：实体书出版、有声书、漫画、短剧、影视剧，现在还多了一项海外版权，即海外实体书出版或改编影视剧等版权开发。

一、实体书出版

　　每一个作者都会希望自己写的作品能够印成铅字，出版成纸质书。我们也是抱着这样的梦想和热忱，日复一日地坐在电脑前敲打着键盘，希望自己有一天能够写出一部能够出版的高质量作品。

　　相对来说书籍出版对文稿质量的要求会高一些，换言之，不是所有的网文作品都能够出版。从签约到作品上市，这个流程也是挺长的。但不管怎么说，作品能够出版，就是一件非常值得开心的事情。

目前的网文市场中，出版书目比较多的还是晋江文学网，每年都会有不少作品售出版权，有一些是海外出版，有一些是国内出版，好的作品甚至在连载期间就已经把一系列的版权卖掉了。

现在很多书店都会把热门的网文作品摆在最显眼的位置。能出版的网文作品一般分两种情况：第一种是作品本身就热度极高，出版后不愁没有市场；第二种是作品的质量很好，达到了出版的要求，这样的作品也比较容易出版。

那么出版一本小说，作者能赚多少钱呢？

小说出书的稿酬计算方式一般采用版税的形式，版税与印量成正比，印得越多，版税就越高。

一般来说，只要签约出版，出版社就会定一个首印量，根据首印量计算出一笔版税。这个就是作者首次能够拿到的钱，一般是书籍上市 3 ~ 6 个月后发放，至于后面能不能继续赚钱，就得看书的销量，如果首印书籍卖光了，书籍就会持续加印。

出版社出版一本书通常会支付几万元的版税，作者签约的网站会抽成一部分，剩余的部分才会分到作者手里，很多时候可能还不如作者一个月的稿费多，但这毕竟是一份额外收入，对作者来说当然多多益善。

二、有声书

比起实体书，网文作品有声书的版权会比较好卖一点儿。作者和网站签约后，版权相关的事宜一般都由网站来负责运营，作者本人只管写书就好。

有声书版权卖出以后，作者在每个月的稿费收入那一栏就能看到具体明细，其中会注明有声稿费收入（大网站的稿费收入明细相对透明，划分得也比较细）。

有声书的市场其实相当繁荣，很多人闲暇时间都喜欢听书，也有一些人不喜欢看小说但喜欢听小说，毕竟故事被讲述人声情并茂地讲述出来感觉会更生动些。现在很多网站也会设置听书渠道，像番茄小说网就有番茄畅听，这一部分收入也会作为渠道费结算到作者每个月的稿费中。所以听书的人越多，有声书这一部分的收入就会越高。

有声书的收入不固定，有时候一个月几百块，有时候几千块，如果有声书收听量很大，作者的收入也会不少，所以弹性也是很大的。

三、漫画

现在被改编成漫画的网文越来越多了，从这一点也看得出，漫画的市场一直存在。

通常漫改的作品也是成绩比较好的小说作品，起码是畅销类的书籍。漫画上线后，很多读者会因为喜欢看漫画再回头来追原著作品，这样也会再给小说带来一波流量和热度，这就是版权衍生的一个好处。

但漫画改编的成本会高一些，很多作品都是画师一点点画的，更新时大多选用连载的形式，如果真的有数据特别不理想的情况，也有可能暂停更新。

看到自己的作品从电子书到变成实体书、声音读物，再到被画成漫画，这些过程都是层层见喜，每一种形式都很不同，但对于作者本人来说，不论哪一种形式都是足够开心的，会很有成就感。而若能带来更多收入，那自然就更好了。

四、短剧

现在短剧的市场也很繁荣，越来越多的小说被改编成短剧，还有不少网文作者跨行去写短剧的剧本，只是剧本和小说还是属于不同的两个范畴。

短剧的体量相对影视剧来说不算大，虽然集数较多，但每集很短，一集只有几分钟，几乎是把一部小说最精华的剧情浓缩到一起，所以每一集的爆点密集、节奏非常快，讲究的就是一个**矛盾前置**和**情绪爆发**。

对于网文作者，看短剧也能够学到如何设置爆点，调整文稿节奏，其中很多地方是相通的。

比起小说，短剧对作者文笔的要求没那么高，更加注重场景、对话，以及剧情节奏的设置，作者需要有一定的技巧性，重视情绪的张弛和爆发力。

短剧无疑是现在网文市场的新风口，虽然很多人会吐槽它又土又俗，但看短剧的人确实越来越多了，人们也确实看得越来越上头。

现在的短剧剧本有两种盈利形式：一种是版权费的形式，即现成的网文作品卖出短剧版权，由专门的影视公司和编剧团队来创作剧本，作者本人不参与，只会在短剧拍完播出后，收到一笔版权费，费用不是很高，通常是两万元到三万元；另一种是稿费的形式，即作者去写一个原创剧本，也相当于投稿签约这样的形式，作者作为编剧参与短剧的创作，拿到一笔稿费。稿费通常有保底分成或者买断两种形式，如果是保底分成的话，新人编剧写一个剧本能挣一万元到两万元，如果剧播出后效果很好，后续作者还会收到一部分的分成费用。

现在的网文写作形式非常多，不管是小说还是剧本，都属于逐渐扩大的网文市场，作者可以选择适合自己的赛道，然后深耕。

五、影视剧

每年都会有一批网文作品卖出影视版权，被拍成网络剧、电视剧、电影等，作者们也都梦想着自己书写的作品将来有一天能够登上荧幕，由自己喜欢的演员来饰演自己创作的角色。

当然，从作品完结到卖出影视版权再到作品拍摄完毕、上星播出，这需要一个漫长的过程。能够卖出影视版权，作者便能够拿到一笔数目不小的版权费，如果作品拍成剧后成绩依然很好，那么也会带动原著小说继续火一把。

男频的《斗罗大陆》《吞噬星空》《星辰变》《完美世界》等现象级爆款作品都登上了荧幕。女频中，关心则乱的《知否知否应是绿肥红瘦》《星汉灿烂，幸甚至哉》，Twentine 的原著小说《打火机与公主裙》（后来改编成电视剧《点燃我温暖你》），以及《炽道》，播出后都取得了相当不错的成绩。八月长安的振华三部曲《你好，旧时光》《暗恋·橘生淮南》《最好的我们》也成了火热的 IP，被改编成了电视剧，掀起了一股青春校园的热潮。

网文影视版权卖得比较多的平台依然是晋江文学网、起点中文网、爱奇艺文学等几个比较大的站，现在番茄小说网、七猫中文网也在影视版权方面持续发力，2023 年至 2024 年，番茄小说网的古言爆款作品《缚春情》卖出了影视版权，作者们都在讨论这部作品版权方面的成功。

《缚春情》在连载期间的成绩就非常喜人，番茄评分 9.7，最高在读人数 126 万，一直霸榜在番茄小说网的各大榜单，作者们应该都从编辑或者同行朋友中听到过这部作品的名字，当时大家就预测这本小说很有可能会卖出影视版权，果然不出所料。

能够卖影视版权的网文作品，除了成绩好之外，还要看其品质以及内容有没有改编成影视剧的可能。近几年古言的网文作品改编影视剧播出的反响都不错，除了关心则乱的几部古言长篇小说，像《卿卿日常》《苍兰诀》《与凤行》等作品的改编影视剧也不错。

> 📖 **互动问答**
>
> • 在你喜欢的网文中，有哪些已经被影视化了？
>
> • 如果你的作品被影视化，你希望谁来演男女主角？

影视化的版权费比其他的版权费要多得多，一部作品从几十万元到上百万元不等。几年前网络还没有那么透明化，作者也都秉持着低调的风格，很少会出来公开谈论自己的稿费和版权费。现在网文市场全面开花，全职写作的作者越来越多，网文作者已经成为一种由国家认可的职业，随着自媒体的发展，作者也越来越多地露面，开始公开讨论作品以及稿费和版权费等问题。

一些不怎么了解网文的朋友看到几万元的稿费和上百万元的版权费，都会既惊讶又怀疑，写网文能这么挣钱？其实，挣钱的作者很多，不挣钱的作者也很多。各行各业都有二八定律，像这些能够月入过万，乃至卖出影视版权的作者，已经是网文圈的头部作者了。真正能够靠写作实现财富自由、大富大贵的作者并不多，但只要勤快些，总能解决温饱问题。当然，"坚持"二字同样是少不了的。

像《缚春情》的作者任欢游，她在写作初期也是投稿了许多网站，对方都觉得开篇慢热。在如今快节奏的网文市场，慢热的作品不吃香，但她还是坚持了下来。这部作品总字数六十万字左右，从连载到完结用了五个月的时间，但她在开书前就花了近十个月的时间去构思。

作者在采访中提到："我本身是个做事比较慢节奏的人，从有了故事最初的框架起，我开始搜集古代相关书籍和知识，翻阅了诸如《红楼梦》《三言二拍》《镜花缘》《醒世姻缘传》《古代非常职业档案》《中国古代文化常识》等书。"

为了这个故事，作者前前后后写了三万字的大纲，做了八千多字的人物小传，用心程度可见一斑。

> 📖 **经验分享**
>
> 每个作者的花期都是不同的，好的作品想要出成绩自然少不了天时、地利、人和多方面的加持，但只要你踏踏实实地写，把该做的做到了，总会收获自己的果实。

手把手教你写女频网文

鹿小策　曹缦兮

她会不断尝试，直到找到一种适合她的写作方法。

她不会放弃她的小说梦。永远不会。

——兰迪·英格曼森

第四章　女频网文的现状

作为一个在网文圈混迹多年的"老书虫"和资深作者，我算是被小说给"养"大的，我的整个成长阶段，都离不开小说的浇灌和陪伴。

从 2015 年签约第一部作品，正式踏入网文圈，将近十年的时间，我在大大小小的网站都创作过，涉猎过十余种题材和类型的作品，累积创作字数超千万。

这一路走来，我也见证着网文市场的发展变化。

女频小说有它的特殊性，下面我从女频网文的受众群体、女频作者的构成，以及女频目前最常见的类型几个方面来和大家具体聊聊。

第一节　女频小说的受众群体

一、女频小说的受众群体分析

1.从**受众年龄**来看，目前女频小说的主要受众群体还是以女性为主，年龄集中在 15 ～ 25 岁和 35 ～ 50 岁这两个年龄段。前者正是在求学以及从学校向社会跨越的阶段，这一阶段的女性面对情感、职场、社会、未来等各方面，会有诸多的迷茫和思考，而女频小说里形形色色的女性角色，尤其是**积极上进**的女主角，通常会使她们有一种代入感，并给她们提供精神力量；后者这个阶段的成年女性大多数已经结婚或者当了妈妈，她们在职场、婚姻和家庭中会面临诸多挑战和难关，希望在小说中通过别人的故事找到慰藉，这样做既可以解压，也可以找到情感上的共鸣。

2. 从**受众职业**来看，女频网文在各行各业都较受欢迎，因为网文中涉及的职业十分多样，几乎每种职业的女性都能够在网文中找到符合自己喜好的内容。而且网文的篇幅也很多样，有长篇小说、中篇小说、短篇小说，长篇小说以晋江文学网、起点中文网、番茄小说网和七猫中文网等十几个网站为主要平台，短篇小说以知乎和UC 等平台为主。有些职业的从业者喜欢在下班后，像追连续剧一样追连载的大长篇，还有些职业的从业者则喜欢在上班路途中，看短平快 ① 的中短篇，也有人两种类型都看，大家的喜好不尽相同。

3. 从**收入状况**来看，女频小说的读者既有低收入人群也有高收入人群。目前的女频小说可以分为**付费**和**免费**两种阅读模式。最早的网文是以付费模式为主，2019 年左右，免费小说平台才相继上

---

① 短平快：指篇幅短、节奏紧凑、发展快速的短篇小说。

线，并且发展迅速，短短几年时间，免费模式就变成了网文阅读的主流模式。如今的付费小说平台依然是以晋江文学网和起点中文网等老牌的网站为主；免费小说平台则主要是番茄小说网和七猫中文网。阅读模式的不同，满足了不同收入人群的阅读需求。

二、不要小瞧下沉市场

近几年，我总能听到编辑们反复强调"下沉市场"的重要性。

下沉市场，在商业领域指的是三线及以下城市、县镇与农村地区的市场。随着互联网时代的到来，这一概念伴随着电商逐渐出现，现在也变成了消费的主流市场。而网文圈的下沉市场，异曲同工，指的是二三线及以下城市的学生和全职太太群体。这两类群体的消费能力虽然不高，但随着免费平台崛起，她们也逐渐占据了主流市场。

一方面，学生和全职太太有空闲的碎片时间，有些不喜欢刷短视频的，就会选择看小说来打发时间；另一方面，她们看小说的目的就是为了娱乐、解乏，不需要看高深的内容，只要剧情足够精彩、刺激就可以了，因此她们对作品的宽容度比较高。

这也是为什么现在很多读者，乃至作者都在讨论一个问题：为什么榜单上的小白文越来越多了？

小白文泛指那些情节架构比较简单，人物偏脸谱化，剧情偏套路、狗血，文笔相对来说稚嫩，用词直白甚至偏口语化的网络小说。这类小说往往缺乏传统意义上比较复杂高深的背景和框架，以及比较高的立意和文化价值，主要的题材类型有甜宠文①、霸总文②、闪婚文③、萌宝文④等。

这类小说吸引的正是阅历不够深，知识储备不那么丰富的"小白"读者，她们看小说图的就是娱乐、开心，满足情绪价值，不需要多么离奇复杂的故事。但真正好的小白文写起来并不容易，虽然小白文很简单，却不是人人都会写小白文，毕竟作者也要能够完全戳中这部分读者的心理，懂得化繁为简，故事引人入胜，才能够吸引读者看下去。

以前我们编辑部开研讨会的时候，主编常说一句话："存在即合理。"

小白文能够大行其道，必定是有其流行的原因。这也是女频编辑常说的：论下沉市场的重要性。作者想要写出高质量的、有成绩的作品，不能完全迎合市场，但也不能不研究市场。因为小说写出来还是要给人看的，而不是为了存在电脑上孤芳自赏，作者还是

---

① 甜宠文：女频网文的一种类型，以情节甜蜜、温暖人心为特点，聚焦于男女主角甜蜜爱情故事和相处日常。

② 霸总文：一种流行的言情小说题材，男主角通常为高大帅气、性格霸道的总裁，这类题材习惯将爱情与金钱、地位权势等因素相结合，创造出一种特定的爱情模式。

③ 闪婚文：女频网文的一种类型，开篇通常是男女主刚认识不久就迈入婚姻殿堂，以"闪婚"这样的现实卖点为噱头，形成一种特殊的类型。

④ 萌宝文：女频网文的一种类型，萌娃作为男女主角爱情故事的助攻，大多为智商超群、萌出天际的天才宝宝，成为故事的一大看点。

想要赚钱的，身为作者，小说是我们的产品，我们想要将它兜售出去，卖出一个好价钱，就势必要分析买家的心理和喜好。尤其是互联网时代，网文市场上从来都不缺小说作品，作者想要突出重围，就得有点儿本事才行。

说白了，货要硬！

了解市场，研究读者，都不是什么丢人的事情，这同样是为我们的作品，为我们的职业道路和职业生涯负责。我们要尊重我们的读者，也要尊重我们的作品。只要坚持不懈，我们终究能写出既让自己满意，也被市场认可的小说。

> 📖 **互动问答**
>
> • 你怎么看待"小白文"和"下沉市场"？

第二节　女频作者趋于年轻化

按理说，写作这一行越老越吃香，随着年龄的增加，作者的经历和阅历自然也会逐年提升，手上的很多资源，比如编辑平台资源和读者资源等也都会积累起来。但在网文市场里面，我们会发现很多作者年纪轻轻就取得了很不错的成绩，这是为什么呢？因为体力和精力对作者来说同样很重要。余华和村上春树等作家都说过，写作不仅是脑力劳动，也是体力劳动。尤其是需要每天大量更新的网文市场，作者更要保持充足的体力，拥有充足的灵感，这也是女频小说的作者趋向于年轻化的原因。

我本人踏入网文圈比较早，大学二年级便在好友的鼓励下去网站投稿签约。2024 年是我写作的第九个年头。刚入行的时候，我年纪还小，第一次接受网站邀约参加年会时，同行的作者们都是比我年长的哥哥姐姐，那时在他们眼里我就是一个小孩儿。现在我也混成了姐姐，再看如今的新人作者，同样都是二十出头。

二十岁到三十岁这个阶段，是每个人的黄金时期，对于女性，或者女频作者，同样如此。这个年龄段正是精力旺盛的时候，也是成长跨度比较大的人生阶段。

就我自己的写作经历而言，二十出头那会儿，虽然我涉世未深，但我的想象力极其丰富，脑袋里天马行空，充斥着各种各样稀奇古怪的想法，对梦想、对感情、对未来，有着诸多幻想和希冀。那时候也是我创作的旺盛时期，而且我的精力十分充沛，白天上课，业余时间都在不停地写东西，一天写六千字也不觉得有多累。

二十五岁可以说是一个分水岭。

二十五岁之前，我还觉得自己是个半熟的孩子，不论工作还是生活，都处于一个不够稳定的状态。到了二十五岁，生活上的事情逐渐多了起来，精力多少会有分散，我对于写作的热情也没有之前那么强烈了，这也正是我迈向成熟的年纪，随着经历的变化和阅历的提升，我开始有了深度思考，写作的想法和类型也在这个时期发生变化。

二十五岁到三十岁，是女频作者相对成熟、稳定的阶段。

这五年的时间，是女性成长最快的时候。社会和家庭的催熟，会让很多女性在生活上完成恋爱、结婚、生娃三部曲，女频作者同样如此。而这个阶段，很多女频作者在身份上会有所转变，从单身变成已婚；事业方面，她们往往会受家庭影响，需要腾出一部分的时间和精力给家人；而思想方面，她们的想法会因为阅历的增长而发生很大的变化，往往创作的喜好会发生巨大的变化。

女频作者大多在经济方面比较独立，晚婚晚育以及常年单身的作者也越来越多，三十岁到四十岁这个阶段的女频作者通常会经历创作的转型时期，比起早些年的"量"，更加注重对作品"质"的打磨。许多大神作者都在这个年龄段实现了财富自由，成为诸多新人作者的榜样。

近几年，随着互联网的发展，许多女频作者也开始从事自媒体创作，在写作的同时兼职做博主。我也由此认识了许多作者朋友，发现大家虽然年龄都不大，但创作时间很长，很多甚至从初高中时期就开始写小说。大学生群体成为写作主力，而女频小说榜单上许多大热的作品，都是出自新人作者之手，她们的年纪都不大，或许文笔还有些许稚嫩，但剧情、脑洞，都很有新意，也很能贴合当下的市场环境。

世界永远是属于年轻人的，网文市场也是如此。

我倒觉得"年轻化"是个好事，越来越多的年轻作者涌入网文圈，给网文市场源源不断地输送新鲜血液和新生力量，才能促使网络小说的进步和发展。

> 📖 **经验分享**
>
> 老作者们也要保持进步哟！不然大浪淘沙，我们就真的要被"拍倒在沙滩上"了。

第三节　无线小说和新媒体小说的区别

一、无线小说

无线小说，原本指在无线端（如手机、平板电脑）阅读的文章，现在变成了一种小说风格，即无线风。

最早的网络小说都是以无线风为主，这些小说一般以"爽文"的形式出现，偏剧情流，元素通常是大脑洞、金手指。世界观架构比较宏大。

女频小说最初分布在各大网站的手机软件（App）中，用户打开 App 就可以看到诸多正在连载或完结的小说作品，App 内可以充值书币，免费阅读一般限制在前三万字内，上架之后的章节就需要付费阅读。

无线风的小说一章通常两三千字，节奏相对而言比较平缓，娓娓道来。类型以现代言情里的青春校园、都市婚恋、民国文，和古代言情里的宅斗宫斗、女强玄幻、种田致富等为主。大多是甜宠风，比起节奏更追求甜度。

受众群体比较广泛，学生是主要群体。

无线风的小说字数比较长，百万字以上是常态，有成绩的作品一般长达四五百万字，注重逻辑、节奏、框架，作品人物较多，多为群像戏。除了主线，还要有辅线做支撑，除了主 CP[①]，还要有一到三对副 CP 来填充和拉长剧情。

二、新媒体小说

新媒体小说是随着公众号、贴吧、论坛等媒介的发展而兴起的，2017 年至 2018 年是它的起步阶段，2018 年之后，新媒体小说飞速成长，并很快占据女频网文的主流市场。

新媒体小说以**噱头足、快节奏**的开篇为重点，需要在前一万字就用足够的**信息点和爆点**吸引住读者，付费观看。因此它的开篇比无线风小说要求要高，需要快速地抓住读者的眼球和兴趣，尤其是

---

① CP：Character Pairing 的简称，意思是人物配对，也表示情侣关系。

付费节点非常重要，读者愿不愿意付费继续往下看，决定了这部小说在市场方面的成败。

这一类小说的受众群体比较集中，以成年女性尤其是已婚妇女为主。这个群体的付费能力比学生群体要强，但她们也更加理智，对作品质量的要求会更高，对节奏要求也更快，新媒体小说通常一章的字数控制在 1000 字至 1500 字。

由于受众群体偏向成年女性，所以新媒体小说的类型多以都市婚恋为主，内容主要围绕情感尤其是爱情，还有婚姻、家庭。比起剧情，读者更加注重情感的浓度还有代入感，所以最初新媒体小说大多以**第一人称**为主，后来慢慢转变为**第三人称**，而整本小说的节奏、噱头、情绪都要到位，字数相对而言不会很多。

三、无线风小说和新媒体小说的区别

1. 受众群体

无线风小说的受众群体以学生为主，付费能力比较弱，随着免费平台的崛起，阅读 App 也由以前的付费平台转向免费平台，如今这一类阅读群体集中在番茄小说网和七猫中文网。学生看小说的时间集中在周末和假期，他们习惯在 App 上追连载作品，攒一周然后一口气读完，而 App 上的作品比较好找，种类繁多，评论区也可以交流，深受学生群体的喜欢。

新媒体小说的受众群体以成年女性为主，大多是全职太太以及四五十岁的中年女性。这一类群体对网络 App 的使用没有年轻人那么敏锐灵活，通常是偶然点开公众号或者短视频的推文，觉得感兴趣便继续追读作品。她们追到兴头上会充值付费、继续阅读，她们的付费能力比学生群体高，阅读时间相对而言也会更自由和充裕。

2. 类型

无线风小说以剧情流为主，开篇节奏相对新媒体小说较慢，需要有逻辑、背景、框架做支撑，人物比新媒体小说要丰富得多，大多以群像戏为主。

新媒体小说以感情流为主，开篇要有噱头，要快节奏，要有代入感，比起剧情，更加**注重男女主之间感情的拉扯**，对情绪的调动和每一章结尾的悬念要求也更高，以感情线为主，剧情线为辅，人物关系比较集中，篇幅也较短。

现如今，新媒体小说的开篇已经取代无线风小说的开篇成为主流，编辑在收稿时对于开篇的要求都是要**有噱头、有悬念、情绪要拉满、节奏要快**，而后续的内容就需要借用无线风的大框架，以及用群像戏来支撑。

因此当今的网文市场，无论什么类型，榜单上的大爆款通常都是以"新媒体开篇 + 无线风框架"的组合模式，这也是网文逐渐变化，无线风小说和新媒体小说相继融合的结果。

3. 字数和收入

相对于无线风小说能写到几百万字，新媒体小说能写到一百万字都是大长篇了。

最初的新媒体小说篇幅都在几十万字，因为是第一人称，视角比较单一，很难写长，因此新媒体小说作品慢慢也开始由第一人称转向第三人称，后来新媒体小说逐渐加入剧情线和更多的副CP，篇幅也在逐渐拉长。现在新媒体小说也能够扩充到两三百万字。

长篇小说的写作战线比较长，出成绩的作品字数越长，作品后续的收入越可观。以前无线风小说和新媒体小说划分得比较明显，新媒体小说往往获得收入快，但时效短，完结后收入会暴跌；无线风小说则是获得收入慢，但时效长，爆款作品哪怕完结后每个月也还可以有收入。作品只要在榜单上，作者就有收入，所以无线风的作者通常在一部作品完结后也能靠老书缓冲一下，甚至连续几年都依然有稿费。

但现在无线风小说和新媒体小说的区别没有那么大了，字数也差不多。只要作品能够出圈，登上各大榜单，在全渠道推广，收入情况都会很好。不过随着网文作者和网络小说越来越多，大多数完结后的作品很快就会从榜单跌落，收入也会骤降，只有少部分完结后的作品仍旧收入不错。值得一提的是渠道费，比如作品虽然在本网站完结了，但登上了其他合作网站，后期也登上了榜单，那后期渠道费收入同样很可观。另外，后期依托于各大新媒体平台的推文，小说可能也会小火一把，所以现如今做好渠道推广同样很重要。

第五章

女频网文的题材

　　我成为写作博主之后，常常被新人作者问：新人开始写网文，从什么题材写起比较好呢？或者说，什么题材比较好写呢？

　　这种时候，我通常会反问她们：你们平时都看什么题材的小说呢？

　　写作初期，新人作者对网文市场往往不是那么了解，或许连网络小说都没有看过几本。想快速走上写作这条道路，最简便的方法便是找到你平时最常看的小说平台，把这个平台或者几个平台的主页和榜单都看一遍，看看有没有你感兴趣、能读得下去的小说。

　　很多作者入门都是从自己感兴趣、熟悉的题材入手，这样会在自己心里形成一个最初的动力。如果你找寻了很久也没有发现这样的题材，或者觉得自己什么题材都可以写一点儿，甚至你就是想写热门题材，就是想要自己的作品快速有市场，那么就看看接下来的这一章吧，或许会对你有点儿启发，开启你的写作之路。

第一节　女频小说当下的热门题材

一、女频小说的分类

一直以来，女频小说的热门题材变化并不大，大致如下。

- 按**时空**划分：古代言情、现代言情；民国、未来、末日。
- 按**风格**划分：甜宠风、虐恋风、马甲爽文、无限流。
- 按**标签**划分：总裁豪门、宫闱宅斗、种田经商、年代重生、古代情缘、马甲爽文、闪婚、甜宠、家长里短、少帅、仙侠玄幻、灵异。

还有一个很简便的方法，就是去问一下编辑的收稿风向，或者看一下官网上面的约稿函。近期各大平台缺少的、主收的稿子，通常代表了当下最热门的小说题材。

> 📖 **知识卡片**
>
> 　　有几个题材是经久不变常年热门的：总裁豪门、宫闱宅斗、甜宠言情。这也说明这些题材一直都有受众。

二、女频热榜的分析

女频热榜，指的是如番茄女频榜、七猫女频榜、点众女频榜、掌阅女频榜、书旗小说女频榜以及百度小说女频榜等各大平台流量比较大的榜单。

榜单通常会有新书榜、在读榜、热搜榜、月票 VIP 榜等，能够上榜且排在前几位的，都是经过层层测试筛选，突出重围的优质作品，也是我们常说的**爆款小说**。

各大榜单前十位，现代言情和古代言情（后面简称现言、古言）的比例大概是 7：3 或 6：4。以前也出现过 8：2 的情况。

可见女频小说的现言市场要比古言市场大，但写现言的作者也多，竞争更激烈一些；古言同质化比较严重，需要不断添加新元素，但古言在榜单上相对来说也比较稳定。

热榜上的女频小说，通常也都是由几个主流元素构成：豪门总裁、宫闱宅斗、重生爽文、种田经商、年代致富等。

榜单上的作品偶尔会出现几个新鲜的小众题材，但可能只是元素比较新鲜，比如前段时间流行闪婚，这段时间又流行马甲，再过段时间又流行起了灵异，但套路都差不多，作品还是基于总裁豪门或者宫闱宅斗创作的。

📖 **经验分享**

　　女频小说的热门题材每隔几个月风向就会变换一轮，总有新的作品被刷上热搜榜和在读榜。上榜的题材有哪些，哪些大概就是近半年的热门题材。

第二节　新人想获得好成绩应选什么题材

不得不说的是，有的时候选择的重要性要大过努力。

新人选择什么样的题材，可以基于三点来进行：**（1）常看的题材；（2）喜欢的题材；（3）热门且能写得下去的题材。**

咱们逐个来分析。

首先，新人想获得好成绩，最好选择自己常看的题材，因为这一类的题材你是最熟悉的，或许在写之前你已经看过十几本同题材的小说，那么你对这类小说的套路和人设就是最了解的。熟悉的东西，通常比较好上手一些。

譬如你平时最常看的是"追妻火葬场①"这一类的小说，那么你对它的故事走向肯定已经非常了解了，一提起来，就知道剧情一定是：之前女主深爱男主，可是男主对女主并不好，十个男主八个有白月光，剩下的两个可能是因为隐疾或种种原因不能接受女主的表白和示好，但造成的结果都是女主伤心欲绝地离开，等到女主离开后，男主才追悔莫及，展开追妻之路，而追妻之路往往充满艰辛和坎坷……

当你想起"追妻火葬场"时，脑袋里就已经有许多之前看过的故事，而你又在这些故事的基础上产生一些更加鲜活饱满的灵感或

---

① 追妻火葬场，来自网络流行语"傲娇一时爽，追妻火葬场"，指男主开始对女主爱答不理，非常傲娇，但后来为了讨好女主做了很多事。

创意点，你就可以把它写下来。

除此之外，新人作者想获得好成绩，选择自己喜欢的题材进行创作也是可以的。

新人阶段的作者，最重要的是能够把一部作品完成。我们经常说，**完成比完美更重要**。人生的第一部小说，对每个作者来说都是意义重大的，这意味着梦想的开始。我现在依然记得我写作生涯的第一部签约作品是一本青春校园小说，总字数 30 万。那个时候 30 万字的小说很常见，绝对不算是字数多的，我实在是写到这个字数之后，没有什么东西可写了。而这 30 万字，我也完成得非常艰难。

新人阶段的知识储备量不够，即使你已经看了十余年的小说，自认为对很多故事模板和人设都已经烂熟于心了，但是看小说跟写小说终究是不同的，要把自己多年来积累的东西通过写作的方式输出，这个过程也并不是一蹴而就的。

往往开始的时候，如何下笔，如何切入，都能让人想破脑袋。

但万事开头难，我想只要你敲下第一行字，那么后面的内容自然也就写出来了。在写的过程中，你依然会遇到很多卡住的时候，不知道接下来要如何发展，觉得自己写的故事毫无逻辑、毫无章法，有无数个想要放弃的念头。而这个时候，如果你想写的这个题材是你喜欢的，你就依然还会有热情将它写下去，这就是"热爱"带来的动力。

当然，光凭热爱还不够，作者还需要市场的正向反馈，那便是

稿费收入。所以，最后我要说，新人作者想要在初始阶段拿到一个比较好的成绩，还有一个捷径，那便是选择一个类型的热门的作品去研究。

譬如说这段时间你能看到榜单上离婚类型的爽文特别多，恰好你还能看得下去，也有想要动笔写一本这类小说的念头，那么你就可以去问问编辑收不收这种类型的稿子，通常各大网站的编辑都是非常欢迎热门题材的投稿的。

这时，你就可以多看几部同类型的小说，把这个题材的故事模板吃透，大概知道开篇如何写，后续剧情要如何展开，搞清楚基本的脉络，再加入一些你既喜欢也能写的元素，譬如女主的特殊职业、金手指，或者男主的身份或身体特殊性，在传统套路的基础上加一点儿创新，就会比较容易过稿。

新人阶段，编辑对作者和作品的要求不会太苛刻，说得过去就可以，至少你拿出来的是一部小说，是一个具有时间、地点、人物、事件的完整的故事，而不是流水账式的日记，或者一篇文笔很优美但没有情节的文章。

新人想要赚到稿费，先要做的是给编辑投稿，以及和平台签约。签约之后，编辑会告诉你如何在后台注册作者号，小说如何发文、如何上架，以及稿费如何结算等。不懂的时候，你可以到各大媒体上面看一看其他作者分享的内容，多做做功课，有不明白的一定要多问，总没有坏处。

万事开头难，新人作者想要从事小说创作，想要写出成绩，想要挣得稿费并靠小说来养活自己，这些想法都无可厚非，但有了想法，行动力也要能够跟得上，不然你就会始终停留在"想"的阶段。灵感也好、动力也好，都经不起消耗和懈怠，稍纵即逝。写作永远是开始得越早越好，而想要创作出好的故事，阅历自然是越多越好，生活中所有的经历，都是你写作的养料。所以莫怕，动笔即可。

📖 **经验分享**

选择你常看的、喜欢的题材，结合一些时下热门的元素，然后投稿、创作吧。能够完成这些，你的写作之路就相当于正式开启了！接下来你要做的，就是大量地看、勤奋地写！写得慢也没关系，等你坚持创作几年后，也会从新人作者成为老作者，彼时岁数小的朋友过来问你为何一小时能码那么多字，你也会告诉她：无它，惟手熟尔。

第三节　抓住网络热词，小说也要与时俱进

网文市场的变化和互联网的变化是息息相关的，网络小说和传统文学的不同也在于此，传统小说的创作往往需要作者进行很长时间的打磨，从选题到创作，再到出版，中间要经过一道道的流程，开研讨会、修改，对内容把控得相当严格。

网络小说则是要**"快"**。

作者有了灵感，一般写个一万字左右的开篇加上人设大纲，就可以投稿给编辑，编辑看过之后觉得可以，便会敲定签约，签约过后作者就可以上传内容，开始更新了。

后续更新的内容，除了网站后台会有专门的审核编辑检查有没有敏感内容，剩下的部分基本都由作者本人自己把控，编辑往往没有那么多时间去盯每部作品。

中间减少了许多流程，作品上架、面世自然也更快。

一部几十万字的出版作品，从签约到上市，短则几个月，长则一年半载；而网文花上一年半载就可以写出长达百万字的小说，并且能够经受住市场的检验。

为何一定要快呢?

这基于网文市场的环境。人在实力还没有非常强大的情况下，无法轻而易举地改变环境，只能去顺应环境。生存，永远是普通人、普通作者需要考虑的要事。

网文市场的热门题材类型变换得非常快，每隔几天就会有新书上榜，每隔三个月榜单便会更新换代一轮。网文市场的跟风现象也非常厉害，往往出了一本爆款小说，就会有一大批跟风创作的作者，同类型的作品如雨后春笋般相继冒出，速度之快令人咋舌!

而这一批作者，也是典型的市场文作者——什么赚钱，他们就写什么！

编辑收稿同样如此。

如果这段时间，忽然有一本带有"真假千金"[①]元素的重生爽文火了，那么你就会看到，各大编辑的收稿类型中将关于真假千金的重生爽文排在第一名的位置，大站小站的编辑都在收这一类型的稿子，这也意味着作者们投这个类型的小说很容易过稿，因为市场供不应求。所以对于新人作者来说，如果想尽快过稿，可以在开文之前去看看榜单上流行什么题材的小说，也可以直接去问问编辑最近主收什么类型的小说，编辑给的方向，通常都是最近比较热门的题材。

网文市场的热门题材，和当下的网络热词是分不开的。

聪明的作者，很懂得**"借势"**，即**关注社会风向**，知道近期网上流行什么，大家关注的话题又是什么。譬如女频这几年大热的离婚爽文，便是如今的网络风尚，即那句非常流行的"结婚是为了幸福，离婚也是"。这类的小说，通常是女主因为在婚姻里得不到丈夫应有的尊重和爱，失望之余选择了离婚，重启自己的人生。而女性觉醒后，往往会由把希望寄托在别人身上转变为靠自己，虽然离婚后也会遇到各种各样的困难，但她们都会迎难而上，找到新的自

---

① 真假千金：女频网文的一种类型，女主和女配往往一个是真千金、一个是假千金，自小因为诸多原因被掉了包，是"狸猫换太子"这类设定的延伸。

我，焕发出光彩。

女频小说的受众群体大多是女性，热门题材之所以会成为热门，也是因为它贴合了当下大多数女性现实生活中所面临的问题或者困境，以及心理层面的需要。小说的存在，一方面让人看见现实中的自己，另一方面也给无法短时间改变现实困境的人一份希冀。这何尝不是网络文学存在的价值呢？

从古早的"娇妻文学"到现在的"大女主爽文"，女频网文在短短几年的时间里仿佛经历了一个时代的转变，这自然和当今时代的发展，以及女性的成长和觉醒息息相关。

📖 **经验分享**

时代在进步，小说也要与时俱进，作为作者，我们的思想也要不断进步，这样才能为网文市场注入源源不断的生命力。

第六章

女频网文的写作技巧

每个作者在写作初期都没有太多技巧，往往都是凭**灵感**在创作。

只是灵感不会时时有，新人在创作的过程中，经常会被人物和剧情卡住，不知道该如何往下进行，只凭感觉写作，写着写着很容易跑偏，短篇故事还好，如果是长篇小说，就更加考验作者的笔力：开篇如何切入，剧情如何转折，结尾如何处理，每一个阶段都会面临许多问题。而这些问题，老作者通通都经历过，他们绞尽脑汁地想出了很多办法，总结了一些经验，并且反复实践过这些方法。站在巨人的肩膀上往下看，会有种豁然开朗的感觉。

我是如此，希望你看完以下的写作技巧和方法，也会有同样的感受。

接下来这章内容将从开篇、故事模板、人物塑造、情节设计、悬念、剧情流和感情流的区别，以及女频小说如何写出上百万字的大长篇等诸多方面，将写作技巧与具体案例相结合，为大家逐一分析。

第一节　女频网文的开篇——黄金前三章，成功的一半

所谓爆款小说，需满足天时、地利、人和，缺一不可。

天时是运气，地利是好的平台，人和便是小说的质量。而一部小说之所以能够成为爆款，在同时间段的上百部小说中杀出重围，冲上榜单，一定有它的可取之处。当我们看到一本爆款小说，开始分析它的时候，首先要分析的便是它的开篇。

这时，我们会惊奇地发现，爆款小说出圈的原因不一而足，有的是因为感情线拉扯得到位，有的是悬念和钩子①埋得好，有的是故事线和人物设定足够新颖，但能够大爆的作品都具有一个**共同点**，那便是**开篇精彩**，尤其是前三章，很吸引人。

无论编辑还是资深的作者，谈到小说都会提到开篇的重要性。

所谓"黄金前三章"，不是没有道理。如今网文市场作品泛滥，一部作品想要在众多小说里面脱颖而出，开篇至关重要，因为读者点开一部小说作品，首先看到的便是它的开篇。如果连开篇都吸引不了读者，自然也很难让人继续往下看。

尤其是长篇小说，如果开篇不够精彩，读者通常没有耐心继续阅读，不论你后续内容写得多么跌宕起伏，人物刻画得多么饱满，都是马后炮，好比相亲时第一印象很重要，如果第一面双方就互相

---

① 钩子：指小说里那些能够抓住人心、让人忍不住想要往下看的情节或伏笔。

看不上，自然没有兴趣继续往下深聊。

　　作为一名阅读小说多年的老读者，每天我都会在各大平台翻看小说，偶尔看到一部开篇对我胃口的小说，我就会迅速从床上弹起，分外惊喜，甚至有种在茫茫人海中遇到了"一见钟情"的对象，欢呼雀跃，心潮澎湃，接着便会郑重地继续往下看，直到废寝忘食地看完它，如果后续内容依旧精彩纷呈，那么看完时我还会恋恋不舍。

　　而成为作者后，打磨开篇成了我每一次开文的常态。

　　有时候开篇可以一气呵成，有时候则需要磨七八个版本，我才能写出一个像样的开篇。随着写作年数以及作品成绩的累积，我愈发认识到好的开篇有多么重要。

　　那么如何写出一个精彩的开篇呢？我总结了以下几种开篇的类型。

一、开门见山法

开门见山，意味着简洁明了。

第一句话便直接**切入正题**，不需要铺垫太多的背景，就像说书一样，能把人迅速代入你要讲的故事，就是你的本事。

拿我自己的作品《前妻乖巧人设崩了》来举例：

从书名中的"前妻"一词可以窥见，这是一部典型的婚恋文，开篇第一章，便是女主南颂被离婚的场景，而切入便是直接从对话开始。

"离婚吧。"

结婚三年，男人一如既往地惜字如金，清清冷冷的三个字说出来，没有一丝人情味。

南颂站在喻晋文身后，盯着他高大挺拔如松的背影，看着他映在落地窗上冷峻无情的容颜，只觉得一颗心凉到了谷底。

垂在身侧的两只手无声地蜷成拳头，发着抖。

她最怕的一句话，终于还是来了。

用对话切入，会让人迅速进入一种情绪，知道要发生什么事情。接下来的文字叙述，都是从女主视角刻画的场景，男主冷漠无情的样子，女主隐忍的情绪，以及两个人之间的关系，在读者心里很快就会有一个大致的雏形，这便是**初印象**。

初印象建立起来后，读者就可以迅速了解即将展开的是一个什么样的故事，男主的高冷霸道，女主的卑微，在男主开口说第一句话，提出离婚的时候，便让人想要了解接下来会发生什么，女主会同意离婚吗？两个人会迅速地离婚吗？

评论区很有意思，读者的反应如下。

"看到开头三个字，就坐等这个男的打脸①。"

"就是喜欢这么简单明了霸气。"

"开头也太好了，干脆利索。"

"开门见山，爱了爱了。"

"哈哈哈好直接！"

"接下来就是追妻路漫漫其修远兮。"

读者们都是阅文无数的，当她们被书名和简介吸引着点进来的时候，要看的就是一本"追妻火葬场"的离婚文，坐等男主打脸，女主华丽转身，而在这样的期待下，开篇不需要赘述很多，越简洁明了越让人想要接着往下看。

再拿一本古言重生小说举例。《侯门主母操劳而死，重生后摆

---

① 打脸：指某人自信满满地断定了事态的发展，但事实与其断定的完全相反或差距很大，也指被当面证明错误，使其丢脸。

烂了》——从书名可见，这是一部典型的传统古言宅斗、重生虐渣①打脸的爽文。开篇第一章，也是从语言和对话切入。

> "云婉，这五个孩子你觉得怎么样？"
>
> 眼前的场景，耳边的人声，十分真切。
>
> 蔺云婉神情恍惚，真的重生了。
>
> 她回到了二十三岁这一年，嫁到武定侯陆家的第七年。

开篇寥寥几句话，让读者迅速抓住一些关键信息，知道女主是重生回来的，并且回到了二十三岁这一年，而她重生后是嫁作人妇的状态，依旧是侯门主母。

简洁并不代表草率。开篇第一章，尤其是打开书的第一页，每一句话都不能是废话。作者需要给出一些关键的信息，以及充分调动起读者的情绪，引起读者的好奇心，让读者期待接下来会发生什么。女频小说开篇最重要的便是**代入感**，也就是情绪。

所以开篇也需要刻画好**女主的人设**，女主人设立得越讨喜，越叫人心疼，读者的代入感就会越强。能够吸引读者继续往下读，小说便成功了一半。

要知道，单是因为开篇没有吸引力就弃文的读者太多了。

---

① 虐渣：通常指主角通过各种手段向那些心怀不轨、不知悔改的人讨回公道。

二、插叙法——从矛盾最突出的地方切入

女频小说开头用插叙，也是比较常见的一种写法。这种写法在新媒体小说中用得比较多，<mark>即感情线并不是从男女主刚刚相遇的时候写起</mark>，而是从他们**爆发矛盾冲突**的时候写起，过往的经历作为回忆在需要的时候插入进去，会造成一种**时间差**，过去和现在的处境往往会有强烈的反差，这也是爆款小说中一种常用的写法，通过制造时间和空间上的信息差来埋下伏笔和悬念，调动读者情绪。

譬如霸榜虐恋情深榜单很多年的经典新媒体小说《蚀骨危情》，开篇就是从女主被误会陷害了女配，被男主抛弃、众叛亲离的悲惨境地写起——

"不是我，你相信我。"简童倔强地盯着车里的人，大雨瓢泼地下，车窗被雨打湿，花了的车窗，隐隐约约可以看见车子里那张冷峻的脸。简童颤抖着身子，站在车外，隔着车窗，大声地喊："沈修瑾，你至少听一听！"

车门突然打开，简童来不及高兴，一股大力，将她狠狠拽进了车子里，她栽在他的身上，干爽的白衬衣，瞬间湿了大片。

"沈修瑾，那些伤害薇茗的小混混，不是我安排的……"简童刚说，一只修长有力的手指毫不怜惜地捏住她的下巴，头顶上传来他特有的磁性的声音："你，就这么喜欢我吗？"

"……"

"喜欢到不惜害死薇茗？"

这本小说能够霸榜那么多年，时隔那么久还会被人反复阅读，并且依旧在吸引新的读者，就说明它的开篇经过这么多年依旧能吸引读者。

新媒体虐恋类小说开篇的典型特点是节奏快、虐恋基调、误会开场，《蚀骨危情》的开篇完全符合这三个特点，这本书甚至也是开创这一流派的先锋、经典作品。

开篇几段便从女主追着男主解释误会的场景切入，女主的急切、男主的冷漠和对她的不信任，都叫人心中一紧，迅速将人的情绪调动起来，让人好奇他们之间发生了什么事情，那个叫"薇茗"的人是谁？和男主又是什么关系？

而发生的这件事，显然激发了男主和女主之间的矛盾，让他们有了冲突，也是他们之间的关系和彼此命运的转折点。以这个事件作为开场，无疑是将原本人生中最高潮跌宕的部分摘取出来，那么过往的经历就可以作为回忆插入，未来会发生什么，都将经由作者的手将读者代入她刻画出来的世界。

插叙这种开篇写法，往往是从主角命运的转折点开始写起。这样的写法能充分体现情节的**矛盾感**和**刺激性**，能够迅速地将读者的兴趣激发起来，让他们对剧情产生一种期待感。情绪调动起来后，后面也需要有**反转**，不断地制造**悬念**，才能够反复拉扯读者的情绪，吸引人不断地将故事看下去。

三、倒叙法——从人物结局写起，打造宿命感

倒叙法的开篇也有不少，主要适用于重生类的小说，从人物结局写起，会有一种宿命感。尤其是古言类的小说，本就是放在古代的环境下，以现代视角来看那是另一个时空的故事，从主角上一世的结局写起，再重活一场改变人生，读者会有一种陪着主角一起复盘上一世，改变这一世命运的爽感。

不少爆款小说采用的便是这种倒叙式的开篇写法。

例如 2023 年古言市场上的爆款小说《云鬓乱：惹上奸臣逃不掉》，第一章便是从侯府老夫人临死前的经历写起。

"老夫人，您的身子怕要吃不消了，咱们还是在客栈歇一晚，明日再上山吧。"

车厢里，瑾嬷嬷有些担忧地看着自己的主子，靖安侯府老夫人柳云湘。

她刚过五十，本该雍容华贵，却一生操劳，比实际年龄更显老态，身子骨也越来越差了。

老夫人睁开眼，苍老的面容上带着几分戾气，"今日就上山，咳咳……"。

"老夫人！"

瑾嬷嬷忙扶住老夫人，见她竟吐了一口血。

"死前不见他一面，我不甘心。"

女主角柳云湘十六岁嫁给靖安侯府三公子，成亲当天丈夫便外出征战，英年早逝，女主一生守寡，操持着侯府，却在临终前得知丈夫没死。

开篇第一章通过女主跋山涉水见到了丈夫和另一女子在山下世外桃源过着幸福美满的生活，反衬她的孤单寂寥，也回顾了她这一生早年守寡，为了操持侯府付出了多少艰辛，却一直被蒙在鼓里，生生憋屈死了。

这样倒叙的写法会让读者知道上一世女主经历了什么，因何落得这样的结局，原来是被人蒙骗一生，憋屈而死，当情绪压到低谷的时候就会触底反弹，读者会特别期待下面会发生什么，以及女主重生之后，又将会如何改变自己的命运。

读者有了期待，期待又不停地被满足，再加上情节时不时地反转，这样作品便可以抓住读者的心。

还有一本在晋江文学网大热的古言作品《鸣蝉》，也是用了倒叙式开篇。

"娘娘！"

宫人跪在榻前，泪流满面。

谢蝉的目光落在宫人怀里抱着的襁褓上，气若游丝地问："哪里来的孩子？"

宫人哭得双眼通红，面容扭曲，含恨道："是姚贵妃的孩子！娘娘，奴婢把贵妃的孩子偷来了！娘娘吃了这么多苦……奴婢救不了娘娘……奴婢要为娘娘报仇！等奴婢杀了这个孩子，陛下和贵妃一定痛不欲生！"

开篇通过女主临终前发生的事情和她对皇帝的遗言交代了她的一生，年少患难夫妻，生死与共，终于成为皇后，却被枕边人算计，终究是为他人做了嫁衣。女主这一生活得辛苦、憋屈，最后身心俱疲地离世了。

这两部作品的女主性格不同，虽然都是劳累、憋屈而死，但重活一世的心境和目的也不尽相同。

《云鬟乱：惹上奸臣逃不掉》的女主柳云湘前世是因为受丈夫一家的蒙骗，她死前是恨的，所以重生回来后，她想做的是找到那些蒙骗她的人，为自己讨回公道。她不想再委委屈屈地过一生，而是要为自己而活。

而《鸣蝉》的女主谢蝉一生过得谨慎、辛苦，最后灰心丧气地离世，她心力交瘁，死后化成一抹游魂目睹了其他人的结局之后，发现每个人都是求而不得，谁的一生都过得不易，反而变得通透，放下了很多。重活一世后她成了一个小孩子，虽然有前世的记忆，但心境和前世已经有了很大的不同，只想安稳过一生。

📖 **互动问答**

- 你读过哪几部用倒叙法作为开头的小说？
- 回看你喜欢的网文作品，判断一下它们开篇用的是哪一种写法。

　　插叙、倒叙的方法其实本质上都是在设置悬念，而开篇设置悬念的方法还有很多。有一个很简便的方法，就是把应当出现的信息隐藏掉，这样就形成了一个悬念。我们知道，当我们叙述一个故事的时候，要有故事的起因、经过、结果，如果我们刻意隐藏其中的一个部分，这个故事就有了让人遐想的空间，这也就是为什么很多小说会将结果先放在开头，在后续行文中再慢慢展开过程、矛盾、冲突。还有很多小说把主角人物的一句话放在开头，那一句话就可以激发起读者的好奇心，让他们迫不及待地想要继续阅读找到答案。

　　还有一些非常奇妙的悬念，读者知道，但文中的人物不知道。比如在热播剧《惜花芷》中，男主顾宴惜的世子和七宿司司使的身份，女主一开始是不知道的，但是观众却知道，所以观众就会好奇：女主什么时候会知道男主的身份？她知道以后，两人会不会吵架和产生误会？

很多女频小说的男主角也都是扮猪吃老虎，女主以为他平平无奇，但其实男主家世显赫或身手不凡。这些都是作者刻意留悬念的写法，让读者在读的时候就期待男主身份公开、真相大白的那一刻，以此产生追下去的欲望。

第二节 女频网文的故事模板——万变不离其宗

最早的网文作品没有什么模板可言，那时候互联网刚刚兴起，喜欢写故事的作者会在博客、贴吧、论坛和网站上发文，由于平台少，有闲心创作的作者不多，作品自然也少，创作者都是信马由缰地写，不为名利，只图开心。

许多大神作者早期都是从写同人小说开始的，完全是出于喜好，就是我们常说的"为爱发电"。后来平台多了，写小说的作者多了，渐渐形成了网文圈。随着小说作品层出不穷地出现，出现了百花齐放的场面，小说的类型也逐渐多了起来。后来的学习者通过参考前人成功的经验，于是分析出了故事模板、梗和人设等。

而故事模板之所以会被人争相学习，自然是因为它有可取之处。尤其是现在网文作品众多，竞争也愈发激烈，新人如果想要进入网文圈却无从下手，不妨多学习一下前人的经验，因为这些故事模板已经经过了市场的验证。

新人作者想要进入网文圈并通过写小说赚取稿费，第一步就是和平台签约，那么如何才能够顺利签约呢？

不管什么类型的小说作品，大多数编辑会收的稿子，都是要在原有模板上，再加上作者的一些创新，所谓"旧壶装新酒"，既要有模板，也要有新颖的亮点，这样才能保证小说上架后能够顺利通过测试，并且出圈。

许多新人作者会有一个误区，即觉得某一个类型的小说看来看去好像内容都差不多，瞧不上诸多相似的故事架构和情节走向，甚至想要推翻这些俗烂的套路，推陈出新，创造出新的东西。而当他们绞尽脑汁地写出一个与众不同的开篇，兴冲冲发给编辑，以为它会让编辑觉得喜出望外，觉得自己是一个天才的时候，现实往往是被编辑拒稿。甚至有时编辑会告诉他们："你写的根本就不是小说，麻烦你先去看看同类型的小说作品，学习一下人家的思路。"这简直是晴天霹雳！这种时候，新人作者往往会心有不服，反驳说那些套路文太多了，没什么新意，看不进去。再看看自己写的故事，他们还是觉得非常好，不解作品为什么会不被认可。

我也看过一些新人作者写的作品，无论之前看过多少本小说作品，他们写出来的东西和他们脑中构思的东西终究是不一样的，说小说不像小说，说散文不像散文，很像学生时代写的记叙文，像流水账一样，没有条理，没有冲突，没有人设，甚至连视角都是乱的，一直在不停地转换。

说句不怕打击新人的话，这样的作品叫"四不像"。

当然也不乏一些有灵气的作者，他们在刚刚踏入网文圈时写出来的故事就很好看，文笔好，故事、冲突和人设等都不错。但我们也照样能感觉到他们笔力的稚嫩，转折或者细节多多少少都有生硬的地方。这都无伤大雅，毕竟每个作者都是这么过来的。哪怕是像我们这样写了很多年的作者，即使对于运用故事模板仿佛已经驾轻就熟了，提起一个类型的作品都能够做到侃侃而谈，但是真的创作时，也还是会有种种问题。

学习故事模板，就像学习网文的基础课程，我们要把基础打好之后，再想着如何拔高，而不是还没有学会走路，就已经想着跑了，这样容易摔倒。基础打得越牢固、越夯实，后面的每一步路就会走得越稳当。而学习模板就好像站在巨人的肩膀上走路，有人驮着你，为你托底，你自然走得就会更加顺利。

目前女频网文的故事模板可以根据类型来划分，常见的有以下几种类型。

一、"追妻火葬场"

追妻火葬场是女频网文很常见的一种故事模板，适用于很多类型的小说作品，例如离婚文、破镜重圆、虐恋、重生文等，可以说它是作者在爽文和虐文中都比较喜欢用的一种故事模板，比较好写，但想要写好也并不是那么容易。

所谓追妻火葬场，简单来说就是女主爱上了男主，掏心掏肺地对他好，甚至爱到了卑微的地步，可男主因为心中有白月光，把女主当成替身，或者由于其他种种原因，对女主非常冷淡。等到女主彻底伤心、心灰意冷离开男主之后，男主又会幡然醒悟，意识到原来他是爱女主的，也忽然明白女主对他有多好，便展开了漫漫追妻路。在这类故事中，通常男女主的地位一开始是有差距的，譬如男主是总裁、王爷等有一定财富与社会地位的人，女主角要么是平凡女子，要么是落魄千金，社会地位上和男主差一截，男主给人一种高高在上的感觉，等到他爱上女主之后，开始追妻之路，就会从神坛上走下来，而女主越来越优秀，可以和男主并肩前行，或者当女主已经看破红尘之后，她发现情爱不过如此。

这类文的受众群体追求的，就是女主离开男主后坚强自立、变美变强，而男主为了重新追求她会使出浑身解数，从最初的冷淡疏离变得深情款款，甚至可以为了女主牺牲全部、豁出性命的那种强烈的你追我赶的情节，以及男女主心态互换所带来的爽感。这些都会让女性读者有一种代入感，符合内心对自我、对爱情的一种期待。

最初的偶像剧，大多也都是追妻火葬场类型的。譬如风靡一时的《命中注定我爱你》《王子变青蛙》《放羊的星星》等，都是平凡女孩与高帅总裁的恋爱，不论女主一开始对男主有多好，男主对女主总是冷淡的、疏离的，两人中途因为种种误会分开，几年后再遇见，男主看到女主后再次心动，追悔莫及想要追回女主，女主开始变得冷淡、疏离，而此时女主身边往往也有了别的追求者，给男主造成危机感。

观众最喜欢看的就是两个人之间那种情感拉扯的过程，以及男主想要追回女主那种纠结痛苦挣扎的心理，最期待的就是他们消除误会，重修旧好的情节。

追妻火葬场总离不开一个词——破镜重圆。

毕竟追妻火葬场就意味着两个相爱的人中间会有分开的时候，想要再和好，就要经历"破镜重圆"的过程。这一类的小说和电视剧也有很多，像顾漫的小说《何以笙箫默》，还有职场剧《闪耀的她》，讲述的都是大学时代的恋人分开多年，后来再度重逢，擦出火花的故事。

小说很多时候既投射了现实，又满足了读者对现实生活中往往不能实现的感情的需求。追妻火葬场这类文中一定会有分手的情节，而"分手"这个词在现实生活中也是很多人会经历的事情，它伴随着争吵、误会、离别，总是不那么愉快的。现实生活中的很多情侣都会分分合合，但不是每一对情侣分手后都会和好。

正因为现实生活中"破镜重圆"很少见，等候多年的真爱更是稀有，所以这种经历才会显得格外特别，有一种"兜兜转转，最后还是你"的宿命感，令人唏嘘。

另外，前文中提到了追妻火葬场里面的白月光、替身元素，不得不说现在也很流行一种双替身文，就是女主也在把男主当成替身，这类文章又多了一重戏剧性，感情拉扯更为激烈。

二、穿越重生

穿越重生类的小说古言和现言题材都有，以爽文为主。

这一类小说的模板是：开篇女主境遇很惨，重生后回到小时候或者回到几年前，她有了预知未来的金手指，便开启了所向披靡的崭新人生。

文中通常可以分为两条线路——感情线和剧情线。

感情线有以下几类：要么是女主前世被男主和女配所虐，这一世男主幡然醒悟，转过头来追求女主，开始"追妻火葬场"；要么是女主和男主在前世就认识，但两个人未必是情侣关系，或许是死对头，或许是青梅竹马，这一世反而擦出了火花，强强联合，最终走在了一起。

并且，男主的塑造要有"苏感"①，身份通常是王爷、将军、世子等，位高权重、霸气外露，对女主要能提供一定帮助。

剧情线通常是以对抗反派为主，主角会有很强的目标感，将敌我阵营划分开，像升级打怪一样，将反派逐个击破。先宅斗再宫斗，通常会加入权谋的元素。

穿越重生类的文追求的是爽感，前世女主要多惨就有多惨，读者对女主有了代入感之后，就会期待她这一世会如何改变自己的命运。这类文要求的是节奏快，有钩子、伏笔和反转，最后一定要有大快人心的感觉，仿佛憋着一口气重重吐出去的爽感。像《嫡长女她又美又飒》《云鬓乱：惹上奸臣逃不掉》《神医嫡女》，还有大热的小说作品《知否知否应是绿肥红瘦》《星汉灿烂：幸甚至哉》都属于这类。

---

① 苏感：角色在刻画中自然流露出来的令读者心动的性格魅力。

三、真假千金

真假千金类的小说也是爽文居多。它脱胎于"狸猫换太子"的故事。

女主从小被抱错，在乡下长大，明明应该是备受宠爱的千金小姐，却吃了许多苦。好不容易被亲生父母接回家，父母又舍不得把养大的假千金送回去。假千金娇娇弱弱，不但要和女主争夺父母的爱，还要和女主抢男主。真千金虽然是在乡下长大的，但身怀多重技能，没人爱没关系，她靠自己也能收获自己的事业和爱情。

这一类小说对亲情和原生家庭刻画得会比较多，正所谓"亲情刀最虐人心"。父母的偏心，女主从出生时命运的改变，真千金受尽冷待，假千金备受宠爱……种种不公平的对待都能让人联想到现实，戳中读者的心。

真假千金文通常会和马甲爽文的模板相结合，比较热门的作品有《真千金她是全能大佬》《穿成替嫁真千金》等。

四、禁忌之恋

这里所说的禁忌不是真正的禁忌之恋，而是指两人的恋爱会有一些明面上的困难。比如以下两种情况。

1. 难以逾越的阻碍：比如男女主的家庭在生意场上是死对头，两个人也从小就互相看不顺眼，可没想到在日益的竞争、相处中感情升温了；或者女主的父亲是男主父亲的杀父仇人，男女主之间有杀父之仇，两个人之间有一道无法被忽视的鸿沟，有明明相爱，却无法在一起的悲壮感。

2. 师徒／师姐弟等关系：男女主两人在关系上有着身份禁忌，两个人明明相爱，但是又不敢相爱，一步步沦陷，又拼命控制自己，极具拉扯感，让读者欲罢不能。

五、主角有特定的疗愈作用

这类文会让小说在冥冥之中产生宿命感，比如男主有很严重的失眠症，但女主做饭炒菜的声音却治好了他的失眠；再比如男主怕火，而女主治好了他怕火的病症；或者男主是一只猫，但是亲一下女主就可以变成人。男女主只有面对对方时，才能够发生某种改变，从而有一种命中注定的感觉。

六、增加好玩的 Buff

一些有趣的 Buff[①] 刚刚出现时很新颖，但没过多久就会成为一个他人也会使用的设定。比如有段时间很火的读心术，男主偶然间获得了这项技能，一下子看出了女主心中所想，但男主默不作声假装自己不知道，默默地看女主演戏，并且故意捉弄女主。

---

① Buff：该词原意是增益，在小说中一般指一些特殊的人物技能或设定。

七、男主有缺陷，女主替嫁

这类模板在替嫁文中也很常见，比如据说男主是个残疾，在轮椅上不能动，或者据说男主有病，活不过今年等，没有人愿意嫁给男主，女主就被迫嫁了过去，结婚后发现男主不仅没病，而且长得还很帅，之前装病都是为了躲避坏人的迫害，两人阴差阳错结了婚，后面日久生情。

除了以上所说的常见故事模板，还有娱乐圈顶流夫妻文、种田文、宅斗文以及带着系统的脑洞文^①等，其中都有一些基础的故事模板。

故事模板众多，但都万变不离其宗，大多都是新媒体风的开篇+无线风的后续+感情流为主。新媒体风的开篇便是以虐开篇，让读者对女主有一种代入感，调动起读者的情绪，节奏通常比较快；无线风的后续便是打脸剧情要跟上，伏笔、期待、反转、钩子都要有；而女频这边都是以感情流为主，男女主角的拉扯感要足，暧昧、纠结、犹豫、矛盾、冲突，都需要给足。

自然，也会有一些"反模板"的小说。

反模板说白了就是在原有故事模板的基础上进行创新，譬如以前都是男主或者女主失忆，而这篇小说是让男配或者女配失忆，人

①通常讲述主角意外与一个系统绑定，不得不完成系统发布的一系列任务，相应也会从系统处收获奖励与帮助，从而展开一段奇遇。

物一转换，剧情设计就会有不同，看腻了主角失忆的读者就会感觉到新鲜。

之前有一本《新婚后，植物人老公忽然睁开眼》小说的作者用的就是反模板。

以前植物人类型的男主通常都是很快就苏醒了，可这篇小说男主很久之后才苏醒，前面一直是以植物人的样子躺在床上出现，没有什么台词，可他和女主的互动并不少。

这种写法也会给读者一种新奇的感觉，并且期待男主到底什么时候才会醒，而女主前期对他的捉弄也好，照顾也罢，还有和他表达的心迹都是用另一种方式替代了大部分此类文中男女主你来我往的互动。男主前期越"被动"，越让人期待他醒来后的"主动"。

但反模板的小说火了之后，也会被人争相学习，于是它也渐渐会变成一种比较常见的故事模板。大爆的作品，在人设、文笔、节奏、剧情、感情拉扯等方面，总有能够让人学习的地方，学习的人多了，自然就形成了模板。

> 📖 **经验分享**
>
> 勤奋者学习潮流，有才者创造潮流，都好。

第三节　人物塑造

小说离不开人物塑造，有血有肉的人物总能给人留下深刻的印象，甚至在很长一段时间内可以影响读者的成长，这也是人物塑造的意义所在。

而在小说的创作中，情节、人物都是重要的组成部分，==人物甚至居于主导地位，情节要为人物服务，让人物创造丰富多彩的情节==。而在一部小说中，人物通常是非常繁多的，主角、配角、正派、反派，包括一些边边角角的人物，正是因为有这么多形形色色的人物的存在，作者才能构建起一个平行世界。这些人物在他们的世界演绎着别样动人的故事，每一个人物的出现和存在，都有其不同的意义。

一、塑造讨喜的男女主

==男女主自然是一部小说的灵魂所在==。他们是小说的主角，这就意味着小说中讲的是他们的故事，所有的情节都是围绕着他们来展开的，而所有的配角也都是为主角来服务的，男女主处于一部小说的核心地位，自然要被塑造得讨喜些。

==这也就意味着主角的性格是深受读者喜爱的==，他们可以有缺点，但不能有绝对的硬伤，最好是符合当下的主流价值观。譬如早些年流行琼瑶剧，主角都是爱情至上，不论主角是什么样的身份和性格，都执着于情情爱爱，为了爱情要死要活，爱情可以感动天地。

书籍、影视、音乐，都会影响一代人，小说也是如此。但所有的艺术创作都是当下时代的反映，都会带有某个时代的烙印。正所谓"艺术来源于生活"，创作者所处的环境对他的创作自然是有影响的，每个作者写的东西都会受其过往经历和当下环境的影响，这个影响是深远的，状态则一直是流动的。

1. 女主的塑造

早几年的女频网文大多是娇妻文学，从书名便能看出，什么"娇妻难哄"，什么"总裁专宠小娇妻"等，女主角的性格大多是傻白甜[①]，娇滴滴的，内容往往围绕着雌竞、为了男人争风吃醋以及"总裁专宠我一人"的甜腻情节。虽然当时也有一些大女主、女强女尊等类型的网络小说，但市场的主流还是娇妻文学。

随着时代的发展和女性的成长，现在的女频网文以大女主和男女主旗鼓相当的双强[②]CP为主，傻白甜女主已经不吃香了，同情心泛滥的女主更是被读者嫌弃，读者喜欢看的是又美又飒的大女主，女人也能撑起自己的天，不用非得靠男人过生活。所以爽文、甜文成了最新的流行趋势，离婚文、马甲文、无CP的小说越来越多。

---

① 傻白甜：一般指天真、单纯、善良、缺乏世故和心机的性格特点。
② 双强：指男女主的人设都是很强大的，两人不存在明显的地位差，是一种势均力敌的状态。

女频网文的受众大多是女性，女性看小说代入的都是女主视角，所以女主性格讨喜就会让人有代入感，既然要有代入感，那么小说中的女主一定得是人们想成为的样子，她需要有美貌，就算没有绝世容颜，也要有好的性格。

讨喜的女主往往有以下这些类型：倾世容颜、特立独行、独立自主、清冷淡漠、不卑不亢、温柔可人、身材姣好、勤奋上进、慵懒松弛、英姿飒爽……

就好像每个人都有自己不同的性格一样，女频网文中女主角的性格也都不一样，但总有让人喜欢、让人能够记得住的特点。譬如Twentine 笔下的女主角大多是特立独行的，尾鱼小说里的女主角神秘、美丽、霸气，皎皎所创造的女主都是学霸类型，八月长安的女主可爱又调皮……作者在创造女主角的时候，自然也会有偏好的人物类型。

哪怕每个女主角的外形和成长经历不尽相同，但是她们在遇到一些事情的时候展现出来的性格大多都是一致的，她们自然也有缺点，但瑕不掩瑜，无伤大雅，她们的缺点反而会成为她们的"萌点"，让人印象更为深刻。

譬如尾鱼的《西出玉门》里又美又飒、霸气外露的叶流西，缺点就是又穷又横。Twentine 笔下的女主角，不论是《一个不为人知的故事》里的杨昭，还是《打火柴与公主裙》里的朱韵，都是家境优渥性格骄纵，看似不接地气，但真实又鲜明的性格造就了她们的与众不同，总能给人留下深刻的印象，叫人欲罢不能。

2. 男主的塑造

除了女主角要讨喜，女频网文中对于男主角的塑造其实更为重要。女主角是读者对自己的想象，那么男主角就是读者对自己另一半的想象。女主角可以有缺点，有硬伤，可男主角一定不能有明显的硬伤。哪怕出场的时候男主条件不好，他也不能真的条件不好，得有过人之处，他总得有点儿光环，不然怎么能够留住读者的芳心呢？

女频小说中的男主一定要有苏感，和女主得有 CP 感，这样两个人的对手戏才会好看。所以作者在创作的过程中，对男主角的刻画要用心，要颇费笔墨，要让男主有足够的优点令读者喜欢，还得有一些特殊的缺点令读者心疼。

以前还有一个关于小说男主的排行榜，那时流行这样一句话："百年修得李大仁，千年修得何以琛，万年修得王沥川。"李大仁、何以琛、王沥川，都是深情男主的代言人。可见女读者爱的就是深情、专一的男主角，不管什么时候都是如此，毕竟真爱难寻，现实中深情专一的男人不多见，小说中有这样的男人存在也是好的。

📖 **知识卡片**

创作一部女频小说，前三章一定要立住男女主的人设，让男女主的感情戏有 CP 感，让读者有代入感，这样，这部小说便成功了一半。

二、塑造深入人心的配角和反派

　　配角和反派在一部小说里也是不可或缺的存在。有时候一部小说里面的配角和反派塑造得极为成功，人物魅力甚至比主角还要出彩，更加令人印象深刻。

　　作者创造配角的时候通常不会像主角那样将人物锁定在一定的范围里，因为主角代表着主流价值观和正义的一方，通常是正面、积极的存在，人设不能有致命的硬伤，但也会受到某些限制，很多事情主角不能去做，很多话也不能经由主角的嘴巴去表达，这个时候他们身边的配角就会承担起这项任务。就好像霸道总裁身边一定会有几个好兄弟，要么是医生，要么是放浪不羁的花花公子，性格方面和男主角要有一些明显的区别，他们既可以做男女主之间感情线的助攻，也可以替冷淡话少的男主做一些内心方面的表达，用处非常大。虽然高光通常都在男主身上，但因为他们是配角的缘故，读者对他们的宽容度会很高，哪怕他们是纨绔子弟、花花公子，有很多缺点，但只要他们足够善良，或者幽默，就会因为耍宝或者偶尔表现出来的靠谱赢得读者的喜爱。

　　像《前妻乖巧人设崩了》这部作品，男主喻晋文前期被很多读者抨击，许多读者都不喜欢他过于不解风情的性格，但男配傅彧虽然是个花花公子，却备受喜爱。他担当了耍宝和搞笑的角色，是男主的损友，经常会站在上帝视角去骂他，替女主打抱不平，相当于读者的"嘴替"，这种时候读者就会把男配当成自己人，觉得他和她们是统一战线的，对他的包容性自然会高，哪怕他有些小毛病都觉得无伤大雅。

我先前看小说《知否知否应是绿肥红瘦》的时候，最喜欢的男性角色不是男主角顾廷烨，而是女主盛明兰的大哥盛长柏。后来电视剧播出，演员也将这个角色演绎得很好，人设立得稳，因此盛长柏深受观众喜爱，和小公爷齐衡的热度不相上下。

咱们来简单分析一下盛长柏这个角色：盛长柏是盛府嫡长子，既是女主角盛明兰的大哥，也与男主角顾廷烨有着莫逆之交，是他最信任的兄弟、知己（小说里面并没有这层关系，是电视剧剧本里面加上的关系线，这也给盛长柏增加了许多高光和亮点）。

盛长柏的存在无疑是女主和男主之间的一层联结，对他们的感情线有着推动作用。而盛长柏的人设也是小说中的一股清流，他刚正不阿、洁身自好，稳重内敛、沉默寡言。小说里面形容他：一天说不了太多话，有时候说得太多就会干脆闭口不言。但是在教训弟弟妹妹的时候，他又经常长篇大论。这种反差也会让人物变得更鲜活。他最受人喜欢的一点是，他虽是世家子弟，却对纳妾天生反感，跟妻子海氏伉俪情深。这样品行端正，对感情专一的人物自然也会赢得读者和观众的好感。因此后面当他化解家族危机的时候，整个人都像是发着光，这样近乎完美的人设如果放在主角身上难免有些无趣，因为他实在没有什么明显的缺点，和读者之间是有距离的，但作为配角，就会赢得读者的喜爱。

女主角身边，自然也会有几个重要的配角。小说里通常会给女主设定一个女闺蜜或者男闺蜜，他们的作用跟男主身边的好兄弟差不多，一是为女主设置障碍，二是作为男女主感情线助攻的存在，性格会和女主有所不同，但也是讨喜的。像盛明兰身边的丫鬟小桃，或者后面她的好闺蜜张大娘子，都在某种程度上丰富了女主的人设。

说完配角，再说说反派。

反派人物也是配角的一部分，某段时间女频网文特别流行反派重生或者恶毒女配重生之类的小说，也就是前世是女配，重生后变成了女主，其实也就是换个视角，从女配的角度来重新看待整个故事。你会发现人人都可以是主角。

小时候看偶像剧，追剧的时候很喜欢女主角，觉得女配很可恶。可现在再一看，女配明明家世、相貌、人品、事业各方面都要比女主角高出几个台阶，她和男主才是门当户对的一对，男主居然放着"白天鹅"不爱，去爱"丑小鸭"？但女主自然也有她的优点和可爱之处。

随着时代的进步，人们的思想转变后，更加能够接受一些以前不能够接受的设定，譬如女主不一定非要单纯善良，她的善良也可以是有锋芒的；譬如女主不一定非要家境贫寒，两个人在一起除了爱情，成长的环境和背景是否门当户对也是很重要的因素；譬如以前的女主要么是穷人要么是普通白领，为什么女主角不能够是霸道女总裁或者富可敌国的千金小姐……当读者越来越能够接受这一点后，就会发现以前偶像剧里面的女配角似乎更符合女主角人设，让她来当女主角不是更好吗？

话说回来，反派塑造好了，照样会让一部小说变得更加丰富。主角的人生不可能一帆风顺，作者要为他们设置层层障碍，读者看的就是他们会如何在人生的困境中解决问题，一步步成长起来。而障碍和困境，便是由反派们来制造的。所以反派角色在一部小说里也有着举足轻重的作用。

反派如何塑造得深入人心呢？

首先，反派身上自然会有和主角相反的一些缺点，譬如自私自利，残忍暴戾，或者蛇蝎心肠，蠢笨如猪等。反派大多数是会被读者讨厌的，我们生活中很讨厌的一些人，通常在反派身上总能看到他们的影子。

但人有缺点，也会有一定的优点，反派并非只是工具人的存在，想要把人物塑造得有血有肉，就要从反派的自身出发，想想他出身的环境，是什么样的家庭和经历造就了他的性格。

我们常说，可怜之人必有可恨之处。反推一下，反派这么可恨，背后是否会有可怜之处？能抓住"可怜"这个点，就多少会让读者和他共情，那么这个反派就塑造成功了。有些反派人物，哪怕罪恶滔天，也依然能让读者觉得心疼。

拿《后宫·甄嬛传》里面的安陵容来说，她起初是主角阵营里的小人物，后来她背叛甄嬛，加入皇后的阵营，也帮着皇后做了不少坏事。她自卑、怯懦、敏感、多思，喜欢自怨自艾，而且欺软怕硬，很多人不喜欢她，很多人骂她。可最后她死的时候，还是有很多观众会心疼她，觉得她这一生过得实在是不易。

电视剧《甄嬛传》中，安陵容死的时候苦笑着说："我这一生，本就是不值得。"

从安陵容的原生家庭和成长环境来看，她爹是县丞，她明明出身嫡女，却因娘亲软弱，父亲宠妾灭妻，在家中生活得很不易，养成了胆小、怯弱、隐忍的性格。选秀时，她因家世低微被人欺辱，甄嬛出手帮了她。刚入宫时她是柔弱、善良的，可因为自尊心强，又容易多思多想、钻牛角尖，和主角等人渐渐生了嫌隙。再加上她在后宫位份低微，处处被人欺压，过得谨小慎微，为了活下去，她加入皇后的阵营，变成了皇后的提线木偶，开始争宠。她机关算尽，也做了不少坏事，一步步将自己逼上了绝路，沦为后宫争斗的牺牲品。

很多人讨厌安陵容，也有很多人共情安陵容。多少人在她身上看到了那个无依无靠、谨小慎微又敏感自卑的自己呢？她明明有那么多的技能，有着天籁一般的嗓音，会制香、会绣工、能在冰上跳舞，如果穿越到现代，她怎么也得是顶流女艺人啊，可在后宫那样的环境下，皇上只拿她当一个解闷的小鸟而已。这也是安陵容让人心疼的地方。

还有《知否知否应是绿肥红瘦》里面顾廷烨的继母小秦氏，被称为"史上最强白莲花"，她隐藏蛰伏了那么多年，装慈母装得亲儿子都当了真。她心有城府，有谋略，有手段，若是生为男子也能在朝堂上站稳脚跟，可偏偏只能困于内室同人争斗。饰演小秦氏的演员这样评价小秦氏："自认为是鹰，但是命不好活成了秃鹜。"

小秦氏做了那么多坏事，机关算尽，当她最后功亏一篑，火烧顾家祠堂的时候，那一声怒吼让人动容，那一刻是她自己的解脱，也喊出了观众对人物的心疼。

"这侯府就是吸血的魔窟，我姐姐是个多善良的人，（顾家）为了自保，娶了白家的姑娘，还跟她生儿育女，把她抛诸脑后，毁了白家的，毁了我姐姐，还想毁了我，在这大宅子里演了一辈子的戏，就像是阴沟里的一条蛆，没有一日活得像自己，倒不如勾栏瓦舍来得痛快，这一刻，我要活回我自己。"

📖 **互动问答**

- 一部好的作品，是离不开配角和反派的成全的。哪些小说、影视作品中的配角或反派让你印象深刻？

三、怎么写好群像戏

　　群像戏，顾名思义，就是有很多个主角或者没有绝对的主角的戏剧作品。小说里的群像戏，指的是除了主角之外还有很多比较重要的角色，并且每个人物的存在都有其意义和价值，配角也并非完全用来推动剧情、为主角服务的工具人。

　　群像戏，意味着角色要百花齐放，要展现人物的多样性，每个角色都是有血有肉的鲜活生命，读者可以在每个人身上或多或少看到自己或者身边的人的影子。

　　不过，现在的女频网文，更多的是大女主或者男女双强的设定，以男女主角的感情线为主，即便是有别的配角或别的 CP，他们的存在也是为主角服务的，新媒体小说更是如此。男女主越突出，戏份越多越好，矛盾越集中，主线越明确，作品越容易出成绩。编辑收稿子的时候，也会重点看男女主的对手戏。这和如今网文市场的大环境息息相关，随着短视频的崛起，以及人们生活、工作的步调越来越快，人们很难有大块的时间去静下心来看书或者看剧，能用来娱乐的都是碎片化的时间。这便要求所有的网文作品都要快速展开剧情，要有噱头，有矛盾冲突，能够迅速抓住人的好奇心。如果一篇小说中出现的人物太多，剧情太过复杂，阅读就需要门槛，需要动脑子，而大多数读者看网文只是为了娱乐，不想过多地思考。

这也导致现在的网文作品越来越低龄化，有些剧情甚至显得过于幼稚，情节也偏单薄，人物更是变得标签化、扁平化，所以很多读者和作者会抱怨现在榜单上的作品都不如以前的好看、耐看。但必须要说的是，小白文并不像大家想的那么好写，想让作品雅俗共赏，作者是需要有一定功力的。

女频小说中的短篇或者中短篇不需要那么多的人物，因为篇幅短，作者只需要把主角的线写好就可以了。但上百万字、甚至上千万字的长篇小说，是需要群像戏来做支撑的，只有男女主一条主线，情节就会显得单薄，尤其是写到后面会落入没有东西可写的尴尬境地，因此长篇小说的作者还是需要学习一下怎么写好群像戏。

好看的群像戏有很多，拿影视剧来说，《甄嬛传》《庆余年》《琅琊榜》《武林外传》《大宋少年志》《人世间》《乔家的儿女》《与凤行》等都属于群像戏。《庆余年》和《大宋少年志》的编剧王倦就非常擅长写群像戏。群像戏对编剧的要求非常高，既要有主角压阵，也需要多线并行，所有的人物都串联起来互相作用，每一个配角单拎出来就是一条故事线，既要有其精彩的地方，又不能喧宾夺主。

而每个人的性格都是非常鲜明、生动的，他们的神态、动作、行为习惯和处事方式都不同，这也非常考验创作者的笔力，要能够驾驭这么多形形色色的人物。《甄嬛传》虽然也是大女主剧，以甄嬛为主要角色，但里面的其他人物，如皇后、华妃、安陵容、沈眉庄，都有其丰富的故事线，人物刻画得非常饱满、完整，即便是出场戏份并不多的瑛贵人和宁贵人，也都给人留下了深刻的印象，每个人物都会收获一批喜欢她们的观众，也留下许多经典台词，不论是皇后说的"臣妾做不到啊"，还是华妃临死前那一声"皇上，你害得世兰好苦啊"，都让人印象深刻。

许多宅斗和宫斗的小说，由于框架设定得比较大，所以作者需要用群像戏去做填充，像《知否知否应是绿肥红瘦》《长相思》《美人心计》《步步惊心》等大热的剧，它们的群像戏也非常精彩，每一部剧爆火之后，总会有几个演员出圈、大火，除了演员的演技加持，也是因为角色的人设立得好。

近些年获奖的影视剧，大多都是群像戏，之所以那么多角色和人物都能够让观众记住并津津乐道，就是因为每个人物都很生动、富有魅力，剧情也足够吸引人。放在小说里依然如此，读者最想看到的，永远都是精彩的故事、鲜活的人物，还有丰富多彩的情节。每一个人物的出现都有其意义，每一个人物的存在都有其价值，不论是主角还是配角，抑或是反派，哪怕一些边边角角的角色，都能够让人感觉到与众不同，能够给读者留下印象，能做到这些，这部作品就是成功的。

四、如何刻画好人物

大女主故事也好，群像戏也好，这些都是表象，最重要的还是人物的刻画，以及剧情的精彩程度。所谓的技巧，都是为故事本身服务的，只要故事足够精彩，能够吸引读者一直看下去，那么这就是一部成功的作品。

人设构建的具体步骤如下。

1. 人物基本信息：名字、年龄、身高、体重、外貌。

首先，人物的名字是否能让人眼前一亮呢？比如一个有特殊含义的名字，或者一个能囊括这个人最鲜明特点的绰号，这也是一个不错的加分项。

另外，人物外貌有什么不一样的地方，可以让人留下深刻印象吗？我们在描绘某个人的时候，不要宽泛地说帅或者美，他帅在哪儿？美在哪儿？眼型、鼻型、唇形如何？脸上有痣或是有斑吗？眼角上扬还是略微下垂？长相斯文腼腆还是热辣外放？这些都可以描述出来。我们要有一个从抽象到具象再到意象的过程，把细节落到实处后，再留给读者想象的空间，那我们的人物就不仅仅是一个虚幻的影子了，而是一个活生生的人。

2. 人物性格：优点、缺点，以及性格转变或性格反差。

我们需要记住一点，这个世界上不会存在完美的人，就像光下一定有影，人物的优点和缺点一定会同时存在。

人物的性格可以有强烈的反差，比如对别人杀伐决断，却会对女朋友撒娇；一个霸道女总裁，却喜欢可爱的小猫。这种反差的性格可以让人物给人留下深刻的印象，更加出彩。

人物的性格也可以有其特殊性，比如有强迫症、人格分裂症等，或者看见紫色的光会晕倒、不能吃苦的菜等，人物的一些特殊之处可能会有利于剧情的设定和剧情的展开。

3. 爱好：可以小众一点儿，鲜明一点儿。

描写人物爱好也是为了突出这个人的特点，比如有个人喜欢收集蜘蛛，对虫子有耐心、感兴趣，但对人却比较冷漠，而收集蜘蛛使他和其他人、其他故事产生了联系，这就以人物的爱好推动了故事情节发展。

4. 习惯：小习惯增强读者记忆点，让人物立体。

让人印象深刻的人物，一定要有特定的喜好和习惯，例如喜欢唱歌、喜欢滑板；害羞的时候会习惯性地摸鼻梁、撒谎的时候会不自觉地皱眉、背上痒会打喷嚏；平时会戴银色的腕表、木质的手串；等等，这些小细节都会丰富人物的设定。平时在生活中，你可以多观察你的朋友或者陌生人，每个人都是独一无二的。有可能只需要一个小小的特点，就会让人物变得不一样起来。

这种记忆点也可以体现在语言上，我们要尽量给人物设立个性化语言，因为在一篇小说中，主角说的话占了很大一部分，而主角的话一定要与他的出身、教养、经历、性格有关，闻其声，如见其人。

5. 成长背景：过往的一切会对主角产生重要影响。

我们经常说，过往的一点一滴组成了此刻的自己。那么作品中的人物又有着怎样的过去呢？比如因曾遭遇火灾，所以他特别畏火；比如因原生家庭不幸福，所以他不相信婚姻；再比如他自卑，是因为家长对他从小要求太高，一直都是打压式教育；还有一些反派会做坏事，可能是因为他们从小都没有感受过温暖，常年被人欺负，这才想要在成年之后反抗等。我们要在作品中呈现出一些因果关系和逻辑关系，让这个人物更立得住。在写过往经历的时候可以选用逆推的方法，想想是什么导致了人物现在的境况。

6. 人际关系：主角往往会和配角产生特别的联系。

主角的身边会有哪些人呢？人物关系网也很值得研究。主角会和什么性格的人玩得最好？主角最心疼的人是谁？主角最害怕的人是谁，那个人的手上握着主角的什么秘密？主角对谁最愧疚？一部好的作品，里面的人物关系一定是错综复杂的，想要刻画好人物形象，人际关系的刻画也一定不能忽视。

7. 社会联系：职业、收入来源、社会地位等。

一个人所处的社会地位，以及他的职业、收入都会决定他待人处事的方式。贫穷和富有的人，其生活经历一定是不一样的。

8. 人物小传：让人物更加立体。

我个人是非常喜欢写人物小传的。写人物小传，相当于作者和自己要创造的角色交朋友。他的形象就在你的脑海中，你勾勒出他的样子、他的经历、他人生的种种转折点，就好像他真的在某一个时空存在过，你只是负责把他的故事写下来而已。

写人物小传和为人物建立设定不一样。立人设是给主角贴上显眼的标签，不论是霸道深情，还是聪明果敢、明艳张扬，这些标签都只是表现主角的性格鲜明，使他们能够给读者留下深刻一些的印象，至少通过他们的样貌、行为或者处事方式，让读者知道他们大概是什么样的人。而中间填充进去的种种经历，才是人物小传的内容。

通过讲述人物的种种经历，会让扁平化的人物变得更加鲜活，更加立体。

譬如《风吹半夏》的女主角许半夏。许半夏这个人物设定，从她的名字中就能窥见一二。半夏，是一种药材，有毒。这个名字是许半夏的中医父亲给她起的，因为母亲在生她的时候难产而亡。好像从生下来，她就带上害死了母亲的原罪，因此在父亲心目中，这个女儿是不受待见的。如果要创造一个许半夏这样的人物，首先我们的脑海中会出现一个大致的形象：女商人、精明、市侩、果敢、敢闯敢拼。这些也是我们通常会给人物贴的标签。

要是想让人物更加立体、更加鲜活，我们就要在人物的外貌和习惯上加一些巧思。譬如女老板因为需要在男人堆里挣扎过活，她既要保留女性的一些特点，又要有男人的一些特点，才能保护好自己，所以她身形可能微胖，性格方面不能娇滴滴，而是比较爽朗、豪迈的，甚至带着些粗犷的蛮性，能和一群膀大腰圆的大老爷们在酒桌上推杯换盏，应对自如。她还需要有力气，不能柔柔弱弱的。

电视剧里有这样一个场景。有一个医生想要追求许半夏，去她家里给她做饭吃，看许半夏大快朵颐，便表达了自己对她的喜爱，夸许半夏可爱。许半夏对此评价是不屑一顾的："可爱？"紧接着她握住了男人的手，在他虎口处狠狠一捏，医生疼得当即叫了出来，跪倒在了地上。许半夏霸气外露，淡笑着问："还可爱吗？"医生甩着手抱怨地说："你手劲怎么这么大？"许半夏只是淡淡地说："行走江湖，没点儿独门绝技怎么混？"

这个场景给我留下了非常深刻的印象，其实这也是丰富人物形象的精妙情节。试想一下，如果许半夏明明是一个果敢爽朗的女老板，却手无缚鸡之力，柔柔弱弱的，恨不得能被一阵风刮倒，对男人也只会撒娇卖乖，那么她就不是能够叱咤商场的女商人，只能做一个安于家室的小娇妻。

如果这样写，她的人设自然会崩，观众和读者的观感也会变差，人物形象就不那么鲜明，反而模糊了起来。现在的很多国产剧，男主和女主都容易被吐槽，就是因为人设不够讨喜，明明女主角是事业型的职场丽人，但张口闭口全是我男朋友如何如何，生活的重心完全放在谈恋爱上，这种用一种人设把观众"骗进来"，却让人物偏离设定的行为，就很像"挂羊头卖狗肉"，引起吐槽和争议也再正常不过了。

那么怎么能够让人物形象更加立体呢？这个时候，人物小传就很有必要了。

当我们创造一个人物的时候，要做的不只是给他大致贴上几个形象标签，他的来历，他的童年，他的原生家庭，他从小到大的经历，甚至人生的几个重要转折点，包括他的结局，我们都要想好。

下面我用许半夏来举例，具体说说人物小传该怎么写。

人物：许半夏

身份/职业：钢厂老板，女企业家

别名：半夏，款儿姐，胖子

性格：眼光独到，霸气果敢，敢闯敢拼，敢爱敢恨

角色背景：20世纪90年代

角色能力：嗅觉灵敏、能把握风口，有实干能力和冒险精神

人物经历：

童年时期——许半夏的母亲在生她的时候难产而死，中医出身的父亲心怀怨恚，用有毒药材"半夏"给女儿取名。从小没了母亲，又被父亲漠视，许半夏像一株野草一般野蛮生长，愣是靠着自己的一身傲骨坚持完成了学业，读完了大学。在那个年代，大学生还是非常珍贵的，可即便读了大学，许半夏还是早早就结了婚。

青年时期——许半夏早婚的经历和她从小缺少家庭的关爱有关。可是这桩婚姻并没有给她带来幸福，反而让她在外面工作打拼的时候遭到了背叛，离婚后许半夏就一心扑在事业上，她没有拿

112

着文凭去找一份稳定工作，而是带着兄弟小陈和童骁骑做起了收废品、废钢的买卖，做起了二道贩子，搞运输生意。

中青年时期——在以男性为主的钢铁行业中，许半夏靠着敢闯敢拼的精神成功加入五人小组，跟着几个老哥哥前往俄罗斯。在俄罗斯被骗以后，几个男老板都打退堂鼓认栽，许半夏却硬是凭着一股死磕的执着精神，只身一人留在了俄罗斯，历经千辛万苦开辟了国际钢铁进口业务，从而取得了事业上的转折。只是她的事业也并非一帆风顺，中途遇到钢价爆冷，她几乎赔得倾家荡产，赌上了一条命，才将最难熬的时间熬过去，守得云开见月明。

中年时期——许半夏凭着自己独到的眼光、对市场的嗅觉以及冒险精神，不断地扩大自己的商业版图，事业越做越大，遇到了生命中的良人，但失去了自己最珍贵的朋友，人到中年，就是在不断经历、不断失去的过程寻找自己。

以上是一份简易版人物小传，真正写起来的时候，我们可以信马由缰，想到什么就写什么。从人物出发，他会怎么想怎么干，在人生道路上会遇到什么困境，事业上是怎样的，生活上是怎样的，遇到难题的时候会如何去解决，这些都可以写。

当人物在你的脑海中留下的印象越来越深刻，他的形象也越来越鲜活的时候，你就会忍不住想要把他的故事讲给读者听，并且有很多很多想讲的东西。这个过程，也让你能和人物共情，能进入他的世界里面，能把人物理解透彻。人物小传通常是写给自己看，而不是写给别人看的，所以不拘形式，你想怎么写就怎么写。

> 📖 **互动问答**
>
> • 你有什么故事想要讲给别人听？故事的主角是个什么样的人呢？试着为他 / 她写一篇人物小传吧。

故事说白了就是在写人物之间的关系，人物是小说的灵魂所在。人物塑造是一个进阶的过程，新人作者可以先从塑造讨喜的男女主角开始，把男女主的感情线以及故事的主线设定好，只要能把主线写好，你的故事本身就是成立的。再往后，你就可以进行角色的填充。给人物贴标签，让人物有鲜明的特点的同时，也要让人物具备一定的生命力。在赋予主角充足魅力之余，也给配角增添一些亮点，在配角的塑造上可以肆意一些，尽情地丰富他们的性格特点，只是切忌喧宾夺主，并且时刻牢记，配角和反派的存在是为主角服务的。如果实在喜欢，可以在番外给配角多写一些故事，整个故事就会显得有血有肉。

注意，在刻画任何一个人物的时候都要形成一个闭环，人物要有自己的三观体系，他的所有目标和行为都要保持统一，这样才不会写着写着就"崩人设"。

📖 **经验分享**

　　想写长篇小说的作者，可以去学习一下群像戏的写法。群像戏的作品很多，但作者要驾驭鸿篇巨制，的确不简单。形形色色的人物，不仅需要剧情去展现他们的特点，还需要将人和人之间的关系都串联起来。整个世界，围起来就是一个"圆"。

　　小说，写的不仅仅是故事，还有人性，以及人与人之间的缘分。因缘际会，爱恨交加，每个人生下来都有自己的使命，有自己的价值——把这个写出来，故事就成了。

第四节　情节设计

一、如何让情节精彩流畅

　　流畅的情节是小说必要的元素。如果说人设大纲是小说的骨架，那么情节便是小说中"血"和"肉"的部分，即便人设和背景设置得再好，如果缺少精彩流畅的情节去做填充，那么这部小说作品就失去了灵魂，自然也就"活"不起来了。

　　很多新人作者刚开始写网文的时候，都会有一个苦恼：没有情节怎么办？

其实大多数的作者在开始写小说之前都是多年的"老书虫"，至少看了好几年的小说作品，有些创作比较晚的作者甚至有近二十年看小说的经验，脑子里怎么可能会没有情节呢？所以他们的苦恼并不是没有情节，而是不知道如何将储存在大脑中的情节写出来，化为己用——从看书到写书，从输入到输出，这个过程该如何有效地转化，这才是大多数新人作者面临的问题。

当然，如果你就是看书看得少，脑袋空空，还想要从事写作这一行，那就没有什么特别的捷径了。要先大量地阅读、思考，填充自己。在看书的过程中，如果你有了想象出的情节，记得一定要把它记下来，灵感这种东西，稍纵即逝，好记性不如烂笔头。

有了情节之后，又该如何把故事情节写得精彩而流畅呢？

下面给大家介绍一些技巧。

1. 论转场的丝滑度

我经常会被新人作者问到一个问题：我不会写转场，或是转场转得很生硬，怎么办？我总觉得场景之间断开得很明显，接不上。

这让我想起在一些综艺节目中，嘉宾要打卡下一个景点或者开启下一项任务的时候，弹幕中经常有一连串的赞叹："妈呀，这转场也太丝滑了吧！""这百万的转场，给后期老师加鸡腿！"好的转场自然仰仗后期剪辑老师的剪辑水平，流畅丝滑的转场，会让画面感看上去很和谐，景点的连接也不会那么突兀。

在小说作品里面，也是如此。

写小说并不是写日记流水账，今天干了什么，明天干了什么，所有的事情都按部就班地去完成。小说的魅力便在于它的时间感和空间感。我之前和朋友聊天的时候感叹时间过得快或慢的问题，经常会笑着说："如果现实能像小说那样，寥寥一行就变成几年后，把最迷茫的这个时间段过去，那就好了。"

看小说也好，追剧也好，好像总有这样的情节：男女主闹分手，等到再见面的时候是几年后，两个人无论是容貌还是性格都有了很大的变化，"时间"将他们塑造成了另外一个样子，或者面目全非，或者脱胎换骨。

而在大女主剧里面，几年后的女主通常会摇身一变，涅槃归来，而且人们往往很期待看到女主的转变。像《三生三世十里桃花》里的"素素跳诛仙台"，以及《甄嬛传》里的"熹妃回宫"，都是众人在追剧的时候就翘首期待的名场面。当我们作为观众和读者，站在上帝视角去看故事的时候，因为我们知道主角身上发生了怎样的故事，男女主之间又经历了怎样感情的羁绊和坎坷，所以时间在他们身上留下的印记，在我们看来尤为感慨，就好像明明我们也是看着他们一路走过来的，可当几年后，他们再重新出现的时候，那种异常明显的变化，还是让我们忍不住唏嘘，然后好奇接下来还会发生怎样的故事，男女主重逢后如何面对彼此的变化。

以上是比较大的转场。小一点儿的转场也很重要。小转场更多的是空间上的转场，譬如前面女主在正堂和家里人宅斗，后面她便和男主在一起谈感情，那么中间的转场要如何去转，才更加丝滑流畅呢？

这里面自然需要一些填充，而且填充的内容不能太啰唆。

小说《他是人间妄想》里面有一个转场就相当丝滑，给我留下了深刻的印象。女主角在医院被女配挑衅，女配告诉女主她马上要陪男主去参加一个宴会，这无疑是当面宣战，女主不能忍，便也前去赴宴。这里便存在着时间和地点的转场，时间是从下午到晚上，地点是从医院到宴会厅，那么作者是如何转场的呢？

PART 2 手把手教你写女频网文

鸢也不等他问，就匆匆结束通话，又打出了今天的第三通电话——给妆造团队。等到八点整，病房门一开，走出来的就是一个与平时截然不同的鸢也。病号服换成了收腰的薄纱贝母裙，栗色的长卷发也做成了黑色的齐肩短发，眉毛被细细描画过，又细又弯地延长到眼尾，将她原本就漂亮的凤眼衬得越发娇媚，又因为她下眼睑点缀了亮亮的眼影做修饰，看起来无辜又无害。娇是娇的，可是连女人都不会觉得她妖气。

顾久瞧见她走出医院，亲自将车门打开。

这里的转场，并没有平铺直叙地交代女主如何让妆造团队来给她做头发、化妆，没有特殊交代这个过程，可是"等到八点整，病房门一开，走出来的就是一个与平时截然不同的鸢也"，以及后面用大量的笔墨去刻画了女主的妆容，再从男配的视角看着她走出医院，这个转场的画面感就很足，而且并不拖沓，同时让人充满期待，女主打扮得如此隆重，一会儿到宴会上势必艳压群芳。如果用流水账的写法，写女主请了什么样的妆造团队，妆造团队又是如何基于她的形象给她做造型，这样展开来写，就会有一大段多余的废话，女主再出场的时候就不会让人有一种惊艳的期待感。

> 📖 **经验分享**
>
> 　　平时阅读小说作品的时候，可以多多学习别的作者是如何写转场的，当你的转场越来越丝滑的时候，情节的串联性和流畅度就会比之前提高很多。

除了上面提到的这种，下面还有其他几种常见的转场方式

（1）利用五感转场

听觉、视觉、嗅觉、味觉、触觉都是很好用的转场形式。

比如上个情节写到皇帝在自己的宫里和阿哥、格格们吃饭，吃到了一道很好吃的菜，便问太监是谁做的。这时正在做饭的厨子打了个喷嚏，情节就很自然地转到了厨房里，接下来就可以展开对厨房和厨子的描写。或者可以写皇帝吃了这道菜后想到了什么，把故事情节转到一些过去的事上，这也是巧用了味觉。

再比如男女主角正在餐厅聊天吃饭，恰好看到隔壁桌的人在吵架，接下来就是引出隔壁桌吵架的故事情节，可能是为了新人物的出场，也可能是在隔壁桌讨论了什么事后，男主角上去帮忙，又发生了什么其他的事情，以此来推动故事情节。这里便是很简单地巧用了视觉和听觉。

（2）环境转场

通过环境转场在小说里也非常常见，作者可以直接在文中插入一两句景色描写，然后很自然地转到下一个情节。

比如，"晨光熹微，陆周在床上转醒"；再比如"夜晚的天空是深蓝色的，风里有丁香花的香味"。很常用的就是时间加上一点儿环境描写，一般一两句话就能很自然地把情节转过去。

（3）细节转场

可以通过一个小物件来完成转场，比如桌子上有一块已经停摆了的怀表，主角看到了怀表想起了一些什么事，以此来展开对这件事的描写。任何一个小细节都能完成这样一个转场。

（4）交通转场

交通转场可以完成较远距离的转场。比如男女主角想要出去旅行，那他们可能会乘坐飞机、高铁、汽车等，所以前一个描写是在上车之前，那后一个描写就可以是"一个小时之后，飞机稳稳停在了 B 市的 B 机场。"一下子就完成了从 A 市到 B 市的转场。

（5）标点符号转场

这种方式非常简单粗暴，也是现在很多小说中都会出现的。我们在阅读作品的时候可能会在段与段之间看见省略号或破折号等，再往下阅读的时候就发现是新的情节了。或者直接把转场的地方安排在某一章的结尾，而下一章开始的时候就直接是新的情节。

（6）人物转场

一是通过人物的移动来转场，比如主角在大街上走着，不小心撞到了一个人，那个人飞快地向前面跑去，这时就可以描写被撞的那个人，巧妙地转移了描写的对象。

二是通过人物的感觉来转场，比如主角的后背一凉，感觉有人盯着自己。

（7）语言转场

比如两个人对话的最后一句是"别忘了明天的约会哦！"，下个情节直接就是两个人约会的画面。

（8）情绪转场

我们可以将上个情节的情绪带到下个情节里面。比如女主分手后很伤心，很难过，下个情节里面，女主仍旧很难过，哪怕身处热闹的集市中，她也难掩悲伤的情绪。一些情绪可以贯穿于多个情节当中，而我们利用这种相同的情绪就可以很自然地转换场景。

（9）意向转场

这种转场更多体现在内涵上面，比如女主被陷害入狱，下个情节写到反派正在欺负一只流浪猫，流浪猫瑟瑟发抖，以此也暗示了女主就像那只没有还手之力的流浪猫。而这时反派却觉得没意思大步离开，后面描写反派身边正在发生的事情，这就很自然地进行了转场。

（10）强烈对比的转场

比如上一情节是乞丐风餐露宿，下一情节就是富贵人家住了五层大别墅，这种转场更营造出了一种很强的戏剧性。

（11）相似转场

这也是一种很高级但是很常用的转场方式，方法很简单，任何相似的东西都可以来进行转场，不限于物件、景色，人物的想法、语言、神情等。比如，这样严肃的表情，主角在某人的脸上也看到过，然后开始对某人展开描写。

2. 重要情节之间如何串联

除了转场，情节与情节之间的连接也非常重要。如何让情节之间串联起来，一环扣一环，满足读者的期待感，这也是创作者面临的一个比较头疼的问题。情节要有效，要对主线和感情线起到作用，这就需要作者用心琢磨。

转场做好了之后，如何把情节给串联起来，这里可以用到一个技巧，就是"制造期待——满足期待"。这个方法其实和制造悬念差不多，用小说里面的行话来说，就是"留钩子"。想要让情节变得有效，那就一定要让它跟剧情主线或者感情线有关系，事件的发生也会影响男女主之间的感情发展。

继续以《他是人间妄想》为例，女主角被女配挑衅，当女配的一些行为让读者反感的时候，读者想要看的就是女主后来怎样扬眉吐气。当女配对女主炫耀说她要陪男主去参加宴会，常规一点的做法就是女主也同样出现在宴会上。但是怎么出现才能有效、成功地让女配吃瘪，就需要作者加入一些巧思。

当女主精心打扮一番，闪亮登场的时候，读者就已经有了期待感。那么接下来的情节就要满足读者的期待。女主作为男配顾久的女伴出场，男主既然可以找其他女伴，她为何不能成为别人的女伴？女主自己出场，与她与男配一同出场，造成的视觉效果，以及带给男主的刺激都是不同的。

Sirius慈善夜的举办地是尉氏集团名下的一座城堡，莺也挽着顾久的手入场时，毫不意外地引起了一阵轰动。

那会儿他们迟到了五分钟，城堡里因为要开暖气，所以到点大门就会关闭。为了放他们进去，大门又轰隆隆地打开，全场所有人的目光都被响声吸引了过去。

其中也包括尉迟。他手里端着红酒，看向门口，见那一男一女从红毯的那头走来，沿路的水晶壁灯明亮且璀璨，照着她脸上那抹落落大方的微笑。

霎时间，他的眸光堕入深渊。

当男主对女主的出场有了反应之后，读者的期待感就被满足了。接下来，作者并没有让女主和女配去硬碰硬，而是让女主主动去和男主互动，这样的写法，又增强了男女主的对手戏互动。

在接下来的段落中，女主的动作，男主的反应，以及女配嫉妒的状态，都让这个情节变得有效了，而这又会引起读者新的期待，即男主接下来的表现。

作者这样不停地制造期待——满足期待——再制造期待，来来回回拉扯着读者的情绪，就会让情节变得流畅，不会让人有卡顿和突兀的感觉。

> 📖 **知识卡片**
>
> 想要让故事情节精彩又流畅，关键要做好两件事。
>
> （1）写好场景之间的衔接，让转场"如流水般丝滑"。
>
> （2）用"制造期待——满足期待"做好情节与情节之间的连接。

二、爽文如何写出爽感

随着女性地位的崛起和当今女性对名利、地位、爱情的渴望，大女主的爽文也越来越多，题材以重生、带着系统穿书①以及种田文、年代文等发家致富的爽文为主，元素有马甲、发家致富、宫闹宅斗、系统、穿书、真假千金等。女频爽文通常以女性成长为主，男主的作用是帮着女主打配合，具体内容有的以剧情线为主，有的剧情线和感情线双线并行，纯感情线的较少。

女频爽文的情节通常是**先抑后扬**。开篇女主被压迫、被欺负到谷底或者直接死亡，情绪压到最激烈的点，触底反弹，女主穿书或者重生，开始为自己讨回公道。它需要节奏快、情绪饱满热烈、情节干脆利落，不停满足读者的期待，让读者能够代入女主的视角，和女主共情，期待每一个反派得到应有的惩罚。

女频爽文也经历过几个阶段，由于要制造爽感，作者通常会给女主添加一些光环，类似于给女主开金手指，让女主有一些马甲技能，或者带着系统财富。最初的女频爽文更加专注于女性成长，前期铺陈得比较多，开篇通常都是很长的背景交代，女主重生前或者穿越前的部分都要占两三章的篇幅。内容以剧情线为主，男主通常是中间出场，或者很后面再出场，男主的存在也是为了给女主的成长打辅助，感情线服务于剧情线，剧情进展相对缓慢。

现在的女频爽文，要求开篇节奏快，前期不需要铺垫太多，第一章甚至都不用过多地交代背景，直接从女主重生后开始写起，重

---

① 穿书：意思是穿越到某本书里，成为书里的人。

生前的一些经历，作为回忆穿插着写进去，需要快速进入主题，开启主要情节。这样的快节奏写法自然也会让很多细节经不起推敲，有些脱离现实，前期铺垫太少，所以更加考验技巧性，要迅速地让读者有代入感，快速地满足读者的期待。这样的写法要求男主尽快地出现，感情线不再是服务于剧情线的存在，而是双线并行，甚至以感情线为主，不能让剧情线冲淡了感情线。

接下来我们分析一下，女频爽文从感情线入手要怎么写，从剧情线入手又要怎么写，才能制造爽点、把爽感给写出来。

1. 从感情线入手

女频爽文中，男女主的感情线通常以甜为主，不管是先婚后爱还是追妻火葬场，男女主是夫妻还是宿敌，设定通常都是双强 CP。

女频爽文要的是绝对强大甚至碾压一切的女主，女主可以扮猪吃老虎，但不能是绝对的小白花，更不能是心慈手软、同情心泛滥的人，人物设定不够爽、主要情节也不够爽，就无法吸引看爽文的受众，毕竟这类受众要的就是一个爽感。

女主足够强大，男主作为她的官方 CP 自然也不能够拉胯，在女主成长的路上，男主要提供有效的帮助，要么为女主保驾护航，要么全力支持她，所以感情线通常是比较甜的。如果能够写出男女主之间的甜度，让他们互动起来有 CP 感，哪怕站在一起都有氛围感，那么感情线就没什么问题了。

至于甜度和 CP 感也要恰到好处，不能硬给读者往嘴里塞"工业糖精"①，男女主的互动要自然，戳人的都是一些小细节。譬如电视剧《琅琊榜》中，有一幕是霓凰郡主和梅长苏在花树下，彼时两个人还没有完全相认，梅长苏站在霓凰郡主身后，帮她把掉落在头顶上的花瓣拿下来，那种无声的爱护、深情，不需要台词，观众都能感受到；还有《千山暮雪》中，男女主之间有着种种难以言说的矛盾和纠缠，男主嘴硬着说不爱女主，可他站在女主身后想要抓住她发丝的那一幕柔情，击碎了多少观众的心，那种爱而不得的虐，甚至都不需要冗长的台词或者旁白去说明，通过演员的动作、神情就能表现得非常饱满。

　　写小说的时候，在感情戏上切忌"贪多"。台词也好，动作、眼神也好，恰到好处即可，读者会从细节处找糖吃，描述过多反而画蛇添足，效果大打折扣。

　　与女频爽文不同，在以男女主的感情为主线的感情流小说当中，感情线通常会被刻画得比较细腻，以男女主之间的误会、拉扯为主，不管小说的基调是甜宠还是虐恋，都会有虐心的部分，这也慢慢发展出了一种叫作"甜虐风"的小说。

----

① 工业糖精：指两个角色之间毫无 CP 感，但是作者为了制造甜蜜的感觉，强行撒糖，硬凑 CP。也用来形容那些情节千篇一律的小说，为了追求甜蜜而甜蜜，忽略了情节的合理性和角色的深度，使整个故事味同嚼蜡。

所谓"甜虐风"，就是甜中有虐，虐中带甜。以甜宠为主的"甜虐风"小说就是糖①里面夹杂着刀片②，男女主时不时会发生一些矛盾、误会，让读者揪心；以虐恋为主的"甜虐风"小说就是从刀里找糖吃，误会贯穿全文，要么虐女主要么虐男主，读者追整部小说就是为了从中找到那么一点点甜的部分。

2. 从事业线入手

女频爽文的感情线需要甜，事业线则需要爽。以一个主要目标为大的框架，还可以设置很多的小目标，以及吊点③、钩子，一条线走下来，情节就会特别流畅。

以逆袭为主线的爽文，爽感在于角色在人生坠入低谷后的触底反弹。

我们在生活中都会面临一些困境，人总有遇到低谷的时候，哪怕是现实生活中，从低谷中走出来也不是一时半刻就能够完成的事情，可是放在小说里，短短几十万字的篇幅就能让人感受到女主角从低谷爬出、走上人生巅峰。惩治坏人也好、让反派吃瘪也好，说白了就是战胜生活中遇到的一切让自己不开心的人或事，当读者有

---

① 糖：通常指甜蜜、幸福的情节或元素。

② 刀片：指让人难受的故事情节。

③ 吊点：内容连接部分。小说吊点就是指小说内容连接或转折的部分，起到承上启下，连贯小说情节的作用。

代入感之后，心中自然而然会升起一股"多大点儿事，我也能这样"的爽感。

尤其是看到女主前面被欺负得那样惨，后面却将曾经欺负过她的反派——惩治，以眼还眼，以牙还牙，读者也会有一种"真解气！"的感觉。读者从一开始的气愤、替女主感到的憋屈，都随着女主的崛起一点点变得痛快，直到女主走上人生巅峰，读者便也跟着生出一种扬眉吐气的舒爽感。

所以在以逆袭为主的爽文里，前期这种气愤、憋屈感很重要，这自然也考验作者能否将女主角刻画得有代入感，让读者都心疼她，选择站到她这一边。比如《甄嬛传》，甄嬛是当之无愧的女主角，小说里面妃嫔众多，很多人也会喜欢华妃、皇后等站在甄嬛对立面的角色，可是看剧的时候，大多数观众代入的还是甄嬛的视角，会跟着她去看待华妃、皇后、安陵容等人的所作所为。因此，当甄嬛没有害人之心，却被其他妃嫔欺负、陷害的时候，观众就会打心底里为她的处境感到心疼、揪心，也更加期待她后面会如何逆风翻盘。

还有一类女频爽文是以发家致富为核心的，比较典型的是种田文、年代文，还有各类马甲文和系统文。这类文讲的主要是女主成长的过程，爽感在于她从一贫如洗或者一无所有起步，慢慢通过自己的努力以及作者给她设定的系统和金手指，最终带领全家发家致富的过程。

我们都知道，一个人想要成才、想要成事，离不开贵人相助，以及各种运气的加持。作者给女主开各种金手指作为技能，就相当于给她一把金斧头，让她去劈柴，有一种老天爷都在帮她的感觉。但这类文对女主的刻画自然会有要求，她哪怕一无所有，哪怕是个废柴，也不能是一个扶不起的阿斗。

这类文的爽感，和逆袭爽文大同小异，也是在于触底反弹的痛快，但是就好比敌人要一个一个去打败，发家致富也不是立马就能够实现的，也需要一个过程。前期女主的家庭越贫困，处境越艰难，越叫人心疼，后期她赚到钱后读者就会越兴奋。而这个过程不会特别顺利，哪怕开了金手指，也不能真的给读者一种钱好像是大风刮来的感觉，读者想看的是女主如何奋斗的过程。得给人一种"这个钱就该她挣"的感觉。

《风吹半夏》就是发家致富的年代文，写的是在改革开放的春风下，许半夏在钢铁行业不断奋斗，在漫长的创业岁月中激流勇进，最终取得事业成功、完成自我救赎的故事。许半夏的成功也不是一蹴而就的，而是从无到有，中间经历过几次大起大落的过程。

最初许半夏就是个收废品的小老板，原生家庭也不好，一个女孩子在外打拼，婚姻又遭遇了丈夫的背叛，人生可谓跌入低谷，获得了观众不少的同情。这也为她后来开始搞事业，以及渐渐将事业做大做强打下了基础。

这本书里的爽点非常多。先是五人小组一开始都不待见许半夏，看不上她，张口闭口都让她别瞎折腾，早点回家嫁人，可许半夏面对这样的言论，直接用一句"好男人都结婚了，我这么年轻，我不想赚钱我想什么"堵住了那些男人的嘴。她是这么说的，也是这么做的。后面许半夏一跃成为钢铁产业的成功商人，之前对她颐指气使的那些人都得靠她吃饭，便有种"翻身当家做主人"的爽感。而许半夏的事业也不是一帆风顺的。她好不容易争取到去俄罗斯进货的机会，结果被骗了，差点儿倾家荡产。好不容易解除了这个危机，她本以为回国就能迎来事业的春天，结果一回国钢材就跌价了，她欠了一屁股债，几乎到了要跳楼的地步……再到后面五人组开始了各种争斗，许半夏也被小人算计了很多次，几乎没有过特别顺利的时候。

可就是因为种种艰难，观众才能从中获得一种爽感和成就感，如果女主的事业发展得过于顺利，没有对比，也没有揪心的过程，就无法让观众的心情随着女主的经历上下起伏，中间会少了很多期待感和满足感。

> 📖 **知识卡片**
>
> 不管是从感情线入手还是从事业线入手，女频爽文里的代入感都至关重要，作者要让读者天然地站在女主这边，期待女主逆风翻盘、发家致富的过程。这时，爽感就出来了。

三、如何写好感情线

女频网文最不可或缺的便是"感情"。这是女频网文最大的特征，也是区别于男频网文的一个重要特点。

女性心思敏感、细腻，在意感情和情绪。女频网文发展到今天，从最初的玛丽苏小说（一个女主被好多男人爱）发展到现在的1V1（剧情主要围绕女主和男主之间的感情），以及很多读者会特别强调的男女主都是对方唯一的伴侣的设定，都说明随着社会的发展和两性关系的开放，女性越来越在意感情的忠诚度，这份期望现实生活中难以实现，就会倾注到小说的世界，她们希望在小说里看到的是忠诚、专一的关系。

而现在的女频小说越来越强调感情线的拉扯。不管是甜文、虐文还是爽文，除了男女主的事业线，读者最想看的还是男女主的感情线。他们的爱恨纠葛燃烧得越热烈，情节越跌宕起伏越好。感情线最让人着迷的是暧昧的情节。很多读者想看的就是反复拉扯的过程，他们期待看到男女主解除误会，真正在一起的那一刻，但真到男女主在一起之后，就好像到了大结局，反倒没太多期待了。

女频网文的感情线有以下几种模式。

1. 一见钟情

一见钟情往往是基于优秀的外貌，女频网文中的男主都是高富帅，女主也大多都是白富美，哪怕设定是普通家庭出身的女孩，大多也拥有出众的外貌，长相和身材肯定是出挑的，这样的 CP 站在一起，才会让人有一种男才女貌的画面感。

除去外形上的描述，小说里面的男女主作为官配 CP，自然是天生一对，一见钟情不足为奇。但一见钟情只是男女主感情线的一个设定，而不是说两个人从一开始就要在一起。有的小说会把一见钟情作为开篇，男女主见到对方的第一面就擦出了火花，早些年的网文流行"美女救英雄"这样的套路，通常开篇男主遭遇危险，女主阴差阳错地救了他，后来男主成功逃脱，回到家族恢复身份，就开始调查女主的下落，找到女主，继而发生一系列的爱情故事。

由匪我思存的同名小说改编而成的电视剧《来不及说我爱你》，剧情刚开始就是男主被追杀，在火车上被女主救下，并和女主擦出火花。后来火车也成了以民国为时代背景的小说的经典开场地点，男女主相遇的戏码层出不穷地上演，也成了一种套路。

有段时间很流行一见钟情的情节，不管是民国文，还是其他作品，开篇基本上都用这种套路，直到读者看腻了，作者也写腻了，才开始推陈出新，又出现了其他开篇写法。

2. 先婚后爱

相比一见钟情，先婚后爱更像日久生情。先婚后爱顾名思义，男女主开篇通常就已经是夫妻关系，但是大多是因为家族联姻，或者由于种种机缘巧合，两个人结为夫妻，感情基础薄弱，结婚后才开始交往。

先婚后爱的 CP 大多是欢喜冤家，或是貌合神离的假夫妻。还有带有"闪婚"梗的小说，也大多都是先婚后爱。

先婚后爱情节吸引人的点在于"日常"，原本并不熟悉的男女主通过朝夕相处而逐渐喜欢上对方，或者互相看不顺眼的欢喜冤家吵来吵去，最后吵成真情侣，这种从陌生到熟悉、从互相嫌弃到慢慢心意相许的过程就会很甜。所以先婚后爱偏向于"甜宠风"，也更加日常化，走的是细水长流的路线。

鱼不语的作品中，男女主大多都是从开篇才开始认识，或者男女主一开始是欢喜冤家，先婚后爱，她的小说《一笙有喜》讲的就是落魄千金宋喜和乔家继承人乔治笙因为长辈的安排先婚后爱的故事。一开始两个人针尖对麦芒，谁也看不上谁，但在婚后相处的过程中，一点一点改变了对彼此的看法，真正做到了夫妻同心。

她近几年的作品《日夜妄想》也是先婚后爱的类型，男女主双强，都是豪门世家的继承人，两个人为了利益联姻，在外扮演恩爱夫妻，回家后就"相爱相杀"。两个人本是剑拔弩张的对手，慢慢坠入爱河，前期是"相杀"，后期是相爱，过程又爽又甜。

先婚后爱在人设上需要制造一些"反差感"。比如，如果男主是冷血的、理智的，那么女主就要成为他不冷血和不理智的原因，这样才能让读者感觉到他的转变以及女主对他而言是与众不同的。在爱情里，"偏爱"永远是绝杀，大千世界，芸芸众生，总有一个人对你而言是特别的存在。

而在男女主的对手戏上，也需要加入一些特别的设计。比如男主有着"刀子嘴、豆腐心"的特点，经常一句话就将女主气倒，但私下里他又会默默地守护女主，或者在女主不知道的情况下为她做很多事情。虽然女主不知道，但是读者是知道的，这也是一种"信息差"，读者就会很想看到女主是什么时候知道男主为她做了这些事情的，以及知道以后会有何反应。

在小说《不二之臣》里，女主角季明舒是娇纵的富家千金，一开始给人的感觉是一朵十分娇艳的人间富贵花，在男主的心中她是花瓶一般的存在，空有外表，没什么实质性的内在，所以男主经常对她开启"毒舌"模式。但女主的人设有她的可爱之处，她接地气的一面特别像邻家小女孩，同时又是名牌大学毕业的家居设计师，并非空有其表的花瓶，这些设定都是人物的亮点。

先婚后爱的过程中，那种暧昧和心动的情节很重要，但它需要有一个自然的发展过程，不能给人很生硬的感觉。作者如果能把甜甜的、浪漫的感觉写出来，小说的成绩自然就不会太差。

3. 破镜重圆

破镜重圆也是女频网文中常见的一个核心情节，和它比较类似的题材是追妻火葬场或者追夫火葬场等类型的小说。既然是破镜重圆，那么男女主就是有感情基础的，之前在一起过，后来因为种种误会分开，多年后重逢，发现心里还爱着彼此。

破镜重圆之所以会成为作者们争相去创作的题材，也是因为它本身的情感色彩就是浓厚的，读者会很想知道如此相爱的两个人当初为什么会分开，分开以后又为什么还会在一起。因为现实生活中破镜重圆的例子太少了，正所谓"好马不吃回头草"，两个相爱的人分开，必定是有不得不分开的理由，比如现实、家庭、性格、三观、日常生活的种种摩擦等，但分开以后，多数人会选择老死不相往来。

网上曾经有过一个讨论热烈的话题——分手后还能否和前任成为朋友？有的人会选择将前任拉黑、删除好友，从对方的世界彻底消失，扬言"好马不吃回头草""破碎了的镜子不可能完好无缺地粘在一起"；当然也有人在和平分手后，照样还能和前任成为朋友，甚至出席前任婚礼给予祝福，似乎对过去能够做到完全释怀。

有句话说："一旦爱过，总会留下痕迹的。"

破镜重圆的核心在于，**爱过，但还能继续相爱**。或者这份爱从未消失过。它最打动人的地方便是：兜兜转转还是你，过去这么多年，再也没有一个人能够像你一样，走进我的心里。那种"非你不可，只能是你"的坚定感和宿命感，那种矢志不渝的长情和深情，因为稀缺，所以动人。

顾漫的小说《何以笙箫默》是破镜重圆的典型代表。和赵默笙分手后，何以琛便再也没有谈过恋爱，他等了对方七年，但再见面时表现得非常冷漠，其实他的内心世界早已天翻地覆。

小说中有这样一个情节，何以琛喝醉后来到了赵默笙的住处。

楼道里的灯坏了，显得有点阴暗，她走到四楼的门前，摸索着钥匙，突然一个高大的黑影出现在她的视线里，默笙一惊，钥匙"啪"地落在地上。

"你……"

话未说完，她已经被拉进一个坚硬的怀抱里。

默笙还来不及反应，就陷入这措手不及的意乱情迷中，暧昧的空气中浮动着丝丝酒气。酒气？他喝酒了！

默笙清醒了一点，气息不稳地叫道："以琛！"

他的动作一滞，停住了，头还埋在她的颈窝里，急促地低喘着。

良久，才听到他喑哑的声音，"我输了。"

什么意思？

"经过那么多年，我还是输给了你，一败涂地。"

这个场景在电视剧中的还原度也很高，给观众留下了深刻的印象。男主何以琛是律师，一贯冷静、理智，可这样冷漠而疏离的男人却忽然间表现出失控的一面。他在感情方面认输了，因为他见到女主后就控制不住想要见到她、想要亲吻她，因为他还爱着她，所以他表现出来的样子是脆弱的，声音是沙哑的。可偏偏是他这样看似"失败""颓唐"的样子，反而特别打动读者的心，读者会忍不住心疼他，更为他的一往情深所感动。

明晓溪在为顾漫的书作的序里这样形容何以琛："那种带一点儿蛮横的温柔，故作冷漠的刻骨相思，满不在乎中流露的丝丝体贴，那样的男子，是梦中最美的爱情也比不上的。"

读者喜欢的与其说是破镜重圆，不如说是那份矢志不渝的深情。

> 📖 **经验分享**
>
> 关于情节设计，我们再补充 3 句肺腑之言。
>
> - 小说的技法永远都是锦上添花的东西，出彩的总是故事本身。
>
> - 在学习写作技巧前，最应该学习的是如何讲好一个故事，只要你能够把这个故事讲得流畅、吸引人，那么这部小说就是好的。
>
> - 美好又真挚的感情，最为动人。

第五节　如何设置悬念

女频网文越来越强调"悬念"的重要性，而设置悬念就是我们行话常说的"留钩子"。很多新人作者对此可能疑惑不解：我写的是言情小说，又不是悬疑小说，为什么一定要有悬念呢？

我刚开始写文那几年，看过一部小说《南风也曾入我怀》，里面有大量的伏笔、悬念，一环扣一环，一度让我以为我看的是一部悬疑小说。尤其是后面真相揭开的时候，我真有一种看悬疑小说毛骨悚然的感觉！那时候我还不知道作者是在不停地设置悬念，只是作为一个读者，单纯地想要接着看后面的故事，并且完全停不下来。

近几年我开始研究写作技巧，才知道原来作者是在不停地埋下伏笔、铺陈情节，设置悬念吸引着读者不停地往后看。而现在的女频网文因为同质化比较严重，在核心情节都一样的情况下，就是看谁的笔力好，设置的悬念足够吸引人。而且女频长篇小说上架各大平台前都是需要测试的，测试主要看章节的留存率，留存率指的是每一章能够留住多少读者，这就要求前面每一章的内容都要有一定的爆点，而且每一章结尾的时候都需要用"钩子"留住读者。这就像用一个小钩子勾住读者的心，让她舍不得离开这个故事，还想要继续往下看。读者看的章数越多，作品越成功。就好像说书一样，我们听书的时候每当听到关键点，说书人便将惊堂木一拍，故弄玄虚地说"欲知后事如何，且听下回分解"，台下往往一片吁声，因为听众的心已经被吊起来了，回家路上都心痒难耐地想知道故事后面是如何发展的。

在我小时候，网络还没那么发达，我在课余时间都是看电视剧，剧目每天在某个频道播两集，想要把故事串连起来，我就得每天固定的时间守在电视机前看，那时候真是追剧上瘾，吃饭的时候眼睛都盯在电视屏幕上，爸妈总说我是"电视迷"，看电视看得废寝忘食。其实看书也是这样，我读到喜欢的作品，就完全停不下来。读散文或者诗歌，我或许还会看一看停一停，因为随时都能够拾起来再看。但小说不一样，小说的本质是"故事"，能够吸引人看下去的就是它的情节，而小说最大的魅力就在于它有一种特殊的魔力，让人想要沉浸其中，随着作者的讲述进入另一个空间，达到忘我的状态。

除了故事本身就很好看之外，成熟的作者还会用一些方法和技巧留住读者。这并不是本末倒置，而是为了让作品更加成熟、更加精彩。就好像每集电视剧都不会把情节完全演完，而是要在结尾留有一个悬念，像小钩子一样吊着观众的心。

现在我们了解了设置悬念和留钩子的重要性，那么具体要如何去做呢？

一、制造信息差

"信息差"是一个会被编辑和作者反复提及的概念，其实很简单，就是一些信息，他知道而你不知道，或者你知道而她不知道。

除了写小说，信息差在任何领域都很重要，譬如番茄小说网刚刚出来的时候还没有那么出名，毕竟以前都是付费平台，免费平台刚刚起来，作者们都挺瞧不上它的，甚至抵制它，觉得自己辛辛苦苦写的作品不应该免费让人看。可随着网文市场的发展，盗版猖獗，短视频也迅速崛起，人们获取信息的途径和手段都多了，"网文免费"就是一个大趋势。网站陆陆续续开始和番茄小说网、七猫中文网等免费平台建立合作，平台作为第三方会给小说做推广，免费平台的用户群体庞大，渐渐占领了主流市场。而最早一批知道番茄小说网和七猫中文网等免费平台，并且迅速认准风向去这些平台写书的作者，都吃到了第一波红利，很多作者甚至都实现了财富自由。第一批吃螃蟹的人都是勇敢的，所以人家赚到钱也是应该的。

在网文里面，使用信息差的情况也很多，作者通常用它来制造一些误会。小说《他是人间妄想》里，在一个非常重要的宴会上，男主没有带着女主，而是带着女配去赴宴，这样的行为自然是不受读者喜欢的，读者会站在女主的视角，觉得很生气。女主后面去参加了宴会，看到男主和女配站在一起，心里也是很难过。因为女配的行为，男女主之间引发了一些误会，后来男主带着女主离开，到商场买衣服，紧接着作者便开始向读者解释原因。

尉迟合上杂志起身，将卡递给导购支付："黎屹送你回去。"

白清卿愣了一下："为什么？"

尉迟道："你说的那个医生，航班取消，今晚不来了。"

白清卿捏紧了手，是的，她今晚能跟着尉迟赴宴，是因为她打听到美国一个治疗白血病的权威专家也去了慈善夜，所以她求了尉迟带她一起来，说想帮阿庭争取那位医生的会诊。但其实她直到现在都没想起这件事。

这个片段造成的信息差是，读者都知道男主是因为儿子才答应带女配去宴会的，但是女主不知道，而且因为这件事感到难过，男女主之间就产生了误会。这种信息差就会让人很想接着往下看他们的误会是怎么解除的。同时这个片段也使男主的行为得到了合理的解释。比较巧妙的是，这个误会解除后，很快就产生了下一个误会：女主刚刚感觉到男主是喜欢自己的，但男主下一步的举动又打破了她的幻想，让她觉得是自己自作多情。

这种反复怀疑、反复试探、反复拉扯的感觉，就会让男女主之间的感情扑朔迷离，没有那么明朗，但读者都能感觉到他们是互相喜欢的，就会期待后面如何发展。

二、精妙设计每一章结尾

女频长篇小说的连载时间会很长，通常能写到几百章甚至上千章，读者追读下来和追剧的感觉差不多，有些读者还会陪着作者创作，每天都会追更。但怎么能够吸引读者不停地往下看呢？除了在情节方面制造一些信息差，作者在每一章的结尾处也要做些精妙设计，留一个小钩子。

之前有一本女频爽文《退婚后大佬她又美又飒》就给我留下了

很深刻的印象。那个时候我还在网站当编辑，女频编辑部每周都会开例会，讨论网文市场动态，以及研究榜单上的一篇红文。这本小说当时也是全平台爆火的状态，开篇的套路很普通，情节方面也没有特别新颖的点，但每一章的钩子留得很好。尤其是开头几章，每一章的结尾都是悬念十足，卡在非常刺激的点上。这部小说是萌宝文和马甲文的结合，也是爽文和甜宠文的结合，并且结合得很好，所以全平台通吃，受众非常广泛，无论是喜欢看爽文还是喜欢看甜宠文或者萌宝文的，都能在这部作品中找到满足感。

小说开篇的节奏很快，简明扼要地交代了一下前因：女主被退婚，又被家里人设计，怀孕后生下两个孩子，她带走了女孩，留下的男孩由男主抚养长大。这中间自然有种种复杂的原因，但作者并没有细说，也没有平铺直叙地讲故事，而是不断设计悬念，让读者去猜当年到底是怎么回事。

每一章的结尾，要么卡在关键情节的节点上，要么卡在即将识破孩子身份的节点上，总之钩子留得都非常有期待感，就会让读者不停地看下去。下面我举几个例子。

机场中率先走出来的这个漂亮女人，长相娇艳，美得不可方物。她出现的那一刻，整个机场似乎都亮了几分。

眼看那女人越走越近，顾安勋站直身体，整理了一下身上的高奢西装，露出一抹笑，自信地开了口："美女，可以问下你的姓名吗？"

他此刻的样子活脱脱像一只开屏的公孔雀。

苏南卿脚步一顿，凉凉地看向他。

"苏、南、卿。"

这是第一章，女主几年后回国，在机场碰到了当年要与她退婚、害她声名狼藉的未婚夫，而未婚夫已经认不出她来了，还被她的美貌吸引，厚着脸皮上前搭讪，结果眼前这个光彩照人的女人正是当年被他退婚的女人。女主前后境遇的对比给人一种爽感，读者便会期待接下来剧情如何发展。

与此同时。

霍小实确认大魔王走了后，直接给隔壁打通了酒店里的内线电话。

电话接通，一道稚嫩的嗓音响起："喂，你好。"

霍小实顿了顿："我住隔壁，可以去你家拜访吗？"

小女孩惊讶："原来你就是隔壁的小傻子呀？"

"……"

身为年纪最小的金融天才，这还是第一次被人骂傻。

但小女孩很快又开了口："你可以陪我一起打游戏吗？"

霍小实黑漆漆的眼瞳闪了几下，回答："可以。"

这里是两个孩子之间的交流，前情是男主和女主已经认识了，而且住在同一家酒店，甚至是隔壁邻居的关系，但是他们并没有看到过对方的孩子。那么两个人什么时候能发现对方的小孩和自家小孩长得一模一样呢？那时他们会做何反应，之后又会发生什么呢？这样的期待就会一直吊着读者的心。这里的悬念还在于双胞胎孩子马上要见面了，孩子见面后又会擦出什么火花呢？

这样的悬念设计或许有些刻意，甚至经不起推敲，但确实有效。

三、用反常型叙述

作者要善用前后对比，形成反差，通过一些反常型的叙述让读者有耳目一新的感觉。比如，事情明明应当这样发展，却那样发展了：一个经常在公司里顶撞老板的员工，本来大家都以为他要被开除了，没想到他竟然是老板的儿子。

某个小说里曾提到："村里的那个女人身上背负着 13 条人命，但如今仍旧活得好好的。"这种描述也是反常识的，甚至有点儿夸张，却能够引起读者的好奇，想知道她既然背负了这么多条人命，为什么还没有被绳之以法，是否传闻与事实不符或另有隐情。

四、留暗示型钩子

一些作者非常善用伏笔，经常会突出描写某些事情，形成一些暗示型钩子，吊足了读者的胃口，吸引着读者继续往下读。

比如有的影视作品中，在某个人物快要死的时候，通常会在前面的情节中让他应允某件事情，或者有人特意叮嘱他"你一定要活着回来"，观众看到这里，心里都会咯噔一下，感觉事有蹊跷，为什么要特意强调一下呢？这时读者就会产生好奇，有一定的想象空间。

长篇小说想要有长期的关注度，那么每一章的标题和钩子都要加入一些巧妙的设计。这些设计在某种程度上也会影响小说的节奏，如果用得足够巧妙，绝对能起到锦上添花、画龙点睛的作用，新人作者不妨试着学习一下。

> 📖 **知识卡片**
>
> 设置悬念的 4 种常见方法：
>
> （1）制造信息差；
>
> （2）精妙设计每一章结尾；
>
> （3）用反常型叙述；
>
> （4）留暗示型钩子。

第六节　剧情流和感情流哪一类更吃香

　　女频网文大致可以分为剧情流和感情流。很多新人作者不懂两者之间的区别，小说不就是由感情和剧情融合起来的吗？为什么还会分开呢？

　　其实大多数的女频小说都是感情线和剧情线双线并行，尤其是大长篇，不会一条线贯穿始终，如果是纯剧情线，那可能就属于无CP小说；如果是纯感情线，男女主只是一味地谈情说爱，也会让读者觉得"这俩人没点儿正事"，看多了容易腻，所以还需要剧情线的加持。

　　剧情流和感情流的区别其实是侧重点不同。从名称上也大致可以看出，剧情流小说就是剧情戏多一些，无线风的爽文大多是这一类型；感情流小说就是感情戏多一些，新媒体风的甜文和虐文就是这一类型。

　　每个作者擅长的类型不一样，有的作者写感情戏非常得心应手，有的作者偏好写打脸剧情和虐渣剧情，找到自己的定位，写自己擅长的东西，更加容易出成绩。

一、什么是剧情流小说

　　剧情流小说，以矛盾冲突、主角变强为主线，其中女频的剧情流小说以女主的成长故事线为主，讲述她是如何一步步变强，最终收获事业和爱情。

剧情流小说的题材有种田文、民国文、年代致富文、古言宅斗文、宫斗文等；元素以马甲、金手指、真假千金、发家致富等为主。

剧情流小说的基本模式通常是开篇女主被家人或者渣男欺负，孤苦无依，嫁人或者重生后拥有了金手指，获得了强大的技能，并有男主为她保驾护航，女主打脸反派，随着对手越来越强大，女主也在一步一步修炼自己的技能，越来越强大，最后成功地让所有欺负过她的人都付出代价，走上人生巅峰。

由此可以看出，剧情流的关键词，就是一个字——爽！

不管女主前期有多么卑微懦弱，她被人欺负得越惨，那么逆袭之路就要越爽，节奏不能拖沓，女主太天真、太善良、太软弱，都会影响到读者的爽感。

剧情流的爽文最忌讳的就是女主太过软弱，毕竟读者要看的就是女主变强、逆风翻盘的过程，所以爽点要足。剧情流要的就是噱头足、节奏快、矛盾冲突感强，打脸干脆利落，让人拍手叫好。

前期女主被欺负得很厉害，她要触底反弹，就要有一个觉醒的过程，所以大多数作者会用"重生"这样的情节来设计女主前后的反差。虽然读者看文的时候也会吐槽，为何女主重生前后性格的反差这么大，但很快又会自我安慰，毕竟也是死过一次了，性情大变也是情有可原的，只要故事主线以及女主逆袭的爽感写到位，偶尔有些不合理之处，也是无伤大雅的。

像之前大热的剧《延禧攻略》就是典型的剧情流，女主角魏璎珞全程开挂，主角光环在身，观众虽然疯狂吐槽，但也看得非常起劲，爽感拉满。

> 📖 **互动问答**
> - 在你看过的小说中，有哪些属于剧情流？

二、什么是感情流小说

感情流小说，以男女主的感情线为主线，更加注重男女主之间的矛盾、误会，强调的是两个人的感情纠葛，以及那种爱而不得、暧昧拉扯的氛围感和 CP 感。

感情流小说的题材比较两极分化，要么是以甜宠为主的宠妻文，要么是以虐恋为主的大虐文；元素有破镜重圆、先婚后爱、替身白月光等。

感情流小说自然更加注重男女主之间的感情线，基本的故事模板通常是前期女主爱男主爱得卑微深沉，男主的爱并不显露，他心中有白月光，两个人之间误会重重，之后女主决定放手，灰心丧气地离开，男主才意识到他内心真正爱的是女主，便开启重新追求女主之路。

感情流小说的关键词是虐，甜，苏。

不论是虐恋还是甜宠，男女主之间一定要有 CP 感，感情线要足够有张力，有一种天生一对的感觉。男主的人设要有苏感，不管他是美强惨型，是霸道总裁型，还是温文尔雅型，都要有让读者喜欢的点，得给读者一个女主爱他的理由。

感情流小说一定要设置很多误会情节，主角之间不能一味地甜，要给他们设置障碍。说白了就是感情之路不能一帆风顺，两个人在一起如果太顺利，就没什么看头了，要有摩擦、有冲突，也要有很多现实方面的问题，读者要看的就是他们如何突破重重障碍，经营爱情。两个人突破万难在一起，那种越过重重障碍的爱情才会让人感动。细水长流的爱情固然也美好，但是缺少一点儿刺激和张力，容易让人提不起劲儿来。所以男女主的人设都很重要，女主要有代入感，要讨喜，男主要有苏感，要足够帅气。

如果读者都知道两个人之间是相爱的，但他们却在彼此试探，来来回回地暧昧、拉扯、相爱相杀，让读者随着他们的爱情七上八下，各种揪心，那么最后两个人在一起明确彼此心意时，就更让人感动。

像顾漫所著《何以笙箫默》《你是我的荣耀》《杉杉来吃》等都是甜宠风的感情流小说，虐恋风的小说则有《蚀骨危情》《东宫》等。

三、剧情流和感情流哪一类更吃香

很多新人作者会问我：剧情流和感情流究竟哪一类更吃香？哪一类的受众群比较多？或者更直白一些，到底写哪一类更赚钱？

坦白说，作为一个更加擅长写剧情流的作者，我不得不承认的是，当下的网文市场环境，还是感情流更吃香。从编辑的收稿方向，以及冲上榜单的热门作品都看得出来，感情流还是占据更多的市场，大多数读者更偏好感情流小说。

女频网文受众以女性读者居多，女性的感情敏感、细腻，感情流小说又以男女之间的拉扯为主，无论是热门的影视剧，还是热门的小说，引起广泛讨论的通常也是主角之间的感情纠葛，读者和观众通常会代入自己，加入热烈的讨论中。

2023 年大热的影视剧《长相思》由桐华的长篇小说作品改编而成，里面有好几个男主角，玱玹、相柳、涂山璟、赤水丰隆，每个人都和女主小夭有一条感情线，观众们可以根据自己的喜好，喜欢不同的 CP。由此可见，感情流的东西更加能够引起读者的共情，而且爱情这种东西，本身就是仁者见仁智者见智，从古至今也没有什么绝对的答案，讨论度就比较广泛。

但是好的剧情流小说在小说榜单中也会成为一骑绝尘的存在。比较有意思的现象是，每年网文市场都会有几部大爆的小说作品，通常感情流小说爆火后，同一个类型的作品会相继出现很多，因为跟风的作品也会跟着吸一波流量，赚点儿小钱，毕竟感情流看的就是一个核心情节，喜欢看这个类型的读者，会同时看好几部同类型的小说，而且可能会专挑这个类型的小说去看。

所以感情流小说竞争相对激烈些，后期流量容易疲软，如果写得不够好，读者就会迅速跑掉，去看同类型的其他小说作品，而且感情流小说因为以感情线为主，一条主线下来，没有太多可以写的东西，篇幅也比较短，不易留住读者。

但是剧情流小说爆火后往往会出现一种**虹吸效应**。虹吸效应在经济学中指区域间经济发展中的一种现象，即经济强劲的城市对周边地区产生吸引力，导致资本和资源向这些城市集中。那么同理，放在小说中，虹吸效应指的是一部剧情流小说火了之后，会把读者全部吸引过来，后面哪怕再出现类似的小说作品，也未必能够达到同样的热度，这段时间，读者往往都只会去看这一部作品，流量会更加集中，而且可能几年内都不会再有同类型的作品爆火，这也意味着这部爆火的小说可能会持续占据榜单很长时间。

那么到底剧情流小说更加赚钱，还是感情流小说更加赚钱呢？

我们作者圈经常说一句话："**文好一切可破。**"意思是小说不拘题材、不拘类型，不拘感情流还是剧情流，只要本身故事好看，足够吸引人，该爆就是会爆。当然，听起来好像是一句废话。

但我想说的是，新人作者不需要太纠结写剧情流还是感情流，毕竟能够出圈、爆火的作品，通常是剧情线和感情线双线并行的，以感情线为主的作品也会加入主角的事业线，以升级打怪为主的爽文小说往往也会有好看的感情线，而且大家往往都是在剧情线中找糖吃，看感情线时又觉得好像谁和谁都挺配……

关键还是在于故事本身，以及作者本人的笔力。

但必须要说的是，感情流小说更加容易冲上榜单，更容易迅速出成绩；剧情流小说往往存续的时间会更久。

像经典的感情流小说《蚀骨危情》，哪怕已经完结许多年了，照旧在虐恋榜上，且重刷的读者很多，有些剧情也依然被人津津乐道。

而剧情流小说，如杨十六的《神医嫡女》《神医毒妃》系列，也依旧是穿越题材的经典作品，这么多年过去，其中的故事模板依旧很实用，值得反复研究。

📖 **经验分享**

建议新人作者不要轻易给自己设限，而是多多尝试，当你写过几部作品后，自然也就知道自己更加擅长剧情流还是感情流。找到自己喜欢的、擅长的题材和类型，不断地研究、学习就好。

第七节　女频小说如何写出上百万字的大长篇

我时不时收到读者和新人作者的私信，向我提问：小说为什么会写到几百万字那么长？写那么多字数，有什么用呢？

我通常会省略一万字的解释，直截了当地说：因为赚得多啊。

女频长篇小说历经多年发展，从最初的几十万字，到百万字，再到几百万字，但凡写过大长篇的作者都知道，写得多并不一定代表赚得多，但如果作品不到一百万字就完结，大概率就无缘成为爆款了，也就是小说行业内通常说的——扑街。只要网站和平台允许作者将一部作品写到几百万字，那这本小说必定是赚钱的。之所以将小说写到上百万字，除了因为作者本身的创作想法，也因为长篇小说的运行市场的影响。**主要有以下几个原因。**

1. 长篇小说阵线长

在每部作品连载的前半年，作者拿的是基本的保底稿费，通过重重测试后作品才会在渠道上架，之后作者才能拿到渠道费，这个时候往往作品字数已经到八十万字左右了，而作品在全平台上线后，稿费的收入就更加可观了，大爆的长篇小说，作者月入十万元、二十万元都是有可能的。

2. 作品连载期间比完结后赚的要多

连载期间的作品可以在多家平台进行推广，也可以上多个榜单，这就意味着曝光多、流量多，作者自然赚的也多。作品完结后，榜单会迅速调整，作品就会调到完结书的榜单上，老读者也不会继续追更，自然就会流失读者，流量也会慢慢跌下来，稿费相较于连载期间也会大幅度地下滑，所以但凡还能写下去，长篇小说的作者们都不会轻易完结。

3. 后期情节比前期情节好写

开篇需要长时间的、反复的打磨，而到了后面，人设及人物之间的关系也趋于稳定，作者就不需要太费脑筋，只需要让情节流畅，顺其自然地发展就好。比起开篇，后续的情节要好写得多，作者们也不舍得草草结束。

既然写长篇作品有这么多好处，那么我们如何才能写出上百万字的大长篇呢？

1. 先通过测试

测试是指小说作品和网站签约之后，达到一定的字数，就开始安排测试，通过阅读人数、追更人数、催更人数、加入书架、评论数等核心数据，以及字数读完率、章节读完率、章节跟读率、章节字数、章节催更数、章节章评数、章节段评数等质量分析，还有读者来源这部分的流量构成，从多方面多维度对作品进行评测分析。编辑会帮助作者分析，看数据有没有达标，如果达标就可以继续往下写，等待下一轮测试或者上渠道全面推广；如果不达标，就会面临改文重测或者直接半路夭折的风险。

在如今竞争激烈的环境下，作品想要突出重围，说是过五关斩六将也不为过。现在主流的一些大平台，比如番茄小说网、七猫中文网、点众文学网等，都会对长篇作品进行一轮一轮的测试。大网站有自家专门的测评标准，小网站通常在自家测过后，再拿到大网站去测。

不同平台的测试方案不一样，通常是两轮测试。第一轮测试在十万字左右，第二轮测试在三十万字左右。等到了渠道上，或许还会有第三轮测试，在五十万字到六十万字之间。

如果作品通过了第一轮测试，但没有通过第二轮测试，那么作者就需要根据测试的数据，对前面的内容进行调整和修改。直面数据可以让作者有针对性地修改，也有利于作者对后续的内容进行把控。

各大平台榜单上的作品被判定为大爆款还是小爆款，都是通过数据来分析判断的。测试的时候数据很好的作品，上了渠道后往往可以一骑绝尘，冲上书城主页以及热搜榜、新书榜等各大榜单，在读人数可高达百万以上，看的人多了，作者的收入自然也就可观了。

而没有通过测试的作品，作者也可以及时获得反馈，完结后尽快投入打磨新书。

所以测试机制虽然让人倍感压力，看上去也十分残酷，但无论对平台还是对作者都是有好处的。真正的好作品，是不会被埋没的。

2. 列好大纲、转换地图、开副线

长篇小说非常需要大纲来支撑。大纲的存在一方面是便于作者将顺思路和框架，防止在写的过程中跑偏；另一方面是为了拉长篇幅，不至于写着写着觉得没有东西可写了，出现剧情卡住的情况。

当然，写开篇的时候可以不需要考虑那么多，还是以剧情主线，尤其是男女主之间的对手戏和感情拉扯为主。但作品积累到一定字数后，随着男女主角感情的发展，地点、空间都需要转换一下，才能给读者充足的新鲜感，不至于觉得一直在一个场景里打转。

这就是转换地图。

以《知否知否应是绿肥红瘦》为例，它的地图可以分为两个，以女主出嫁为分割线，一是在盛府，二是在侯府。

在盛府：

庶女——活下来，替母报仇，结识男主。

在侯府：

侯门主母——扶持男主，管家业，斗婆婆。

在盛府的时候，女主盛明兰还是个闺阁小姐。她的身份是一个官宦家庭的庶女。从小没了娘，生母被害，嫡母不慈，爹不疼，姐妹难缠，她藏拙、隐忍，在祖母的庇护下小心翼翼地活着。这个阶

段她的主线任务是活下来，同时积攒实力，暗暗调查真相，替生母报仇。在这个过程中，她和初恋小公爷分开，结识了男主顾廷烨。随着女主长大，到了谈婚婚嫁的阶段，她替生母报仇的任务已经完成，就需要转换地图，开启新的身份和任务了。

剧中用一句台词进行了转折："女子嫁人，便是另一番天地了。"

嫁给顾廷烨，到了侯府，此时女主的身份摇身一变成了侯门主母。新的身份便意味着新的挑战和新的任务。古代女子以夫为天，她们的活动范围都在宅子里，这也使得女主出嫁后，她的生活和命运和男主紧密结合。到了婆家，还有表里不一的婆母和难缠的叔叔婶娘。这一阶段女主的主线任务是如何经营好和男主的婚姻，如何打理侯府，如何躲避婆母的种种算计，甚至还需要帮助男主化解朝堂上的危机。女主在成长，而命运交给她的任务也在不断地升级。

作者通过时间、空间的转变，让读者在期待感被满足的同时又不停地获取新鲜感，同时还有一种陪伴着角色成长的满足感和成就感。

转换地图的同时，也可以逐渐展开副线，包括一些剧情线，或者配角们的感情线等。譬如《知否知否应是绿肥红瘦》里面小公爷和妻子从相敬如宾到同甘共苦的感情变化，沈将军和张大娘子这一对被命运捉弄的夫妻在皇权摆弄下从形同陌路到相敬如宾，以及华兰、如兰、墨兰这几个姐妹的婚姻状况，作者都有适当的交代，既丰富了情节又不会喧宾夺主。

3. 尊重人物命运，顺其自然地写

长篇小说不同于短篇小说的点在于它的阵线确实长，上百万字的大长篇从开文到完结，短则一年，长则三四年都有可能。

余华在作品中说到长篇和短篇小说对他的意义："我觉得写短篇小说是一份工作，几天或者一个星期完成，故事语言完全在自己的控制之中，不会出现什么意外。写长篇小说就完全不一样了，一年甚至几年都不能完成，作家在写作的时候，笔下人物的生活和情感出现变化时，他自己的情感和生活可能也在变化，所以事先的构想在写作的过程中会被突然抛弃，另外的新构想出现了，写长篇小说就和生活一样，充满了意外和不确定。"

长篇小说一定会和创作者的生活息息相关，这毋庸置疑，因为阵线长，耗时久，而且每天都需要更新，因此作者的生活节奏就会影响到工作状态。很多女频长篇作者在作品连载期间会经历结婚到生子的过程，我的一位作者朋友在分娩前的几个小时还在为月子期间存稿，她在码字过程中感觉到阵痛了，才开始准备被推进产室。

我们常说，作品也是我们的孩子。

这也意味着，在长篇小说的写作过程中，人物会随着作者本人的经历不断变化，明明人物是作者写出来的，好像可以随意被作者摆弄，可当作者用心创作一个人物时，这个人物就好像被赋予了生命力，而人物一旦有了自己的生命力，就会有自己的思想。

这种时候，作者不需要纠结，更不需要完全遵循自己最初的设

定，因为在写作的过程中，人物所经历的变化往往会超出作者预期，这种时候反而要学会尊重自己笔下的人物。

《步步惊心》的作者桐华在采访中说过一句话，大致的意思是：人物会帮你找到他们的命运。作者们只需要顺其自然地写，完成人物的使命就好。就好像张晓穿越到清朝以后，渐渐融入那个时代，变成了马尔泰·若曦。或许桐华老师在最初创作的时候并没有想要改变主角的性格，可是随着人物的经历，她走向了自己的结局。

余华老师曾经也说过，写完《活着》之后，他发现福贵有了自己的人生观和价值观。

作者笔下的人物也会反过来影响作者的人生观和世界观。尤其是大长篇，每一本小说写到最后，作者都投入了非常多的感情，也会越来越舍不得里面的人物，总觉得他们变成了身边的朋友，会伴随自己很长时间乃至一生。

我之前看过一句话："用心写作本身就是一种修行。"

长篇小说的创作不是一件容易的事情，但每当一本小说完结的时候，我看着几百万的字数，看着几千章的情节，确实很有成就感，觉得建立了属于自己的一座里程碑。

📖 **经验分享**

作者和他笔下的角色，应该是相互成长的关系。作者在自己创作的人物身上，慢慢找到自己的理想和归宿。如此，甚好。

第八节　女频小说的大纲设计

女频小说大纲通用模板

题目：

作者：

	预计完稿时间		风格	
	标签： 简介：			
	主线： 辅线： 情感线： 故事线：			

大纲详细解说

1. 书名

书名对一本小说来说尤为重要，有一个很简单的取书名方法，就是打开小说网站的榜单，归类和学习这些榜单上的书名。我通过分析目前市面上的爆款书名规律，整理出了 10 个方法以供参考。

（1）称谓取名法。这种取名方式比较常见，可以一下子让读者知晓人物的身份。比如《太子妃升职记》《科举逆袭：最强女首辅》。

（2）故事主线取名法。用一句话来高度概括你的小说，然后将它作为书名。比如《穿进赛博游戏后干掉 boss 成功上位》。

（3）小标题式取名法。开头加一个小说类别，让读者能够将你的小说快速归类。比如《重生之我在古代当皇后》《网游之笑闹江湖》。

（4）吸睛取名法。这类书名可以多加一些新奇的元素，让人有点进去看的冲动。比如《大佬气场一米八，圈内咖位三十八》。

（5）人设取名法。直接点明主角的人设。比如《长安第一美人》。

（6）性格取名法。提炼男主或者女主的性格元素作为书名。比如《大小姐她总是不求上进》。

（7）故事情节取名法。你觉得你的小说里哪个情节最吸睛，就把它拿出来当书名。比如《错嫁高门，主母难当》。

（8）反差取名法。在书名里选用反差的词语。比如《替身爱人的逆袭之路》。

（9）提炼核心卖点取名法。在男女主人设、小说结局、故事情节中，如果你认为哪一点非常核心、非常吸引人，都可以提炼出来作为书名。比如以小说结局取名的《回京后，神算大小姐名满天下》。

（10）热词取名法。将市场上热度很高的一些词放到你的书名里，如高岭之花、白月光、萌宝、逆袭等。

大家可能会发现，有一些简洁、文艺的书名也很出彩，比如人物取名法《花千骨》，地名取名法《楼兰往事》，古诗词取名法《千山暮雪》，氛围起名法《黎明前他会归来》，这些书名听起来特别大气，但我个人认为，新人最好不要轻易尝试这种风格的书名，因为你没有粉丝基础，还是得让书名囊括尽可能多的元素，以此来获取一定流量，等流量起来了，后期你也可以再改书名。

2. 风格

HE、BE、正剧、轻松、搞笑、暗黑等，只写一个。

3. 标签

古穿今、科幻、时代新风、虐恋情深、一见钟情、都市异闻、破镜重圆、权谋爽文等，写最突出的三至四个，给这本书确定基本的分类。比如《鸣蝉》的标签是天作之合，穿越时空，青梅竹马，正剧。

4. 故事简介

想要写好故事简介，其实只有一个原理，那就是一定要把书里的闪光点拿出来，把最精彩的部分呈现给编辑和读者，尽量写出差异化，让自己的小说一看上去就与众不同。

下面以《我，顶级掠食者，嗷呜》的故事简介为例。

在星际自由联盟，时辛是数一数二的强者。一次任务失误，导致力量大损，退化到幼崽形态。——一只蓝眼、白毛、粉爪矮足的小奶猫！（交代故事背景和人物当下困境）

然后，她就被隔壁的帝国皇帝捡了回去。（男主出场）

彼时，帝国皇帝在时辛眼里，是残忍冷血的暴君、联邦政敌、积怨多年的宿敌！

宿敌相逢，不是你死就是我活。（强化矛盾冲突）

时辛摩拳擦爪，杀气腾腾，如此好机会岂能放过？为此，她详细列了一二三四……条袭杀计划。（主线描述）

比如，皇室直播时，她蓄势待发，无影猫爪"唰唰唰"挥过去，一把扼住敌人咽喉。

时辛："喵呜！我，顶级掠食者，超凶超猛！"（爆出马甲）

皇帝陛下发言被迫中断，他面无表情、神情莫测看猫一眼。

全星网："啊啊啊，冷血暴君和毛茸茸奶猫，好萌！"

简介里一般都需要包含四个要素：环境、人设、冲突、悬念。可以分为以下几段来写。

第一段：

（1）故事的背景，即故事发生于什么年代，一笔带过即可；

（2）人物现状或困境，可以简单描述一下主角当下的困境。

第二段：

（1）强化矛盾和冲突，顺着主角的困境着重写一下矛盾和冲突；

（2）描述主线，提炼精彩情节。

第三段：

（1）突出人物性格，可以通过小剧场或对话的方式来展现；

（2）公开主角身份或点明金手指。

第四段：

富有悬念的结尾或有反差感的结尾，让读者有点开正文的欲望。

5. 故事主线和辅线

故事主线就像一片叶子的主脉络，是你的故事中最核心、最根本的冲突；故事辅线是在整本小说主要线索的发展过程中，发生的分支线索。比如《风吹半夏》的主线就是以许半夏为主的商人们在改革浪潮中创业的故事，其他商人之间的明争暗斗，亲情和爱情等辅线都是围绕创业来展开的。

除了主线和辅线，还有情感线。

情感线可以有很多条，都是辅助于主线和辅线的，通常主角的感情线是主要感情线，配角的感情线是辅助感情线。比如《风吹半夏》的感情线有以下两条。

（1）主要感情线：许半夏和赵垒在生意场上相识，在艰难岁月中荣辱与共、不离不弃。

（2）辅助感情线：童骁骑和野猫、陈宇宙和周茜、冯遇和冯夫人等人的感情线。

6. 人物设定

（1）人物的姓名、年龄、外貌、性格、三观、喜好、能力等。

（2）出生环境、家庭背景等比较独特，值得写的地方。

（3）家庭概括和社会地位等。

比如以下《星汉灿烂，幸甚至哉》的男女主人物设定。

男主：凌不疑

人物简介：他是少年将军，新帝义子，因为战争失去了很多亲人，他的姑母也因此经常精神恍惚。一直以来他都渴望得到亲人的爱，生性内敛的他从不外露自己的情绪，直到遇见了程少商，他的

生活开始发生了改变，人也变得有烟火气息，和程少商相知相爱相伴一生。（摘自百度百科）

女主：程少商

人物简介：她是程家幺女，但是因为战乱，自幼与恶毒的叔母以及祖母生活在一起，直到多年后父母归来才再次将她养在膝下，但是已经出现了隔阂，她表面上是个楚楚可怜的小白兔，可内心却住着一只小恶魔，懂得装柔弱也会露出自己的伶牙俐齿。（摘自百度百科）

男女主角的人设要尽可能写得详细一点儿，包括命运的转折点，技能或者弱点等。人设要有亮点，越丰满越好，但是也不需要太完美。

那么，什么样的人设受欢迎呢？

（1）性格有反差的人设，比如男主对别人杀伐决断，对女主却很温柔。

（2）让人印象深刻的人设，一定要有特定的喜好和动作，比如最爱吃臭豆腐，比如身上常年佩戴一个桃型的挂坠等。

（3）形成对比的人设，如果文中有两个主角，两个配角，这四个人的性格最好可以有很明显的对比，这样就会让每个人物都更加鲜明和突出。

同时，切记不要崩人设，如果这个角色本不应该做出这样的事，但你却写出来了，就会让这个主角前后矛盾。谨慎起见，你一定要从角色的角度去思考，如果你是他，在那样的环境下，你会做出什么样的事，说出什么样的话，心里想什么。你的思考一定要基于角色本身的性格三观，而不是你自己的。

7. 故事梗概

（1）梗概四要素：主要人物、时间地点、重要情节、结局。

（2）梗概一般在 800 字至 1200 字。

（3）不重要的小人物不需要在梗概中突出。

（4）提炼事件，写重要情节。用最少的字讲清楚，没有用的故事的细枝末节不要写。（所谓重要情节，就是能够非常严重地影响主人公命运走向的情节。）再通俗一点儿讲，就是写清楚发生了什么事情，发生完这件事情后，主角关系、文中人物又发生了什么样的变化。

比如《知否知否应是绿肥红瘦》的故事梗概：

盛家六姑娘盛明兰从小聪颖貌美，却遭遇嫡母不慈，姐妹难缠，父亲不重视，生母被害去世的困境。她藏起聪慧，掩埋锋芒，忍辱负重在逆境中成长，在万般打压下依然自立自强，终历尽艰难为母报仇。在这一过程中，明兰结识了宁远侯府二公子顾廷烨。顾廷烨帮过明兰，也刻薄对待过明兰，他见过明兰软弱表皮下的聪慧锐利，也见过她刚强性格中的脆弱孤单，对她早已倾心。朝廷风云变幻，在顾廷烨的拥戴下，赵家旁支宗室子弟被立为太子，顾廷烨拿着勤王诏书，大破反贼，而后拥立新帝，成为新朝第一功臣，略施巧计娶了明兰为妻。明兰婚后管家业、整侯府、铲奸佞、除宵小，夫妻二人解除误会建立了深厚的感情，最终明兰与丈夫一同协助明君巩固政权，二人也收获了美满的人生。（摘自百度百科）

《知否知否应是绿肥红瘦》的梗概四要素：

（1）主要人物——盛家六姑娘盛明兰；

（2）时间地点——宋朝，京城（很多古言小说都是架空背景）；

（3）重要情节——幼时艰辛，由祖母抚养长大；长大后为母报仇；结识男主顾廷烨；

（4）最后结局——明兰与丈夫相爱相守，收获美满人生。

8. 章纲

章纲即我们常说的细纲，就是把每一章的内容提炼出来。作者提交给编辑的大纲里是不需要写章纲的，章纲是写给自己看的，有利于作者整理剧情点，控制节奏。开篇节奏尤为重要，每一章需要有一两个剧情点，而且都是关键剧情，能提炼出重要人物信息；结尾要有钩子，设置悬念。

不会写章纲的作者可以参考影视剧的分集剧情，当然，影视剧一集很长，一集的剧情大概可以拆分成几章，前几章的细纲写得越详细越好。

9. 大纲一定要有新意

编辑看过成百上千的故事，想要脱颖而出，故事一定要有新意，就算大体脉络相同，也要有富含新意的几个点。你的作品如果基础模板没问题，再添加几个让人耳目一新的创意点，过稿就不成问题了。

PART
3

手把手教你写男频网文

冰封

当笔下肆意挥洒的心情化为文字，

我将用它记录永生。

——莫言

第七章

男频小说的市场分析

当前，在男频小说市场中，16 至 28 岁的年轻男性读者占比最大，他们通常具有较强的好奇心和求知欲，喜欢探索新鲜题材，对于以前的经典题材有着较高的要求。许多男频读者非常注重故事情节和角色性格的刻画，喜欢紧凑的剧情和刺激的情节转折。另外，不少男频读者也会追求情感上的共鸣，希望通过阅读来获得情感上的满足。

因此，男频读者通常会更加偏好能够为自己提供充分情绪价值的小说。此外，男频读者也相对愿意在阅读中接受挑战和思考，这也是男频小说读者的一个重要特点。

接下来，我会分为三个小节，依次为大家剖析当下男频小说的市场环境和整体趋势。

第一节　男频小说的市场受众

一方面，在互联网实现了文学作品的即时阅读之后，需要漫长等待时间的纸质文学作品已经逐渐失去优势。另一方面，商业化网文在内容上会更加简单和通俗，更容易被大众接纳和理解，不论哪个年龄段的读者，只要拿起手机，就可以快速找到自己喜欢的作品，这也就使网络小说的阅读量日益增高。

另一方面，随着大批读者涌入网络文学市场，作者们为了争夺流量产生激烈的竞争，网络小说的生命周期也随之大大缩短。作者会根据读者受众对小说的接受程度来决定自身创作的方向和内容。长此以往，读者受众便主导了作品文体的主流，于是就有了所谓的**脑洞文**和**传统文**。

一、脑洞文

脑洞文是当今男频网文市场中最受年轻人欢迎的一类文，多数以脑洞大开的新颖设定和别出心裁的点子吸引读者的阅读兴趣。比如《我在精神病院学斩神》《我的超能力每周刷新》等。

脑洞文的重点在于新鲜感，剧情基本围绕核心卖点（系统或金手指）展开，节奏快，爽点足，通过前期简短的剧情就能快速吸引读者的眼球，刺激读者的阅读欲望。

写脑洞文的优点是新人易上手，前期稿费非常可观，非常适合思维活络，天马行空的写手。缺点是新人往往高开低走，百万字长篇作品普遍后期乏力，多数读者在体验完前中期剧情所带来的新鲜感之后就会离去，作者收入也会在中后期大幅下滑。新人作者往往很难靠着写一本长篇脑洞文来支撑收入，很多作品往往半年不到，甚至数月不到，就开始走下坡路。

二、传统文

与脑洞文恰恰相反的是，市面上大多数传统文都是在中后期开始发力。

传统文更考验作者的写作水平和耐心，多以人物发展历程为主，读者受众面非常广，老少皆宜。相比精彩的剧情，读者往往更容易记住书中的人物。

传统文字数动辄百万，多至千万，厚积薄发，这也是很多传统文作品能够长期在市场中占据一席之地的原因之一。比如《斗破苍穹》《凡人修仙传》等。

写传统文的优点是稿费收入非常稳定，一本书出成绩后，作者可以写很多年，哪怕完结之后也能有可观的持续收入。缺点是由于前期剧情相对慢热，多数新人在写传统文的前期阶段收入极低，非常难熬。且传统文写作难度较大，对人设和世界观的要求较高，很多新人就算熬到了百万字之后，也不一定会有显著的成绩。

以目前的市场情况来看，脑洞文无疑更适合新人上手，能够大大压缩试错时间和精力成本，让作者快速赚到稿费。可惜，当前时代在发展，社会在进步，网文市场中的脑洞文浩如烟海，其中的大多数作品终归也只能随着风向的变化，逐渐消失在大众的视野之中。

所以对男频作者来说，如果只是单纯依靠噱头和新颖亮点来赚取稿费，只能维持一时，更重要的还是需要在写作的过程中逐渐加强自己的写作技巧，保障自己的小说不会过早崩盘。作者可以在写作前期先依靠脑洞文赚到第一桶金，而后在不断地练习中进步，让自己的文笔更加成熟，进而吸引更多的读者。如果有机会的话，也可以尝试逐步向传统文方向靠拢。

至于由脑洞文转向传统文的核心点，我给大家举一个例子。

假设你设定的小说主角有一个系统，如果你把这个系统的设定删除，原有的剧情是否还能顺利展开？假如删掉系统这一设定会导致你的小说主线剧情支离破碎，那么大概率就是因为你在写作的过程中过于仰仗系统的设定，从而缺失了笔下世界观和人物的真实性，以至于作品过于纸片化，不够立体。

所以，作者应该尽量去找到脑洞文和传统文之间的互通点并予以平衡，在不断实践的过程中确立自己的写作风格，强化故事深度和人物色彩，让更多的读者被故事和人物吸引。

第二节　如何用商业眼光看透男频市场

近些年，很多读者在浏览男频网文的时候都会发现一个问题：现在的网络小说，同质化太严重了。

不管是哪种分类或题材下的作品，往往只看一眼开篇的内容，很多读者就可以预料到接下来的剧情发展，甚至一些五年以上的"老书虫"，光是看一眼书名和简介，就能在记忆中找到十几本甚至几十本类似的书籍。

以前的作者，各有各的特色，各有各的风格，其中各个分类里的佼佼者，如今已经有不少人已经成为大神级别的存在。那个时候市面上的作品流派不多，网文作者的整体基数也不大，竞争压力相对较小，新人作者出头的机会也较大一些。

但随着每年新鲜血液的融入，网文题材和流派的类型也逐渐到达饱和。同时，老读者的阅读审美越来越高，新读者对于新鲜题材的需求也越来越大。在这种情况下，作品跟风大行其道，内容同质化开始泛滥。一个成熟的新题材爆火后，一夜之间就可能会冒出几十本甚至上百本同类型的作品。若是想要以商业眼光来看透网文市场，大家就要先分辨出网文和商业网文的区别。

网文即网络文学，文学可以表达自我，也可以自娱自乐，网络只是它传播的一种途径和方式。反观商业网文，它首先是一件商品。商品是既可以给客户带来价值和需要，也能满足商家自己的需求。比如我们花钱去洗浴中心搓澡，去数码城买电脑，去影院看电影，就是因为这些商品能够满足我们的需要，给我们提供价值。

但商业网文并不是实体商品，而是类似于影视剧和短视频这样的内容商品，如果你想让市场接受你的作品，并且让读者愿意为你的作品买单，首先就需要让你的作品给他们带来情绪价值。

目前多数已经具备商业思维的基层作者，在平时的写作中就会更关注作品的利润空间与精力成本。他们在看书的时候，也不再完全以一个读者的视角去阅读，而是以一个**读者兼商人**的视角去分析畅销书为什么赚钱，是否有可持续性或可复制性等。

网文大多都是商业产物，这是现在的大趋势。若是在此基础上以写作变现的视角来定义网文，那它就更偏向于**娱乐消遣品**。

作者要清楚地知道，读者需要的是什么，想看的又是什么。比如生活失意的年轻人喜欢看"废柴逆袭"，人到中年压力缠身的大叔大伯喜欢看"龙王赘婿"。在明白读者的需求后，再确立好自己的写作方向，选择合适的题材，并付诸实践。如此，新人便可以在商业市场中博得一席之地。

新人写作最大的痛苦之一，就是在完全不了解市场和题材的情况下，既想要自娱自乐，又想要靠着自娱自乐赚钱，同时还不愿意去学习并吸收对自己有用的商业知识，结果导致侧重方向完全失衡，最后既没有娱乐自我，也没能娱乐他人。所以，新人一定要多去看书了解市场，多去了解市场上的题材和受众读者。成功的网文并不是完全的自娱自乐，也不是单纯的娱乐他人，而是"独乐乐不如众乐乐"。

当你明明很用心写小说，但作品却依旧反响平平时，不如多去思考一下，你的作品在商业市场中的定位到底是什么？什么样的读者群体愿意为你的作品买单呢？确定好目标群体之后，再有针对性地去阅读同类型的畅销书取长补短，你就可以将受众人群牢牢抓在自己手中了。

第三节　新人存活——劣币驱逐良币

关于这个话题，我在落笔之前一直在思考怎样才能更委婉地展现出最真实的市场情况。或许现实会在一定程度上让一部分新人对于网文的看法发生巨大转变，甚至有的人可能会丧失创作热情。但如果我能够通过本节内容帮助大家尽快看清网文市场，及时转变写作思维，那也不失为一件好事。

一、新人存活

随着时代进步，各大网文平台的福利也要开始比以往更加优厚。我在 2017 年年末入行写网文，那个时候一个月只能拿到 600 元的全勤奖；而如今，每月全勤奖的挡位也水涨船高，一些大网站的作者甚至可以拿到 1500 至 3000 元不等。在间接层面上来讲，网站福利制度的不断完善和升级，的确给了很多新人作家一份坚实的写作保障。

但是，其实当你真正入行一段时间之后，就会发现这些创作补贴并不能为作者带来长期稳定的收益。并且，随着写作经验的逐步积累，以及写作技巧的逐步提高，仅凭创作补贴已经满足不了多数

创作者的经济需求。<mark>毕竟，在网文市场当中，实打实的阅读收益才是硬道理。</mark>

　　而随着近几年来如番茄小说网之类的免费小说网站开始兴起，作品签约的难度大大降低，入行门槛也大大降低，一个在真正意义上做到了"人人都可以签约写小说"的市场开始出现。网文作者的数量在这些年呈现出井喷式增长，同行竞争也愈发激烈，书库中的作品基数也在暴涨，再加上网站的免费阅读运营模式，越来越多的读者对于网文作品的耐心都开始降低，就像刷短视频一样，遇到不喜欢看的随时可以划走，遇到喜欢看的也只是看一下精彩内容，但却很少会记住作者是谁，甚至还会为了节约时间选择跳章阅读。

　　表面上看，签约难度降低，的确是让本就不高的入行门槛变得更低了，可随着作者数量激增，各个分类的流量池也开始被越来越多的同行瓜分，这就导致新人作者在文笔和经验还不够成熟的情况下，很难在残酷竞争的大环境下存活下来。

　　想要破局，<mark>完全依靠坚持是没有用的，选择好对的方向，要比努力更加重要，甚至可以让你的努力事半功倍。</mark>而这也正是我接下来要讲的内容。

二、劣币驱逐良币

　　首先，这里所谓的"劣币驱逐良币"并不是指错误价值观和写作方向占领市场，而是市场环境和时代更迭所造成的大趋势。通俗点儿来讲，就是商业网文在高度饱和的激烈竞争之下不可避免地产生同质化现象，也就是所谓的"跟风"。

多年前的网文市场还是电子订阅的天下，那个时候只要你的作品质量过硬，自然有读者会愿意买单。

可现如今，随着免费小说网站的兴起，在读者看广告就可以免费阅读小说，作者通过广告费才能获利的机制下，一个足以改变整个市场格局的情况就此产生："没钱"的，可以消费"值钱"的，即读者不需要花钱就可以免费看到以前需要付费订阅才能看到的内容。

而在这样的大环境下，作者想要赚到稿费，就需要把"值钱"的作品变得更"值钱"，而那些不是很"值钱"的作品，则会有极大概率淹没在市场的洪流当中。

那么，怎么才能知道自己的作品是否"值钱"呢？

其实说白了，在常规意义上来讲，新人作者只需要去看看自己所写的这一类作品在市场中有没有同质化现象就可以了。很多新人感觉这种观点好像有些偏离了自己写作的初衷，可惜在如今的网文市场中，同质化已经不再是一个贬义词。如今，如果某一个分类或题材的作品开始出现严重的同质化现象，这就能够证明它们的内容经受住了市场的考验，是值钱且能卖得出去的，是被读者群体认可的，大家都知道这类题材赚钱，所以纷纷效仿跟风，跟风早的"吃肉"，跟风晚的"喝汤"，不跟风的就去自己开创流派。

但大家要想清楚一件事，开创流派的成本是非常高的，多数没有写作经验的新人开创出来的东西大概率会被市场淘汰。诚然，不得不承认有一些天赋异禀的新人，他们的确有可能一上来就开创流派，直接写出爆款，只可惜这种天才出现的概率太小了，不是人人都有那种天赋。

那么新人就只能跟风，不能创新吗？错！纯粹的跟风并不是正确的写作方向，也不是长久之计。跟风最巧妙的办法，就是在大量作品同质化的基础上加入自己的微创新，也就是所谓的"旧壶装新酒"。

📖 **知识卡片**

- 新人入行想要最高效地赚到第一桶金，就需要学会与时俱进。

- 新人刚入门时想要在当下残酷的市场环境中存活下来，最好的办法就是沿用已经通过市场考验的分类和题材，并在此基础上融入新的东西，提高自己的竞争力。

第八章

男频小说的题材

当下男频小说的题材千变万化，市场高度饱和，同行竞争激烈。作者想要在市场中占据一席之地，就要在正式开书之前选择一个好题材，一个适合自己的题材往往能让作者在写作之路初期少走很多的弯路。

第一节 当下男频的常青树题材

针对不同网站的不同读者，男频小说的常青树题材也有所不同。接下来我主要以几个知名的网文大站为例，进行分析（大网站的常青树题材比小网站的更加长久且稳定）。

一、起点中文网

作为网文行业的老牌龙头，起点中文网包罗万象，受众极广，其中最热门的大类无疑是**都市文**和**玄幻文**。

都市文中重生文和文娱文是最常见的常青树题材，尤其是文娱文，堪称常青树中的常青树，都市文中几乎一半的精品作品都跟文娱相关。除此之外，一些高武文、职业文，或者自带噱头的脑洞文、恋爱文之类的成绩表现也不错，但若是没有特别好的点子，我不是很推荐新人作者去写这些类型，因为难度会相对更高一些。

玄幻文中，两界穿梭文相对来说比较适合新人写作，它指的是主角能够穿梭于两个世界之间，他在玄幻世界中学习的低级功法用到现实世界中就是"降维打击"。此外，长生文，极道文，苟道文也是玄幻文中较为热门的题材，但对于新人有一定难度，除非作者有非常好的思路和点子，不然就只能在人设和故事剧情的丰富程度上下手。

但是，玄幻分类虽然大热，但各路大神作者云集，大部分推荐位上都是"诸神争霸"，竞争压力比其他分类更大。如果你是真心想写玄幻、对玄幻小说有很大兴趣的新人，我建议你避重就轻、触类旁通，选择**仙侠文**分类——我愿称之为"新人玄幻平替"。仙侠文分类虽然也是大神云集，但竞争压力相对较小，其中加点升级流更适合新人去写。"加点升级流"指的是仙侠背景融合网游升级，让主角打怪升级提高收获感，主线目的不明确，就安排系统去给主角发任务，这样会使行文简单化，更适合新人上手。比如《我在仙侠世界签到成圣》《我在仙侠世界肝经验》等。

除了都市、玄幻、仙侠三个分类，最后还有一个**轻小说**分类。轻小说这个分类，是起点中文网在前些年最后单独列出的一个分类。这个分类非常万金油，其中精品书籍（作品平均订阅数达到

3000 以上）数量极多，甚至有些能达到万订（作品平均订阅数达到 10000 以上）。这个分类不仅对新人友好，而且老作者也可以结合自身优势，举一反三加入其中。我之所以称它为万金油，就是因为它包罗万象，比如玄幻轻小说、都市轻小说、仙侠轻小说、游戏轻小说、科幻轻小说等，可谓"万物皆可轻小说"。

轻小说的风格多为轻松向，常青树题材通常有以下四种。

首先，恋爱文，顾名思义，内容多为甜甜的恋爱，算是轻小说分类中数量最多的题材之一，且上手容易，对于有恋爱经验的作者极为友好。

其次，同人文，即在原著基础上进行二次创作的一类文，在起点中文网最常见的是斗罗和斗破的同人文，也就是《斗破苍穹》和《斗罗大陆》的同人小说。因为这类文自带人物设定、故事背景以及世界观，所以新人上手会比较容易，在写作时只需要旧壶装新酒，在同质化作品的基础上进行微创新，就可以在市场中占据一席之地。

最后两种是奇幻冒险文和网游文，由于垂直的奇幻分类和游戏分类热度相对较低，所以很多作者选择将这两类文放到轻小说分类来写，除了金手指之外，作者需要更注重人设的描绘。比如《死灵法师只想种树》《我在异界肝经验》《这个网游策划果然有问题》等。

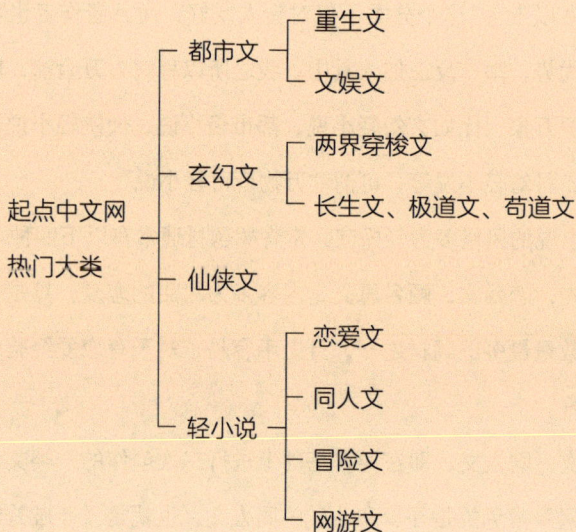

📖 **知识卡片**

```
                    ┌── 都市文 ──┬── 重生文
                    │            └── 文娱文
                    │
                    │            ┌── 两界穿梭文
                    ├── 玄幻文 ──┤
起点中文网           │            └── 长生文、极道文、苟道文
热门大类  ──────────┤
                    ├── 仙侠文
                    │
                    │            ┌── 恋爱文
                    │            ├── 同人文
                    └── 轻小说 ──┤
                                 ├── 冒险文
                                 └── 网游文
```

二、QQ 阅读

原身为创世中文网，也被业内一些老作者戏称为"斗罗中文网"，算是阅文旗下《斗罗大陆》和《斗破苍穹》同人文的聚集地。站内也有奥特同人、英雄联盟同人、超神学院同人等一系列同人文。

另外站内还有一些开篇内容"爽快明"（节奏快，爽点足，简单明了）的噱头文。

这个网站除了同人题材之外，其他题材基本都是根据市场热度和风向时长变换，但由于作品满 2 万字即可上推荐、满 5 万字就能上架包月收费的运营模式，吸引了许多新人作者的加入。

三、昆仑中文网

这个网站属于阅文旗下的渠道站（所有阅文小说平台和合作平台的作品都可以上），主要也以斗罗、斗破同人文为主，另外还有一些带噱头的脑洞文。

四、飞卢中文网

飞卢中文网是早年以同人文起家的网站，常青树题材基本以同人文或带有同人元素的脑洞文为主。比如原神、火影、海贼、大明、西游、洪荒等 IP 的同人文。具体可参照飞卢中文网的作品畅销榜。

除此之外，还有一些具备时下热点的热度文和脑洞文，它们也常年霸占畅销榜前列，以至于飞卢中文网在业内也有着"飞卢新闻网"这一戏称。

广义上来讲，热度文和噱头文本就是飞卢中文网这个网站的常青树，虽然站内每年或每个季度火起来的题材都不同，但其中有不少都与网络热点有关。比如近期在自媒体平台爆火的一些短视频、票房很高的新电影等，都可以在不涉及版权违规的情况下，被作者适量借用其中的一部分元素，作为一本书的核心情节或卖点，吸引读者阅读。

五、番茄小说网

作为免费小说市场的龙头网站，番茄小说网依靠大数据智能推荐，使得各个分类、各个题材百花齐放。免费机制使得番茄小说网的读者群体极为年轻化，而其中的一些"脑洞大开"的题材更是容易受到广大年轻读者的欢迎。

在番茄小说网的站内，**都市脑洞、都市修真、都市高武、都市异能、玄幻脑洞、年代种田、历史脑洞**等题材，都有着一席之地。而后便是传统玄幻、传统都市等一系列传统文，但由于写作难度和试错成本相对较大，我不太建议新人尝试。

另外，有几种冷门题材在未来或许值得关注，如**游戏体育分类下的篮球、足球文**，这一类文乍看上去读者基数远不如热门大类，但如果你是多年的老球迷，或者在这方面有经验见解，倒是可以尝试写一写。题材冷门代表着竞争对手相对较少，如果你能够想出别出心裁的点子或恰逢热门话题（如NBA总决赛期间或世界杯期间），作品出了成绩之后，收入会非常稳定且可观，这算是冷门中的常青树。

以上便是目前市场上的大部分常青树题材。至于其他大网站的题材方向，基本上也和龙头网站没有太大的出入，并且会跟随大网站的风向变化而变化。

以网文市场目前的情况来看，网文写手想要成功，有时候的确是选择大于努力。常青树题材之所以是常青树，是因为它经受住了市场长期的考验，始终屹立不倒。所以，作者能够选择一个好的、适合自己的题材，才是快速入门赚稿费的关键一环。那么，作为新人作者，又该如何选择适合自己的题材呢？

第二节　如何选择更适合你的题材

在了解完男频市场的诸多题材之后，很多新人朋友就会开始选择题材准备写书了。而在当下这样一个选择大于努力的时代，选好题材会让新人作者少走很多弯路。同理，如果选错了题材，就将浪费大量的时间与精力，大幅度消磨新人作者的写作热情。

在常规情况下，多数新人选择题材的方向往往会跟自己的兴趣偏好联系到一起。这个方向选择是没错的，因为自己感兴趣的题材，的确会在前期给予新人作者很大的鼓舞和助力。但是，大家需要注意三个核心因素，那就是"感兴趣""更适合""能赚钱"。这三者之间的关系十分微妙，新人如果能利用好这三点，便可以少走90％的弯路，高效率完成写作变现；如果用不好，就可能会浪费大量的时间精力，在写作之路的初期，原地踏步很久。

先说"感兴趣"，很多男频新人一开始都是由读者身份转变成作者，比如我的启蒙作就是《斗破苍穹》，相信这部作品也是很多新人的启蒙作之一。我当年看这本书的时候还在上学，利用假期时间读完整本书之后，我又陆续读完了天蚕土豆的其他作品，一时间激起了强烈的写作兴趣，内心的创作欲望尤为高涨，于是我便开始分析《斗破苍穹》的题材、故事架构，写出了人生中的第一部作品。

当然了，现在再回首去看我以前写过的那些内容，我会觉得它们根本就没有任何商业价值，甚至可以称之为商业垃圾。哪怕我多年以后再去尝试创作类似《斗破苍穹》的小说，也依旧驾驭不住，难以写好其中精髓。而这其实也间接说明了一件事：大神之所以是大神，就是因为他们的天赋万里挑一，寻常人难以复制。就像行业内时常流传的一句话：真正的天才不是废柴萧炎，而是 19 岁写出《斗破苍穹》的天蚕土豆。

同时，网文经过这么多年的更迭与变迁，老牌大神作者的作品依旧火热，原因除了其无法复制的天赋和笔力之外，更重要的是多年来他们不断累积下来的大批忠实老读者。反观新人，他们在笔力稚嫩，且没有粉丝积累的时候，仅凭着情怀和情绪去写作，失败概率无疑是极大的。

那么，凭借个人兴趣选题材到底行不行得通呢？

我给出的答案是肯定的，感兴趣，当然行得通！但新人最好先选择一个更简单的选题方向，不要一上来就去对标大神的作品。就拿玄幻来说，你可以对玄幻感兴趣，但最好是能在玄幻分类中选择一个更容易上手的题材，而不是拿着大神级的作品当作对标案例，把自己写作之路的起点一下子拉高到地狱难度。

我向大家介绍一个简单的选择选题方向的方法。

第一步，找到自己感兴趣的小说分类，如玄幻、都市、仙侠、科幻等。

第二步，在分类中，选择自己喜欢的题材，该题材的热门作品最好是畅销的新人新作，而非大神作品。

第三步，看看你选择的这类题材，市场上有没有泛滥和同质化。如果有，那么就证明这类题材经受住了市场考验，读者相对比较爱看，可以一试。

第二个核心因素是"更适合"。新人入门选择题材，没有最适合，只有更适合。并且，不光是新人，就算是行业内的老作者，他们在真正形成自己的风格之前，也不会轻易敲定自己一定最适合什么题材。所谓适合因人而异，只有在不断地实践和摸索中，才能慢慢确定下来，只凭理论知识是无法做到的。

那么，除了直接实践之外，还有没有可以让新人更快找到合适题材的办法呢？在这里，我可以给大家分享一个小思路，那就是：与其去想自己对什么题材感兴趣，不如换位思考，想想自己在现实中更擅长什么，或者自己哪方面的特长用到写作中会更有优势。

请看下面的两个例子。

（1）一位悬疑迷，他平时最爱看探案类的小说和电视剧，在不知不觉中了解了诸多专业探案知识，因此如果他想要在自己的作品中加入诸多类似的元素，就会更容易一些，也更有思路和想法。

（2）一位资深 NBA 球迷，他对于各个球星、球队以及赛程赛制都十分了解，因此他去写体育文通常会比其他新人作者更有优势。

最后一个核心因素是"能赚钱"。

选择一个"能赚钱"的题材，乍一听可能觉得并不难，毕竟市面上畅销的题材那么多，随便从哪个网站的销售榜上找几个排名靠前的，基本上都属于"能赚钱"的范畴内。

不过这里的"能赚钱"必须建立在"感兴趣"和"更适合"的基础上。

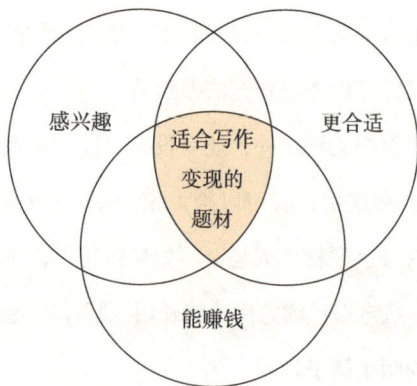

感兴趣

更合适

适合写作变现的题材

能赚钱

举个简单的例子：新人写手 A 对科幻末世文很感兴趣，他是电影《生化危机》的狂热爱好者，并且熟读各个网站的末世文小说，熟知末世文中的各种套路和知识。某天，他在看小说的时候，发现这段时间末世文中把囤物资当作核心卖点的作品热度非常高，不仅在短时间内出现了很多同质化的作品，而且这些作品的平均阅读量还都很不错。这时，写手 A 就可以尝试开一本末世囤物资文作为自己入行的第一部作品，应该可以取得不错的成绩。

现在，想必大家对于如何选择更适合自己的题材，应该已经有了一个较为清晰的判断，在日后开书的时候，就能节约更多的精力，尽量避免写作前期在选择题材上白白耽误时间。

📖 **经验分享**

题材没有最适合、只有更适合，新人可以以自己的兴趣为向导，在感兴趣的同时结合自己在现实中擅长的东西，找到一个契合度最高的，且市场上有很多同质化热销作品的题材进行尝试。但是，这些技巧也只能作为辅助锦上添花，更重要的还是实践出真知。

第三节　同人文的优点和缺点

在男频市场中，最容易让新人作者赚到第一桶金的题材当属同人文，原因如下。

1. 同人文的世界观架构、人物背景和故事情节都是现成的，不需要作者费脑子去设定。就比如写西游同人文，唐僧师徒四人、九九八十一难等，这些都是现成的，不论是魂穿到原著人物身上，还是原创主角，作者都可以根据《西游记》原有的世界观和故事线进行改编和二次创作。

2. 很多同人文都自带流量和热度，原著的粉丝群体足够庞大，作者在写作前期就能获得较为良好的数据反馈，基本不会存在完全单机的情况。这里简单举个例子：假如作者 A 写了一本《×××历险记》，读者除了书名简介之外，对作者 A 的书一无所知，可能就不愿意点进去阅读；但如果把这本书换成同人文，书名是《西游：×××历险记》，那么在发书前期，那些爱看西游题材的粉丝群体就很可能被吸引过来，转化为作者 A 的作品流量。

3. 一些新兴起的同人题材，哪怕作者文笔不够好，但只要能当第一个吃螃蟹的人，在同类型作品还不多的时候率先抢占市场流量，那么获得的稿费也会非常可观。就像多年以前《绝地求生》等"吃鸡"手游刚火起来的时候，热度非常高，一些作者早早嗅到市场风向，第一时间选择写这类游戏的同人文，率先抢占了流量池。

哪怕他们的作品质量和新意远远不如很多后起之秀的同人作者，但因为抢占了初期竞争对手少、粉丝群体大的优势，也是照样赚得盆满钵满。

以上是写同人文最主要的三个优势，下面我再介绍一下写同人文的缺点。

1. 版权问题： 常规情况下，按照法律法规，除非网站购买了原著版权，或者原著作者允许他人二次创作，否则其他作者是不可以进行同人写作的。也有特殊情况，比如四大名著等原著作者已经去世 50 年以上的公版作品，是可以进行二次创作的。

另外，一些原著版权已经被某家网站购买品，其同人文创作也有限制。比如《斗罗大陆》的同人文只能中文网、QQ 阅读、昆仑中文网等阅文平台旗下的网站发表，如除此之外的平台上，轻则下架封书，重则法律起诉。

2. 单价低，权重低： 由于同人文自带热度，其吸引来的乎都是看过原著作品的读者和粉丝，所以为了公平化，各大付费站和免费网站都在一定程度上平衡了同人作者和原创作者之间的竞争力。

比如在起点中文网写同人文的作者，目前上推荐的追读标准要比原创作者高出一到两倍。在番茄小说网，同样是百万阅读量的成绩不错的作品，原创作品的单价稿费收入就比同人作品的高一些。

3. 同行多，竞争大： 因为同人文相对比较简单好写，自然成为很多作者选择的对象，从而导致写同人文的作者基数十分庞大，所以你需要有一定的创新力，才能在众多佼佼者之中脱颖而出，否则只能"别人吃肉我喝汤"，赚一点儿小钱。

同人文写作有利有弊，但总体而言，不论是新人还是老手，同人文都是公认最简单的题材，没有之一。

同人文之所以能在网文市场年复一年的更迭当中存活下来，核心原因是原著所带来的巨大流量。另外，其简单易上手的特性也适合许多天赋不够高、文笔不够好的新人作者。打个比方，你要写一个打斗故事，主角 A 和反派 B 打得不可开交，头破血流。想要吸引读者，你就需要把打斗场面烘托得足够有画面感，一招一式的细节让人有强烈的代入感，以此来吸引读者的关注。但如果我们把角色换一下，改为张飞和李逵打得不可开交，头破血流，那么就算你的文笔不怎么好，也可以吸引一些爱看四大名著的读者。

📖 **经验分享**

同人文的背后拥有足够大的原著粉丝群体，世界观、人设和故事线都是现成的，上手简单，但需要注意版权问题。同时，写同人文的作者不在少数，想要跟他们竞争，要么就当"第一个吃螃蟹的人"，趁着同类型作品还不多的时候，先写出来作品占据先机，要么就在同质化的基础上，进行足够新颖的微创新，以此获得更好的作品成绩。

男频小说写作技巧

写小说单靠理论永远只是纸上谈兵，想要落到实处，通过写作完成变现，则需要理论与实操相结合。接下来，我会逐一为大家讲解当下男频小说的各类写作技巧，有新人入门内容，也有老作者进阶内容，希望看完本章的朋友能够有所收获。

第一节 如何设计爽文的剧情

如果爽文作者始终只会利用相对单薄的爽感设计剧情，爽感的深度就不够，会导致读者审美疲劳，或者爽感断断续续没有持久性，无法吸引读者持续阅读。

在这里我要先给大家一个定义：商业网文是一种精神商品，是需要给予读者情绪价值的。爽，本身就是一种正向的情绪。读者不论上班也好，上学也好，忙碌了一整天之后回到家里看爽文，就是需要从作品内容中得到足够的情绪价值。很多读者想要名正言顺的爽，义正词严的放纵，保持体面的过瘾，但他们在现实生活中常常保持矜持和沉默。所以这个时候，爽文出现了。现实中天马行空的幻想在爽文世界中得以实现，并通过文字的力量被无限放大。

实际上，很多新人作者，甚至包括一部分老作者，在刚入行写爽文的时候，都会或多或少地陷入自我陶醉、自娱自乐。诚然，网文写作的理想状态的确是在取悦别人的时候也能取悦自己，但可惜的是，在取悦自己这一方面，很多作者都有些用力过猛了。

所以，想要写好爽文，第一件要清楚的事情就是别给读者"添堵"，也就是别让读者感到不爽。

而在男频小说中，最常见的会让读者感到不爽的"毒点"有以下三种。

1. 主角慈悲心泛滥，过于柔软、善良。

2. 反派过分虐主角，比如主角开局被打成残废，被严重侮辱等。

3. 作者总是喜欢打哑谜，剧情故弄玄虚，让读者一头雾水。

这三点是各网站各平台读者群体比较公认的重大"毒点"。那么想让读者爽，我们就可以把这些"毒点"反过来写。

1. 主角杀伐果断。

2. 主角碾压反派。

3. 剧情简单明了，通俗易懂。

根据上面的例子，大家会发现，当我们把**负面情绪转化为正面情绪**之后，读者的阅读体验明显会更好一些。在排除掉令人不爽的地方之后，我们就要着手设计爽文的核心点了。

那么，爽文的本质核心是什么？我用四个字来概括，即情绪满足。而爽点的本质自然就是情绪被满足的瞬间。

很多新人可能会觉得写情绪很容易，不就是一群无脑反派跳出来嘲讽主角，然后主角予以反击吗？可实际上，想要把这种情绪套路写出精髓、写出高级感，对于新人作者来说绝非易事。要知道，情绪是一回事，让读者的情绪充分得到满足又是另一回事。而爽文的底层逻辑来自情绪满足。

接下来，我以《三国演义》中"关羽温酒斩华雄"的故事为例，将主角视角切换到关羽身上，并代入以下九个桥段。

1. 当十八路诸侯得知刘备只有三人三骑还好意思前来会盟讨伐董卓时，忍不住纷纷嘲笑（**营造负面情绪**）。

2. 董卓派出华雄为先锋，来到关前叫骂挑战（**剧情转折，困境出现**）。

3. 诸侯阵营派出三员大将，结果被华雄悉数斩杀（**困境加强，衬托敌人强大**）。

4. 冀州牧韩馥自信满满，派出自以为实力更强的上将潘凤，结果也被华雄轻松斩杀（**剧情再次转折，困境扩大**）。

5. 此时，还是马弓手的关羽主动请战华雄，结果遭到十八路诸侯的蔑视（**负面情绪升级**）。

6. 刘备出面立下军令状，如果二弟关羽不胜，可斩他们三兄弟的人头（**期待感升级**）。

7. 曹操想要为关羽敬酒壮行，关羽表示"小小华雄，何须借酒"（**期待感达到饱和，继续铺垫高潮剧情**）。

8. 关羽斩杀华雄，将华雄头颅扔到一众诸侯面前，诸侯纷纷震惊（**困境解决，爽感释放，期待感满足**）。

9. 曹操再次敬酒，发现杯中酒水尚温，对关羽钦佩不已（**画龙点睛，读者情绪得到最大程度的满足**）。

若是站在商业网文的视角，"关羽温酒斩华雄"这个故事绝对是标准的爽文模板，不论是情绪调动，还是困境升级，以及最后的情绪满足，这一步步的起承转合都严丝合缝，环环相扣。每一个桥段的出现都有最直接的目的，作者很清楚地知道自己写出的每一个桥段能发挥出什么作用，如桥段 1 ~ 6 侧重于情绪的升级。桥段 7 ~ 9 则是在逐步完成整个事件，满足读者情绪。一些新人作者会认为，爽文的核心点在于主角最后解决的事件、众人的震惊，以及反派的败北。但实际上，若是没有桥段 1 ~ 6 的烘托和铺垫，桥段 7 ~ 9 给读者带来的爽感自然也不会那么强。

这里有两个关键点，**情绪升级和对比**。

关于情绪升级，其实不难理解。还是以上面的桥段为例，试想一下，假如在桥段 2 时，华雄在阵前叫骂，关羽直接上去将其斩杀，那么斩华雄事件就会至此结尾，读者刚刚因为十八路诸侯嘲笑关羽而被调动起来的负面情绪，也会直接消失。表面上看似乎是有爽点的，但其实还远远不够，读者无法达到最大程度的爽感满足。而放在当下极度同质化的网文市场中，就算是小白读者，对于这种简单平淡的爽点也很难给予更多的耐心。这也是很多作者感觉自己明明写出了爽点，却留不住读者的原因之一。

所以这个时候就需要情绪升级。通过马弓手关羽的两次请战被拒绝和被嘲笑来不断升级负面情绪，调动读者的内心，让他们讨厌十八路诸侯的负面情绪达到饱和；而后，再让那个被一众诸侯轻视的小小马弓手出战，斩杀悍将华雄，读者达到饱和的负面情绪被转化为正面情绪，这就是所谓的爽。如此一来，爽点就能够给读者带来较高的情绪满足。不过，想要做到完美，还需要在此基础上再锦上添花，也就是上面提到的第二个关键点：对比。

还是以"关羽温酒斩华雄"为例，在情绪不断升级的同时，桥段中还插入了关羽（主角）和十八路诸侯派出各自大将（配角）出战的对比剧情。

配角：冀州牧韩馥派出上将潘凤，结果不出几个回合，潘凤就

被华雄斩于马下；其他诸侯也派出各自的金牌战将，结果也纷纷败北。

主角：关羽迎战华雄，不出几个回合，就拿下了华雄的人头，凯旋时曹操杯中酒尚温。

有句话叫"没有对比，就没有伤害"，放到网文中也是同理。因为对比也是一种情绪的来源。

《西游记》中也有关于对比的剧情。相信大家对于《西游记》中，黑熊精偷袈裟的情节记忆犹新，但是在这个情节之前，还有一个情节，就是比袈裟。

1. 唐僧一行人来到观音禅院，观音禅院的住持金池长老询问唐僧（主角），既然是从东土大唐而来，肯定带了不少宝物吧。唐僧深知财不外露，准备保持低调，结果孙悟空却表示师父有一件天下无二的绝世袈裟，金池长老闻言，不由动了攀比之心（**事件切入**）。

2. 金池长老（大反派）得意表示："若是比别的，贫僧不敢不开口，但若是袈裟……"话音刚落，身旁的和尚（小反派）心领神会，立马傲然补充道："我家院主百年来别的不说，袈裟倒是积攒了几十柜子了！"说完，便直接带着唐僧师徒去参观金池长老的"衣帽间"。一眼看去，可谓是满堂绮绣，四壁绫罗，随着一件件精美的袈裟映入唐僧的眼帘，金池长老站在旁边，脸上也是露出沾沾自喜的表情（对比事件切入，期待感开始铺垫）。

3. 这个时候，唐僧心里其实很清楚，自己那件袈裟足以比过金池长老的全部家底。但他还是继续保持低调，跟孙悟空使了使眼色，说："咱们的袈裟，怎么能跟老院主的相比呢？"结果一听这话，孙悟空直接不乐意了，一边挑拣着金池长老的袈裟，一边表示，这些袈裟全是垃圾（言语对比，刺激反派）。

4. 一听这话，金池长老的攀比欲也是进一步高涨，非要看一下唐僧的袈裟。尽管这时候的唐僧依旧保持着低调，但是孙悟空已经按捺不住了（期待感升级）。

5. 见金池长老非要比个高低，孙悟空一不做二不休，直接去拿出了唐僧的袈裟炫耀，众人顿觉金光耀眼，仿佛整个屋子都被唐僧那件袈裟的光芒照亮。金池长老以及众多观音禅院的和尚都被唐僧的袈裟彻底惊艳，目瞪口呆（对比完成，期待感满足）。

6. 在看过了唐僧的袈裟之后，金池长老脑海中顿时浮现出自己披着唐僧的袈裟，受到无数和尚崇拜敬仰的场景。然而当他精神一晃回到现实，不由得向唐僧连连恳求，让自己抱着那宝贝袈裟观摩一晚，长长见识（读者情绪满足，爽感达成）。

在比袈裟的情节中，金池长老从一开始的好奇，到洋洋得意、沾沾自喜，再到最后反转成震惊、羡慕、嫉妒等一系列情绪，都是通过**对比**的手法来展现出来的。同时，这也为下一个剧情营造了切入点，延伸出后续黑熊精偷袈裟事件的导火索。

作者在设置剧情的时候，如果适当、合理地使用对比，就会在情绪上给予读者更大程度的满足。所以本质上，对比也是爽文的底层逻辑之一，同样也是满足读者情绪的方式之一。

诸如此类的例子还有很多很多，比如"辕门射戟""三英战吕布"等，大家在写作的时候可以引经据典，将其中的核心概念融会贯通，并举一反三融入自己的剧情。

就像男频小说中常见的高武文、全民文、灵气复苏文等，很多作品的开篇部分都间接套用了"关羽温酒斩华雄"中的核心概念，并以此产生出一些同质化的经典开局，如主角开局觉醒弱天赋、烂职业、废灵根等，并遭到其他班级同学或宗门弟子的嘲笑，通过剧情的推动不断地让情绪升级，其中包括反派的挖苦嘲笑、友方的怜悯同情、路人的质疑与奚落等，而后主角展露出实力，引发出接二连三的多方面剧情反转，让读者的情绪得以满足。

诚然，这些剧情在当今的网文市场已经有些俗套了，但还是很受用。同质化现象至少能证明这类内容经受住了市场和读者的考验，自然也有人愿意吃这一套，而作者若是能在此基础上再进行微创新的话，那无疑是锦上添花。

不过这个方法的核心，也是旧壶装新酒，万变不离其宗的。比如一些无敌文，主角开局即是战力巅峰，虽然可能会在一定程度上减少一些所谓反派跳出来挑衅、嘲笑主角的情节，但也肯定少不了外界的质疑，友军的误解和不信任等等负面情绪。

第二节　写作撒手锏——调动他人情绪

　　作者写好一部作品的前提就是能调动读者的情绪，如果连情绪都调动不起来，那么后面不论再怎么升级情绪也是无用功。

　　通俗点儿来讲，情绪就是读者在阅读作品剧情时，内心产生的某种心情或感觉。情绪不只有喜怒哀乐。同一段剧情带给不同读者带来的情绪也不是相同的。有些读者很喜欢看某本书，另外一些读者就看不进去。这也就形成了"受众"这个概念。

　　但其实，读者的情绪并不是作者直接制造的。作者只是写了一段剧情作为钩子，它调动出来的是读者本身就具备的情绪。如果读者本身并不具备相应的情绪，那作者再怎么去调动也不会有什么效果。

　　举个例子，比如我在作品中设计了如下剧情：我搀扶着一个戴着墨镜的盲人老爷子回到他的家中，推开门一眼看去，整个屋子只有二十多平方米，各种杂物堆积在一起，甚至连落脚的地都难找，据说老爷子已经一个人在这种环境中住了十多年了。再一抬头，我看到墙上挂着的两张照片，左边是他老伴儿的黑白遗照，右边是老爷子年轻时穿着军装的照片，相框旁边还挂着一个二等功的勋章。直到后来我才知道，这位老爷子当年是因为排雷而落下了残疾。

这段剧情，如果是被一个家里有空巢老人的读者看到，他就可能会被老爷子一个人孤零零住在小房间里的场景触动；如果是家里有长辈当过兵的读者，就可能会被军装照和二等功触动；而如果读者虽然没有这方面的经历，但在网上看过一些独居老人的视频，那也有可能会产生一些共鸣，只是在程度上会和前者有一定的区别。但假如以上的这些触动和共鸣点读者都没有，那他可能就会觉得这段剧情无聊且毫无意义，只是在单纯刻意地煽情，甚至很尴尬。

也就是说，读者的情绪其实来源于他们自身的人生经历和认知，作者写的剧情只是一个情绪的钩子。那么在这样的基础上，作者要如何创作更为合适的剧情，才能让读者被勾起对应的情绪，从而达到想要的效果呢？目前比较实用的方法有以下两个。

1.尽可能寻找和挖掘绝大多数读者都能产生共鸣的情绪。最简单的一类就是公序良俗，这些都是大众的共识，这种情绪也是相对比较容易被调动起来的。

2. 深度审视自己的经历。很多年纪轻轻就开始写作的新人作者在最开始写作的时候还在读高中或者读大学，社会阅历相对比较少，所以许多都市文或玄幻文的剧情都会在校园或宗门等场景中展开。同时剧情中可能会掺杂着学院（宗门）每个月的比试与排行榜，还有男女主角的甜甜的恋爱等情节。年轻作者写出的这种剧情就更容易引起学生读者的共鸣。

相对来说，方法 2 更偏向于从作者个人的角度进行深入开发，即作者在自己的生活经验和人生阅历范畴内，尽可能地去扩大自己的受众人群。哪怕是大神级别的作家也不可能做到通过一段剧情调动所有人的情绪，他也只能在自己擅长的范围内，先找到自己的受众人群，然后再尽可能地引发他们的共鸣，进而调动他们内心深处的各种情绪。

如果新人作者一定要找到一个两全其美的办法，那么我的建议是：接地气。接地气指的是，你所设计的剧情也好，人物也好，首先要能够让受众人群理解，其次要能让受众人群代入。我们虽然不可能写一段让所有人都喜欢的剧情，但我们能够尽量写出让多数人不讨厌的剧情。

比如，很多作品中都会设置一个正气凛然的人，他从始至终贯彻保家卫国、舍己为人的精神，作品中会以他延伸出各种剧情。在看到这种角色为了保全万家灯火而牺牲自己时有些读者可能会感到动容，有些读者则可能会对此无感，但也不至于太过厌烦。这是一个相对比较圆滑的写作方式，也是新人作者可以尝试去学习的方向之一。

在写作中，最简单的，也是最好写的一个情绪就是**震惊**。火遍全网的震惊流小说，相信不少朋友都有所了解，目前网文市场上八成以上的作品都包含对震惊这一情绪的利用，包括配角、反派，以及路人的震惊情绪。

比如在电视剧《康熙微服私访记》中，康熙（主角）褪去以往的皇帝形象，放低身段来到民间考察，结果在过程中遭到了各种各样的危机和困难，也看到了世间的疾苦和百姓的不易。观众在看这部电视剧的时候，最期待的关键点并不是剧情发展的过程，而是康熙的皇帝身份被曝光之后，众多配角和反派的反应。

康熙的人设塑造得比较正派，就属于前面提到过的大部分人都不会讨厌的类型。在此基础上，大部分观众最愿意看到的情节自然就是反派给康熙制造危机和困难，各种负面情绪不断升级之后，康熙的皇帝身份公之于众，剧情发生反转。这时，反派就会产生震惊、后悔、懊恼、恐慌等一系列情绪，而在这其中，最明显的就是震惊。

📖 **经验分享**

调动他人情绪来写作要注意以下 4 点。

（1）读者情绪并非由作者制造的，而是读者自带的，只是通过故事情节被调动起来。

（2）新人写作最好先从接地气的话题开始着手，并深度挖掘自己所擅长的故事。

（3）尽量用圆滑的写作方式去设计剧情，尽可能让受众变得更广，留住更多的读者。

（4）最简单的情绪调动和拉高期待感的方法就是震惊，利用信息差产生震惊，进而吸引读者继续阅读后面的内容。

第三节　用好信息差，让读者欲罢不能

在上一节中，配角和反派产生的这种震惊情绪，实际上就是源于康熙皇帝身份所带来的信息差。那么，信息差又该如何使用才巧妙得当呢？

在当今的网文市场中，信息差已经是一个非常普遍且非常实用的写作技巧。而且不单单是网文市场，市面上绝大多数的影视作品也都运用了信息差。

我们要弄清楚一个理论知识：信息差是什么？直白点儿来说，

信息差就是指：某一个信息，不是所有角色都知道。

比如，电视剧《西游记》中"孙悟空三打白骨精"的情节，孙悟空（主角）火眼金睛，屡次识破白骨精的真实身份；唐僧等人（配角），却并不知道且不相信。这便产生了信息差。接着，孙悟空带着这一层信息差三打白骨精，屡次遭到师父和师弟们的不信任和误解，情绪调动由此产生。最后，妖怪身份曝光，剧情发生反转，唐僧、猪八戒和沙僧产生震惊，发觉误会了孙悟空，悔不当初，唐僧道歉。如此，观众的情绪得到了满足，这便是一个信息差和情绪的初级框架。

但这种写法是较为常见且较为简单的写作手法。接下来，我会从更深层次为大家剖析信息差的高级用法，带大家真正用好信息差，让读者欲罢不能。

一、挖三填二，挖二填一

信息差的设计，其实就是"挖坑"与"填坑"的过程。挖坑，即抛出未知信息差。填坑，即曝光已知信息差。写作中，我常用"挖三填二，挖二填一"的技巧构建框架。

举个例子：主角是一名大学生，他利用闲暇时间写网文，天赋异禀，成为知名网文作家。对于主角来说，这些信息都是他自己知道的；但是他的室友知道的仅仅有"大学生"这一个信息。这个时候，"写网文，天赋异禀，成为知名网文作家"就是主角和室友之间的信息差。

传统意义上来讲，一本书开局最常见的信息差，就是主角的金手指带来的。

再来举个简单的例子，在一篇重生文中，主角重生回到了十年前，那么他对未来十年的了解和记忆，就是重生后获得的金手指，而且这部分信息其他人是不知道的。这个时候，信息差就产生了，同时，读者情绪上的期待感也就产生了。

读者在看到主角成为知名网文作家，而室友不知道的时候，就会期待室友知道这件事后的反应；读者看到主角重生回到十年前，就会期待主角利用十年的信息差去提前布局赚得先机。

这就是期待感的一个最基础的来源。当然，期待感主要是由信息差和情绪两者结合而成的，信息差用于塑造期待感，情绪则用来强化期待感。读者在接收到你提供的信息差后，产生了对剧情的期待感，所以只要你保持对这个信息差的控制，读者就会一直看下去，直到他看见这个信息差被填平。按照上面的例子来说，当主角暴露了自己知名网文作家的身份，配角产生了一些反应后，读者之前因信息差而产生的期待感就被满足了。

但如果只有一层信息差，虽然也满足了读者的期待感，但并没有做到情绪满足最大化，就无法吸引读者继续阅读下去。这个问题的原因在于信息差过于简短，读者的期待感单一。一旦你提供的这个信息差被填平，读者的期待感得到了满足，他对这本书的兴趣也就没有了。那么这个问题要如何解决呢？

第一步，提供信息差，尤其是主角对比其他人的优势，完成期待感塑造，吸引读者进来看书。

第二步，对信息差进行分层填平，并在完全满足读者的期待感之前，提前做好新的信息差，让读者产生新的期待感，保证期待感的连续性。

第三步，在填平了某个信息差，满足了读者的期待感，搞定了高潮剧情后，要合理利用其他提前制造好的信息差，将读者的注意力转移过来，用新的期待感继续吸引住读者。

单纯从信息差的角度来讲，以上这就是一个比较合理且可持续的剧情理论框架。接下来我们实操一下，"主角大学期间成为知名网文作家"这个信息差要如何设计呢？

第一，对信息差进行分层，即不要一次性将信息差全部填平。你可以针对不同对象（大学室友，同班同学，隔壁班班花，辅导员，自家爸妈和亲戚等），将信息差分为多次填平，每一次填平就是一段剧情。这也是一个拉长信息差填平过程，从而延长期待感满足的方法。

第二，增加新的信息差。在你将上述信息差分层填平的过程中，主角还会不断成长，也就会继续产生新的信息差。一层已经曝光，一层接近成熟，一层正在酝酿，这就是所谓的"挖三填二，挖二填一"的手法。在你一步步地让配角知道主角成了知名网文作家这个信息的时候，主角自己也在进步，比如配角还在震惊于主角的写作能力时，主角的小说即将被改编成电视剧。接着，读者就会因新的信息差而产生期待感。这个时候，你再去完成上一轮最大的情绪满足，也就是"主角成为知名网文作家被父母或亲属知道"，完成一个剧情高潮。此时，尽管读者的期待感已经被满足，但他们并不会离开，因为你已经提前准备好了新的信息差，同样的流程你还能再走一遍。而在接下来的流程中，你还可以继续准备另一个层面的信息差，如此层层递进。

二、反转＋震惊

利用信息差让读者"**情绪满足**"的手法，主要是以"**反转＋震惊**"为主。

就像我上面提到过的一样，如果只是单纯制造这么一个信息差，下一步直接让室友知道这件事，让室友产生羡慕和佩服的情绪，虽然满足了读者的期待感，但是很显然，这样的满足还不够。所以我们需要利用"**反转＋震惊**"，来强化期待感。之前的例子中，室友知道后，会产生羡慕和佩服的情绪；那么，如果我们反着来，先制造和羡慕、佩服相反的情绪（辱骂，嘲讽等），再填平信息差，让室友知道这件事，从而让负面情绪转化为正面情绪，就会让读者有更大的期待感被满足。

就像之前孙悟空三打白骨精的例子一样，同样是打白骨精所带来的情绪满足，三打白骨精的效果，远远就要比一打白骨精要好。原因就是，孙悟空三次揭露白骨精的真实身份，但三次都被师父和师弟们误解，观众的情绪不断升级，不满的情绪渐渐达到了极点，直到最后，剧情反转，真相大白，猪八戒和沙僧震惊无比，唐僧悔不当初，观众的情绪便得到了最大化的满足。

可见，这种写法早在四大名著中就已经有了应用，放到今天，我们只需要在此基础上进行一些优化和升级就可以使用了。

> 📖 **互动问答**
> - 提到"反转＋震惊"，你能想起哪些经典小说或精彩片段？

第四节 如何敏锐捕捉时下热点完成写作变现

一、如何捕捉热点

2020 年 4 月 21 日番茄免费小说 App 正式被命名，这无疑是网文行业发展历程中的一次重大分水岭。从某种程度上来说，免费阅读对付费阅读的确造成了降维打击，在免费阅读的影响下，曾经百花齐放的小说平台，要么逐渐在竞争中落败，要么逐渐成为免费小说市场的供应商。在诸如番茄小说网这类大数据算法运营的平台中，各种作品都会被精准地推送给相应的读者群体。

如果我们真的去深入了解网文市场，就会发现很多写作风口其实都跟市面上的大部分娱乐产业息息相关。而这，也正是我们去发掘风口的方向之一。许多网络歌曲都被网文作者融入了娱乐文或者恋爱文里。短剧更不必多说，很多剧本其实都是小说改编，哪怕原创短剧，也基本上都和市面上常见的新媒体文有着异曲同工之处。

由此可见，如果你想要通过捕捉风口和热点完成写作变现，除了多去扫榜和看书之外，目前有一个方式是最方便的，那就是多刷短视频。

就像这两年新冒出来的"00后整顿职场"的新闻，以及后来爆火的一系列相关短视频，其实在看到这一类内容在短视频平台爆火的时候，一些作者就已经开始着手开发新题材了。在短短一两个月的时间内，市场上关于"00后"的作品如雨后春笋般冒出。

不得不承认，这些年在短视频平台的影响下，各类新闻和热点的传播速度开始变得飞快，毫无疑问，网文市场的风向也会随之产生转变。某个短视频的爆火是因为触发了大众的共鸣和关注，其中的核心概念被融入小说中也并不奇怪。

但是，我们也需要注意，价值观导向正确的热度可以利用，但若是涉及一些负面内容，如黄色、暴力或价值观导向不良的热点，我们是万万不能触碰的，不然作品大概率会被封禁，甚至产生更严

第九章　男频小说写作技巧

重的后果。

除了刷短视频，还有一个能让作者捕捉热点和发现风口的方法，那就是扫榜。

扫榜，顾名思义，就是去浏览各大小说网站的作品榜单，以此来发现最近行业内热点题材和风向。这种办法虽然是众所周知的，也是最简单方便的，但其中却包含了不少门道。

很多新人并不知道该怎么扫榜，也不知道怎样扫榜才能更加高效。不同网站的不同榜单有着不同的扫法，下面我以常见的几个大网站为例，给大家讲一讲。

1. 飞卢中文网，最具有扫榜价值的是 24 小时畅销榜，也就是所谓的天榜。这个榜单上的作品几乎都是时下最火热的题材，甚至其他网站也会跟风借鉴，算是全网捕捉热点效率最高、最快的榜单。

2. 番茄小说网，作为一个大数据推送的平台，番茄免费小说 App 上的榜单会根据用户的阅读偏好随时调整，这就导致推送到每个人眼前的榜单内容并不一致，所以参考意义不大。建议大家登录电脑 PC 端的番茄作家后台，找到原创作品榜中各个分类的新书榜进行扫榜学习。

3. 起点中文网，下载起点读书 App，扫榜方向为**三江推荐**以及**新书畅销**。

4. QQ 阅读（创世中文网），由于其会员包月的运营模式，其最具参考价值的是**会员榜**和**新书榜**。

至于其他平台的扫榜方式，其实也跟上述各大网站的大同小异，不过参考价值相对而言还是大网站更具权威性。

以上是我总结出的两个捕捉热点的方法，大家可以结合使用。假如在**刷短视频**和**扫榜**二者之间做取舍，我建议老作者选择第一种，因为这是捕捉热点最快的方法；新人最好直接去扫榜，难度会相对较低一些。但还是那句话，当一些热点已经开始在业内出现，就证明它很有可能要开始，甚至已经开始出现大批量同质化作品了，在这种情况下，新人作者大概率只有去跟风的份。

二、如何在热点中破局

那么，新人作者在捕捉热点的同时发现市场开始出现大批量同质化作品以后，该如何破局，完成写作变现呢？

这里，我不得不拿出前文中我屡次提到的一个词：**举一反三**。这里的举一反三，也可以理解为前几章内容中提到过的：**旧壶装新酒**。

通俗点儿来讲，也就是在大批量同质化的内容中，或者原有的热点基础上，进行一定程度的微创新。下面我举个简单的例子。

前段时间网上有一个词火了，叫作"小孩哥"，指的是一些超越年龄的成熟的小孩或者小学生，大部分情况下是褒义词，用于称呼一些非常厉害的小孩。他们拥有超出年纪的非凡技能，让许多成年人自叹不如。这种称呼既表达了对这些小孩的赞赏，也体现了对他们积极勇敢的人生态度的羡慕。

于是以小孩哥为方向，网文市场中便诞生了一批以"满级小孩哥"为核心元素的都市文作品，并产生了大批量的同质化作品，比如"满级小孩哥做美食震惊全网""满级小孩哥精通八国语言"之类。在这种视角下，很多新人作者只能看到"满级小孩哥"这一个核心，但实际上老作者们早就已经在"满级小孩哥"身上看到了熟悉的影子，如"悟性逆天""10 后，甚至 20 后"之类的元素。

如此，我们来举一反三。同样是"满级小孩哥"，我们把他放到玄幻仙侠题材，小孩哥"悟性逆天，八岁碾压一众天骄，十岁称王称霸"行不行？放到文娱题材，"三岁上综艺答奥数题，震惊全网"行不行？放到科幻末世题材，"稚嫩单纯的外表之下，却潜藏着末世王者重生归来的灵魂"行不行？同理，咱们再换一个视角去举一反三，一定非要开局就是"满级小孩哥"吗？先从"满级婴儿哥"开始，然后一步步成为"满级小孩哥"行不行？

答案当然都是肯定的。

当然了，这里并不是在让大家直接照搬这个做法，而是让大家搞清楚**举一反三**和**旧壶装新酒**的核心思路。只有真正学会举一反三之后，作者才能在网文行业里始终立于不败之地，如果只是单纯地依靠时下热点去跟风，那么就只能靠热度吃饭。

对于某一个题材的爆火，或者某一个热点的大范围传播，网文作者更应该去思考的是其中核心的思路，并沿用这一思路不断地进行举一反三，把热点变成自己的东西，这才是捕捉时下热点，完成写作变现的王道。

再举一个例子，**读心术**。这些年，读心术作为市面上最常见的一种超凡能力，不仅是网文作品，各种影视剧也都用烂了。但是这种看似已经烂大街的元素，就完全没有开发空间了吗？并不是。网文作者又开发出了以**反向读心术**为核心元素的诸多作品，即不再让主角去读别人的内心，而是让配角来读主角的内心，以此来推动剧情的发展。也由此诞生了曾经火热一时的**"心声流"**。

读心术和**反向读心术**，这本质上是一种**反模板**的写法，即当一个故事模板开始烂大街的时候，作者以此为基础反着来写，并且将其延伸到各个分类和题材当中。

比如游戏文，别人都是写主角打怪升级下副本，我直接写主角成为副本中的 NPC，率领怪物们入侵现实世界行不行？再比如末世文，别人都是吃饭睡觉打丧尸，我直接让主角成为丧尸，在丧尸中称王称霸行不行？

其实诸如此类的网文，在网文市场上数不胜数，已经有不少成功案例摆在眼前，其中不少都是在当时原有的热点题材上进行了二次开发，甚至三次开发。

> 📖 **经验分享**
>
> 　　当热点来临时，我们能够通过刷短视频和扫榜来发现并捕捉热点；当热点同质化泛滥后，我们还可以通过举一反三和旧壶装新酒，继续开发写作深度。总而言之有以下 5 点。
>
> 　　（1）善用刷短视频和扫榜的方式发现热点。
>
> 　　（2）在捕捉到热点之后第一时间开始落笔行动，不要拖延。
>
> 　　（3）不要盲目跟风，价值观导向要正。
>
> 　　（4）尽快看透热点背后的核心逻辑，用举一反三和旧壶装新酒的办法进行写作延伸。
>
> 　　（5）当模板已经开始泛滥，且没有更新的热点出现，就要利用反模板进行微创新。

第五节　节奏到底该怎么用

　　多年以来，小说的节奏一直是很多作者的痛点之一。不单单是新人，很多老作者也常常因为把控不好节奏，导致作品流量惨淡。

　　小说的节奏，可以将其通俗理解为故事内容中轻重缓急的设计，需要作者根据剧情的需要，进行实时调整。

　　很多新人作者对于网文的节奏，从一开始就理解有误。他们往往都下意识地把一个作品的节奏定义为剧情的推进速度，觉得在当下这个快节奏的时代，只要作品的剧情发展速度够快，写出来的作品节奏就一定是快的、是好的。甚至有些新人为了加快自己作品的节奏，直接省略了内容中十分必要的**世界观设定以及环境、心理、氛围描写**等一系列关键元素，直接在开头就切入一个事件，在读者一无所知的情况下，强行展开剧情，并且予以快速推动。这样的剧情往往都是苍白的，说难听点儿就等同于流水账。读者看你的内容会一头雾水，觉得枯燥乏味。不管你的节奏有多快，哪怕一个剧情接着一个剧情写，也是毫无意义的。反之，若是读者觉得你的剧情内容精彩异常，引人入胜，哪怕剧情推进得再慢，读者也照样会买账。举个例子：作者 A 写了仅仅五章，主角就已经从最开始的废柴快速进步到了打遍天下无敌手的程度，期间打败了各种反派，但是什么细节都没有，读者只会觉得节奏一塌糊涂；同样的剧情，作者 B 可能在中间塞满了各种情绪调动、情绪升级的铺垫，直到最后才完成剧情反转，乍一看剧情进展很慢，但在剧情足够精彩的情况下，读者并不会嫌节奏慢。

所以剧情快慢并不是衡量作品好坏的直接标准。节奏快慢也并不完全代表剧情的推进速度，它更多取决于所写的内容是否详略得当。作为作者，你需要去判断你作品中的内容哪些是重要的，哪些是不重要的。重要的东西自然就需要着重去写，不重要的东西就尽量少写，甚至可以直接不写。否则你的作品永远在快速地渡过剧情，一本书根本就写不长。而至于哪些内容该重点写，哪些内容不该重点写，这些则需要让读者和市场来告诉你答案。比如游戏文读者想要看到的是主角刷图升级，满配神装，而不是主角到处划水的无聊日常；末世文读者想要看到的是主角杀伐果断，快意恩仇，而不是主角慈悲泛滥，犹豫不决。

当一个作者脱离了读者去研究节奏的快与慢，就没有太大意义了。只有明确了这一点，并在写作时始终谨记，你才能在真正意义上慢慢把控好一部小说的节奏感，而不是仅仅停留在理论上。

很多新人想要把这些落到实处，在网上查阅各种写作资料的时候，会发现很多褒贬不一的节奏公式。比如300字之内必须要出现主角，500字之内必须要出现冲突，1000字之内必须要把情绪拉起来，还有些什么黄金三章、黄金五章等。但我并不建议大家一板一眼地进行公式化写作，因为如果长期被公式束缚，新人初出茅庐时的灵性就会被慢慢消磨，直到最后很难再从中跳脱出来，导致写作思维被大大局限。那么，具体该怎么做呢？

首先，**给予主角目标感，明确好故事主线，并予以推进**。然后，**跟推进主线没有直接或间接关系的剧情，不要过分赘述**。举个例子，多年前废柴流小说开始在网文市场崛起，其中的佼佼者自然是《斗破苍穹》这部大神级作品。《斗破苍穹》的开篇写到主角萧炎作为陨落的天才，因为斗之气三段被人嘲笑，还遭到了未婚妻纳兰嫣然的退婚，这个时候主角所面临的一切困境都是由于自身实力不足，恰逢此时药老苏醒（金手指），帮助主角突破了修炼的障碍，主角决心努力变强，并为自己和家族洗刷昔日被退婚的耻辱，也就有了后来和纳兰嫣然的三年之约。

我总结一下重点：

1. 主角开局所面对的困境；

2. 情绪的调动与升级；

3. 金手指出现解决困境；

4. 主角立下短期与长期目标。

由此可见，作者天蚕土豆在设计每一步剧情的时候，基本上都有着很明确的目的。写困境引发出后面的情绪调动与升级，写金手指解决困境，并且为主角立下目标，然后再让主角去完成目标，在完成目标的过程中又遭遇了若干事件，以此推动整个主线剧情的节奏发展。

根据我近几年带学员的经验，新人最常见的一个节奏问题就是主角没有目标感，也可以理解为主角的原动力缺失。

你设置了怎样的一个世界，主角身处其中又有怎样的目标需要去达成，这一点是非常重要的。很多新人的开篇节奏很乱，东一榔头西一棒槌；还有些新人写着写着就卡壳了，不知道剧情该怎么继续往下发展；还有人的主角像个无头苍蝇一样，完全被动地跟着剧情走。出现这些问题的原因，大概率就是作者根本没有给予主角明确的**短期目标**以及**长期目标**。

还是拿上面讲过的《斗破苍穹》举例，主角的短期目标是突破目前修为止步不前的困境，长期目标是在这个实力为尊的世界一步步变强，洗刷昔日的耻辱。主角有了目标，自然会产生做事的动力；读者看到主角的目标，自然也会产生期待感。而在完成目标的过程中，主角也会不可避免地遇到新的事情或麻烦，诸如药老觉醒，旁人的轻视与嘲讽，修行过程中遇到的危险等。在这其中，主角完成目标是主角自发去做的事情，如解决困境、升级变强，这属于**主动事件**。主角在完成目标过程中被动遭遇的事情，如遭遇危机、受到嘲讽、偶获至宝，则属于**被动事件**。

想要让你的作品保持一个较好的节奏，让**主动事件与被动事件相辅相成**是一个关键的因素。如果只有被动事件，那么你的主角久而久之就会成为只能跟着剧情走的无头苍蝇；如果只有主动事件，那么你的故事元素则会变得不够丰富精彩，难以吸引读者持续阅读。

短期目标和长期目标的结合也是同理。只有短期目标会间接导致故事节奏较快，当目标在短期内快速完成之后，读者的期待感也会因此而得到满足，然后就会离开。而只有长期目标，会导致中间情节过于冗长，节奏变慢等一系列问题。

而想要稳定良好的故事节奏，就要让以上四点完美结合。这里给大家一个理论作为参考，那就是：不论事件是主动还是被动，不论目标是短期还是长期，都需要为主线的推进和发展做出贡献。为了方便大家理解，我再来拿《西游记》举个例子。

首先，《西游记》的主线结局是什么？是唐僧师徒四人取得真经，长期目标自然也就是西天取经这一主动事件。而在西天取经的路上，唐僧师徒四人需要经历九九八十一难才能取得真经，这也就是所谓的被动事件。每次唐僧被妖怪绑架，徒弟们前去营救，这就是受被动事件影响而产生的主动事件，也可以称之为短期目标：**救师父**。

如此一来，一个非常完整的节奏框架，就可以较为清晰地呈现出来了。

总体框架：长期目标，主动事件（取真经）——被动事件（九九八十一难）——完成目标（取真经）。

详细框架：长期目标，主动事件（取真经）——被动事件（妖怪抓唐僧）——主动事件，短期目标（徒弟救师父）——被动事件（妖怪又抓唐僧）——主动事件，短期目标（徒弟又救师父）——长期目标完成（取真经）。

由此可见，不论是被动还是主动，每一个剧情和事件的发生都是环环相扣的，并且都**为推动主线剧情做出了相应的贡献**。

再比如《三国演义》中，刘备的长期目标是匡扶汉室，但这个目标是他在短时间内无法完成的。为了完成这个目标，他准备招兵买马壮大实力，并在过程中遇到了关羽和张飞，也就有了后来的"桃园三结义"。而在这之后，刘备兄弟三人找到袁绍会盟讨伐董卓，期间引出了"关羽温酒斩华雄"和"三英战吕布"的故事，从此开始产生巨大的影响力，直至名震天下。

在刘备这个角色的故事线中，我们可以看到层次分明的长期和短期目标，以及环环相扣的主动和被动事件。毫无疑问，这里面所有的事件都在直接或间接地推动主线剧情的发展。

很多新人刚开始写作时，笔下的主角并没有明确的目标，或者没有正确地区分长期目标和短期目标，以至于行文节奏失衡。不过相信你看到这里的时候，对于节奏感已经有了相对清晰的判断。

最后再补充一点，这也是新人写作时最容易忽略的一个问题：**不要偏离核心卖点。**

有很多新人作者，甚至包括一部分老作者在内，都会容易写偏核心卖点，甚至到后期核心卖点直接消失了，或者被其他东西取代，进而间接地影响到了小说节奏的平稳发展。比如，某作者想要将主角无限复活这个金手指当作作品的核心卖点。那么对于市面上常见的快节奏小白爽文来说，这个无限复活就可以被利用到很多地方，可以让主角花样"作死"，也可以让主角冲锋陷阵等，多维度开发。且该作者在设计主线和支线的前期剧情时，也通常是围绕核心卖点而展开。可时间一长，尤其是当剧情发展到中后期，该作者让主角得到了越来越多的法宝或装备，无意识地压低或淡化了核心卖点，间接降低了无限复活这个金手指的使用率，甚至到了后面直接抛弃了无限复活这个卖点，导致读者开始大量流失，直至作品扑街。

偏离核心卖点，间接导致作品节奏崩盘，这种情况其实在业内并不少见。一些过于依靠核心卖点来设计剧情的作者，在核心卖点淡化之后，写作方向感也随之迷失，作品就完全偏离了主题，但为了保证每日更新，不断更，他又不得不去水文。久而久之，一本可能前期成绩不错的作品也就这么被毁了。

> 📖 **知识卡片**
>
> - 节奏快慢并不是衡量作品好坏的直接标准。
>
> - 节奏感指作者对于自己作品内容详略的掌控，即分得清剧情中的轻重缓急。
>
> - 要根据自己作品的类型和题材，找到精准的受众群体。
>
> - 短期目标来得快去得也快，市面上常见的一些快节奏爽点多数也都是通过短期目标衍生的。其中可以设置的内容有：解决当下困境，满足读者情绪，填平信息差等等。作者们在下笔去写短期目标的时候，需要注意的是千万不要过分啰唆，不然很容易就会让读者失去耐心。
>
> - 长期目标是吸引读者长期持续阅读的方法之一，这个目标不能过早地让主角去完成，而是需要在过程中不断地铺垫，同时在过程中不断引发短期目标来过渡。
>
> - 被动事件常见的内容有困境出现，情绪调动，情绪升级等，同时可以引发短期目标和主动事件的产生。

- 主动事件中包含了短期和长期目标，可以当作主角的原动力去使用，以此引发出主线推进时的连锁反应，让剧情跟着主角的行动而产生相应的变化，而不是主角像是无头苍蝇一样，始终被动地跟着剧情走。

第六节　男频常见大纲分类

当今网文行业内，不同的作者拥有着各自不同的写作风格，所以大纲基本也都有着不同的写法和变数。写大纲并不是把剧情梗概写下来就算完成了，作者在落笔之前需要思考以下几个部分：世界观，关键人物的设定，以及作品的定位及核心卖点。

比如都市文大纲就要考虑以下这些内容。

1. 世界观：平行世界的现代都市（需架空）。

（1）世界级大势力背景：对应当前世界（需架空）。

（2）小势力背景：如明星群体、明星粉丝群、艺人公司、传媒大学，知名主播群体等。

2. 关键人物的设定：姓名，年龄，身份背景，性格特点，能力目标，个人经历等。

3. 定位：题材分类、热度高低、读者人群等。

4. 核心卖点：如一个别出心裁的金手指，意义非凡的配角等。

这些内容都是除了剧情之外，作者必须要提前想好的，只是落实的时候侧重点有所不同罢了。

下面为大家介绍作者们使用率最高的三种大纲模式：人物大纲，剧情大纲，地图大纲。

一、人物大纲

人物大纲是我个人最喜欢使用的一种大纲模式，因为在网文市场重度同质化的今天，各种剧情套路基本上都万变不离其宗，直接写人物大纲相对而言比较高效，适合老作者偷懒。

写人物大纲要做的第一件事就是确定好人物设定，然后才能根据人物设定延伸出剧情，进而疏通整个主线、支线和暗线的脉络。其基本格式一般为：姓名，年龄，身份背景，性格特点，能力目标，有着怎样的个人经历。简而言之，就是做一个人物小传出来，类似游戏角色自带的信息面板。下面是一个例子。

主角：王小冰

年龄：18岁

身份：出生于冰封帝国，是国王的独生子。

性格：坚韧不拔

能力：控水术

目标：继承王位，带领冰封帝国走向世界之巅。

个人经历：王小冰所在的冰封帝国常年寒冬，生活在这里的百姓人人都或多或少地掌握驭冰术，尤其是皇室中人，在驭冰术上更是有着登峰造极的天赋。但可惜，不知为何，王小冰出生后只觉醒了比驭冰术更低一等的控水术。王小冰从小受尽白眼，眼看着已经到18岁却依旧没有长进，反观身为国王的父亲已经年老体衰，国王日夜期盼着王小冰能够独当一面，继承王位。

配角：李霜霜

年龄：18岁

身份：冰封帝国首席大臣之女，是和主角从小一起长大的玩伴。

性格：善解人意

能力：驭冰术

目标：探索帝国的未知领域，到各种地方探险，成为帝国首屈一指的探险家。

个人经历：和主角从小一起长大，生在皇室之中，颇受家人宠爱。她在得知主角始终没有学会驭冰术的时候，也坚定不移地站在他的身边，不断地鼓励和安慰。18岁成年之后，她加入了帝国的勘探队，结果某天在随队挖掘到帝国万米冰层下方的时候，发现了一片浩瀚的海底世界。

反派：李桀

年龄：23 岁

身份：冰封帝国某平民之子，18 岁父母双亡，孤苦一人。

性格：谨小慎微

能力：御火术

目标：战胜整个冰封帝国。

个人经历：和主角类似，因为觉醒了不同于其他人的能力，受尽了旁人的白眼。由于他是平民身份，在这个常年寒冬的帝国中，他根本受不到重用，只能去做一些供暖相关的工作。他本想着就就业业工作，就这样度过此生，却在工作过程中遭到了同事的诬陷，最后丢了饭碗。至此他彻底黑化，一气之下杀了诬陷他的那名同事，以一个逃亡犯的身份，带着满腔怨恨离开了冰封帝国，跑到外面的世界发展，并在短短几年内拼命壮大了自己的势力，开始准备侵略冰封帝国，进行打击报复。

写好人物设定后，就可以写人物和人物之间的关联，并由此来推出正文的故事线。

常规型故事线如下。

虽然主角只觉醒了低等的控水术，但是他非常刻苦，年仅十八岁就已经把控水术修炼到了登峰造极的地步。但可惜，在皇室那些思维刻板、不懂变通的大臣眼里，主角依旧是废柴一个，上不得台面。而和他从小一起长大的李霜霜，凭借着顶级的驭冰术，已经享誉全国。但可惜的是，李霜霜有着如此天赋却不好好珍惜，不加入皇室军部，反而跑到探勘队去工作。最近，边境遭遇敌军侵犯的次数越来越多，皇室派出各路高手抵抗却无济于事，只能眼睁睁看着敌军慢慢攻破边境，朝帝国内部靠近。

而随着情况越来越紧迫，很多上了年纪的大臣，纷纷做好了开城投降的打算，更有甚者得知了反派李桀的底细，知道他要来报仇，直接提前收拾东西准备跑路。

恰逢此时，配角李霜霜从勘探队返回，将从帝国冰层下面发现海底世界的事情，告知了主角，主角顿时有了御敌之策，准备利用自己的控水术，结合海底世界丰富的水源击溃敌军。主角将自己的打算告知国王父亲，国王对此有些犹豫，便召开会议商讨，结果主角的计策却遭到了众多大臣的轻视与奚落。

可谁曾想，就在开会的功夫，前线传来急报，反派李桀已经率领大军攻进主城了。听到这个消息之后，大臣们顿时乱作一团，如惊弓之鸟。见此情景主角再次请战，但国王已经先一步派出帝国最强大将前去迎敌，可惜不出几个回合，就被反派李桀击败。

如今局势彻底陷入危急，主角也意识到箭在弦上不得不发，于是不顾国王的劝阻、大臣们的轻视，直接带着配角李霜霜跑出皇城。借助李霜霜万中无一的顶级驭冰术打通了地表的冰封，而后当场发动自己炉火纯青的控水之术，引来海底世界的滔天巨浪，迎战反派李桀。交战期间，众多围观的大臣依旧对于主角的实力和计谋有着顾虑和质疑，可几分钟之后，当反派被击溃，当危机被平息，所有大臣彻底陷入了震惊，主角通过此事也一战成名，得到了父亲的认可，成功继承王位。

反模板故事线如下。

依旧还是沿用了上面前半部分的走向，反派李桀杀入皇城，局势危急。但这一次，主角献计遭到了大臣的轻视和奚落时，并没有选择出城迎战，而是带着配角李霜霜和国王父亲先行撤退。借反派李桀之手，清剿了一众迂腐的大臣，而后再将反派击败，在继承皇位之后，开始重新洗牌，建立新的政局。

平和型故事线如下。

在反派李桀攻破边境之前，主角就直接出手将其击败并关押起来，并在审讯期间得知了反派过往的遭遇，利用自己皇子的身份，为反派平冤。反派深受感动，放下了心中的仇恨，并誓死效忠主角。

通过设定人物大纲，我们可以推理出各种各样的故事发展路线，写作自由度非常高。人物与人物之间的碰撞产生各种化学反应，摩擦出各种火花，进而延伸出各种各样的脉络，非常适合有发散性思维、写作经验相对丰富的作者来使用。

二、剧情大纲

剧情大纲是市面上最常见的一种大纲模式，简单好用易上手，也是很适合新人用的一种模式。简而言之就是推进式做剧情概括，先确定好一个整体的主线骨架，然后把接下来的剧情发展大致写下来，填充到骨架当中，等到大纲用完了之后再继续往下填充衔接。

在这个过程中，作者需要至少完整地构建出一个大剧情。主角从切入一个事件开始，一直到整个事件结束，其中包含敌人是谁，困境有什么，主角遭遇了一系列什么样的被动事件，主角又是如何化被动为主动将其解决的，同时在解决掉这些麻烦之后，他会得到怎么样的收获，若是在这个过程中出现了新的配角或反派，这些角色是怎么出场的，又是因为什么跟主角产生了联系，等等。另外，在一个大剧情写完之前，也要思考下一个新的剧情该如何提前进行铺垫，如何继续向下进行延伸。如此，一个剧情接着一个剧情的衔接，让第一个事件的开始和最后一个事件的结束形成完美的闭环，进而就完成了大纲的整体框架。

如果上述讲解有些抽象，那么我可以再给大家介绍一个简单粗

写在前面

在 AI 写作较为广泛地进入大众视野时，起初，文字工作者们将其视为洪水猛兽。

大家纷纷担忧：AI 写作是否会替代自己？AI 是否会对自己的职业道路产生影响？从长远来看，AI 是否会影响文学创作，让整个市场上 AI 文泛滥，从而挤压创作者的生存空间？

换个角度来看，AI 目前虽然存在很强的模仿能力，但在小说的核心塑造方面，例如情感共鸣、原创设定、背景洞察上，还存在一定的缺陷，而这些内容，恰恰是好的作品真正的灵魂。

因此我们想说：AI 暂时无法取代创作者。

但科技发展的车轮不会因为任何人的担忧而停止脚步，在 AI 广泛渗透各个行业的今天，AI 辅助工作（包括写作）或许已经成为不可阻挡的趋势，一味地抵制并不可取。

机会不能浪费，在技术继续推进之前，每个人都不能放弃去触碰浪潮。在当下，我们应如何利用它来提高我们自己的生产力呢？

在此，我们将通过 14 个章节的内容，结合我们自己的实际使用经历，告诉大家 DeepSeek 是如何在网文创作中的各个环节辅助我们的。

但在这里大家需要注意的是，现阶段的 DeepSeek 仅可用于辅助写作，请不要丢失创作初心，本末倒置。

若是从宏观角度来看，DeepSeek 这一类的 AI，应用于实际的写作过程中时，依旧是一个使强者恒强、弱者恒弱的工具。作为一名新人作者，若是对网文的认知不够深刻，写作技巧也没有掌握，那么在新人阶段过分依赖 AI 所带来的便利，反而会耽误你本身的进步，进而丧失在网文市场中的竞争力。因此，你的第一要务是打磨好写作技巧，学习商业写作的思维，然后当你使用 AI 时，就可以将商业化的思维和个人的写作思维融入其中，提升写作效率。

目　录

第一部分

DeepSeek 在长篇男频、女频文中的应用

一、市场风向分析

在网文写作中，了解并把握市场风向是成功的关键之一。

DeepSeek 利用自然语言处理技术，可以对海量的互联网数据进行实时监控和分析，通过分析相关产品用户的搜索行为、偏好、评论和评分等数据，识别出当前最受欢迎的题材、风格和元素，并且加以分析。因此，DeepSeek 能够帮助作者实时追踪和预测市场趋势，从而使作者能在创作过程中做出更明智的决策。

例如，输入指令：

近期电影《哪吒之魔童闹海》热度高居不下，网文市场是否会出现新的风向？

DeepSeek 回复（受篇幅限制，本册引用的 DeepSeek 的回答均为选取的部分内容）：

在确保不侵犯版权的前提下，创作《哪吒之魔童闹海》的同人小说是一个具有潜力的选择。通过深入分析市场需求、创新创作方向，并选择合适的发布平台，你可以利用电影的热度吸引大量读者。同时，保持与粉丝的互动，不断提升作品质量，将有助于在同人创作领域取得成功。

这就是 DeepSeek 基于历史数据和当前趋势，给出的分析。如果模型预测近期该电影的同人题材可能会在下一个季度大受欢迎，作者就可以提前布局，创作相关作品，抢占市场先机。

不过，虽然利用 DeepSeek 可以对网文市场的风向进行全方位分析，但依照大数据汇总呈现出的结果，也只是基于预判的角度，大家可以参考，但不能直接照搬。这里建议大家可以利用大数据预判与个人主观偏好相结合的方法，进行具体实践。作者需平衡商业化与内容质量，同时关注政策导向和用户需求变化，以应对行业高速迭代的挑战。

二、题材选择与创新

在网文写作中，题材的选择和创新是吸引读者的重要因素。DeepSeek 可以通过其强大的数据分析和内容生成能力，帮助作者在众多题材中找到最具潜力的方向，并在传统题材基础上进行创新，打造独特的故事。

例如，如果数据显示"都市异能"和"历史穿越"题材在近期表现优异，DeepSeek 就会向作者推荐这些题材，并提供相关的成功案例和读者反馈，帮助作者做出明智的选择。

此外，DeepSeek 还可以帮助作者分析市场现有的火热题材，并予以分析，这能够大大压缩新人作者了解网文题材的时间成本。

例如，输入指令：

介绍都市高武这一题材，并予以分析。

DeepSeek 回复：

都市高武是近年来网文领域的热门题材之一，其核心特点是将现代都市背景与高武（高武力值）世界观结合，通过主角的成长与战斗，展现热血、爽快的剧情。

1. 世界观设定套路

现代与高武融合：通常设定为灵气复苏、异能觉醒或平行世界，将传统武侠或玄幻的修炼体系融入现代都市。例如，《全球高武》中主角方平在平行都市通过武道修炼崛起；《战略级幻想症》则以病毒感染引发的超能力社会为背景。

关键元素：学院体系（如武大）、官方组织（如英雄协会）、社会阶层分化（强者为尊）。

2. 主角成长路径套路

逆袭模板：主角出身卑微（如孤儿、废柴），通过金手指或机缘逆袭。例如《我为仙之源》中林辰因未觉醒天赋被嘲讽，后以修真之力碾压天醒者；《高武之我武技通神》中林天被克扣补助，靠武技系统打脸反派。

金手指设定：系统、面板、重生、特殊天赋是常见辅助工具。

……

三、大纲构建与情节设计

大纲的构建和情节的设计是确保故事连贯性和吸引力的关键。DeepSeek 可以通过分析大量成功作品的结构，生成标准的大纲模板，包括开篇、发展、高潮和结局等关键部分。作者可以根据自己的需求，选择适合的模板，并进行个性化调整。比如，DeepSeek 可以生成一个典型的"英雄之旅"模板，帮助作者清晰地规划主角的成长路径和关键事件。

此外，DeepSeek 还可以根据作者设定的主题和角色，分析不同情节元素的组合效果，生成既符合逻辑又充满张力的情节。例如，如果作者设定了一个"复仇"主题，DeepSeek 就可以生成一系列复杂的情节，包括主角的复仇计划、反派的阻挠、盟友的背叛等，使故事更加扣人心弦。

不仅如此，DeepSeek 还可以提供情节优化建议。通过分析读者的反馈和市场表现，DeepSeek 能够识别出哪些情节元素更受欢迎，并提供优化建议。例如，如果数据显示"反转"情节在近期大受欢迎，DeepSeek 就会建议作者在关键节点加入反转元素，以增加故事的戏剧性和吸引力。

例如，输入指令：

我想设计一篇末世求生题材小说的大纲，主角金手指为囤物资，即主角拥有异空间，可以将物资收纳其中。请利用这一金手指，设计开篇切入点，包含情绪调动，危机，矛盾冲突，以及主角打脸反派的过程，不少于 4000 字。

DeepSeek 回复：

1. 世界观设定

时间设定：近未来 2035 年，全球气候异变导致极端天气频发，人类社会处于崩溃边缘。

地点设定：滨海市国际贸易中心，通过这座超甲级写字楼的日常场景展现末世前兆。

基本背景：连续三年全球粮食减产，国际物流瘫痪，主角在末世前七日获得异空间能力，展开与时间赛跑的物资储备行动。

2. 故事梗概

命运转折：投资经理沈铎意外觉醒异空间能力，发现办公室隐藏的惊天秘密，由此开启末世倒计时。

危机四伏：面对逐渐失控的同事、暗中窥视的富二代以及即将到来的冰河世纪，主角展开双线作战。

……

利用 DeepSeek 设计大纲时，你输入的指令越详细，它呈现出的结果也就越具体，如果对生成的内容不满意，可以继续输入指令，进行微调和整改。

四、人物塑造与角色发展

在人物塑造方面，DeepSeek 可以通过分析大量成功作品中的人物设定，生成具有独特性格、背景和动机的角色模板。作者可以根据自己的需求，选择适合的模板，并进行个性化调整。例如，DeepSeek 可以生成一个典型的"冷酷杀手"角色模板，包括其冷酷的外表、复杂的内心世界和复仇动机，帮助作者快速构建一个引人注目的角色。

在设计角色成长轨迹时，DeepSeek 能够分析角色在不同成长阶段的行为和情感变化，生成既符合逻辑又充满张力的成长轨迹。例如，如果作者设定了一个"从懦弱到勇敢"的成长主题，DeepSeek 就可以生成一系列关键事件，包括角色的内心挣扎、外部挑战和最终蜕变，使角色的成长更加真实可信。

DeepSeek 还可以通过分析读者的反馈和市场表现，识别出哪些角色关系更受欢迎，还可以提供角色关系优化建议。例如，如果数据显示"兄弟情谊"在近期大受欢迎，

DeepSeek 就会建议作者在关键情节中加强角色之间的兄弟情谊描写，以增加故事的感染力和吸引力。

例如，输入指令：

塑造一个杀人不眨眼的魔头反派，但需要具有两面性，展示出他脆弱的一面，请帮我写出一个人物小传。

DeepSeek 回复：

1. 人物小传：鬼面佛心、燕无归

核心意象：手持白骨佛珠的修罗，颈间却系着褪色的百家布；屠城时哼着江南小调，屠刀斩落时血珠总避开襁褓中的婴孩。

表人格：血海修罗

名号：南疆称其"千面阎罗"，北境唤作"人屠"，黑道悬赏榜首位烫着鎏金篆字——鬼面佛心。

外貌特征：左脸覆玄铁面具（内藏三十六根透骨钉），右脸生着菩萨相的美人痣。

里人格：阿丑

原名：燕小乙（被抹杀的真名）

······

在 DeepSeek 给出的答案中，这个人物设定很立体，他在血海中打捞人性的碎片，却把自己炼成了最凶戾的恶鬼，这样的反派既能制造头皮发麻的压迫感，又在毁灭时刻迸发出悲剧美感。

作者在落地实操时，如果需要调整人物细节或补充背景，可以随时与 DeepSeek 进行沟通，修改人物性格，丰富背景故事，或者将其改为更贴合大纲世界观的人物风格。

五、开篇

在竞争激烈的网文市场中，开篇的重要性不言而喻。网文的开篇是吸引读者的"第一印象"，直接决定了读者是否会继续阅读。开篇有以下几个关键作用：吸引读者注意力、奠定故事基调、引入核心冲突、塑造角色形象、制造悬念和期待。

DeepSeek 可以在开篇写作的各个环节提供有效支持，帮助作者快速生成高质量的开篇内容。下面分享一些应用的方法。

（一）提问时要明确主线与类型

例如，你想写一本"女主重生复仇"的古代言情小说，主线是女主从软弱到强大，最终揭露阴谋并收获爱情。

输入指令：

我想写一本古代言情宅斗小说，主线是女主重生复仇。第一章想要矛盾冲突多一点，有噱头，够刺激，最好从什么事件开始写起？

DeepSeek 回复：

1. 从女主被陷害致死的场景开始，直接展现反派的狠毒和女主的绝望。

2. 从女主重生后第一次与仇人正面交锋的场景开始，突出她的机智和复仇决心。

3. 从女主发现自己重生时震惊和迷茫的场景开始，逐步引出复仇计划。

在 DeepSeek 的回答中，作者可以选择第 1 个选项，因为开篇直接展现冲突，能迅速吸引读者注意力。

（二）使用 DeepSeek 辅助生成高能切入点

例如，你想开篇从女主与男主第一次对峙的场景切入，想采用对话的形式，男主的第一句话需要体现他的性格和故事张力。

输入指令：

我想写一本古代言情小说，主线是女主重生复仇，开篇想从女主与男主第一次对峙的场景切入，用对话的形式，第一句由男主来说，那么男主怎么说合适？

DeepSeek 回复：

1."你以为重生一次，就能改变什么吗？"（冷酷型男主）

2."这一世，我不会再让你逃了。"（霸道型男主）

3."你究竟是谁？为何对我如此了解？"（疑惑型男主）

在 DeepSeek 给出的回答中，建议选择第 2 个选项，因为这句话既体现了男主的强势，又暗示了两人之间的纠葛——开篇直接切入男主将女主逼到墙角，冷声说道："这一世，我不会再让你逃了。"女主心中一惊，意识到男主可能也重生了。

（三）使用 DeepSeek 辅助设计故事悬念

例如，第一章结尾需要留下一个悬念，吸引读者继续阅读。

输入指令：

我想写一本古代言情小说，主线是女主重生复仇，第一章大概的情节是女主重生后第一次与仇人交锋，结尾的部分我想留一个悬念，怎么设计更具有戏剧效果？

DeepSeek 回复：

1. 女主成功反击仇人，但突然发现男主在一旁冷眼旁观，似乎早已看穿她的计划。

2. 女主在复仇过程中发现一个神秘人一直在暗中帮助她，但对方身份成谜。

3. 女主以为自己成功复仇，却发现自己陷入了一个更大的阴谋。

在这三个回答中，建议选择第 3 个选项，因为这种反转能极大提升故事的戏剧性。比如在第一章结尾，女主以为自己成功揭露了仇人的阴谋，却突然收到一封匿名信，上面写着："你以为这就是真相？游戏才刚刚开始。"

另外，当你对开篇设计不满意时，也可以利用 DeepSeek 快速生成新的版本，进行试错和调整。

输入指令：

请为以下开篇生成一个更紧张刺激的版本——女主重生后，发现自己回到了婚礼当天。

DeepSeek 回复：

女主猛地睁开眼，耳边传来熟悉的婚礼进行曲。她低头看向自己的手，那枚象征幸福的戒指正闪烁着刺眼的光芒。记忆如潮水般涌来——上一世，她就是在这一天，被最信任的人推入了深渊。

总而言之，网文开篇是吸引读者的关键，而 DeepSeek 能够通过生成创意、设计高能切入点、优化悬念、提升语言表现力以及快速试错等功能，有效辅助作者完成高质量的开篇写作，从而大幅提升开篇的吸引力和完成度，为后续的故事发展奠定坚实基础。

六、长篇持续输出

长篇网文的创作是一个系统工程，需要在故事框架、角色塑造、情节发展、语言风格等多个方面进行持续输出和优化。DeepSeek 作为一款强大的 AI 工具，可以在长篇创作的各个环节提供有效支持，帮助作者逐步完成几十万字甚至上百万字的内容。

（一）如何从零开始构建故事

如果你已经有了一些初步的想法，可以直接和 DeepSeek 对话，它会根据你的需求为你提供帮助；如果你还没有具体的构思，DeepSeek 也可以陪你从零开始，逐步构建一个完整的故事。

以下是一个应用示例。

输入指令：

如果我想写一本现代都市言情女频小说，主线是女主离婚后恢复千金身份继承家业，和男主前夫在商场上斗智斗勇，相爱相杀，最后解除误会，破镜重圆。请帮我生成一个详细的故事大纲，包括主要情节和关键转折点。

DeepSeek 回复：

第一卷：离婚与重生

核心冲突：女主从婚姻失败中觉醒，恢复千金身份，开启新人生。

第一章：离婚的导火索

- 女主发现男主与前女友的暧昧短信，误会男主背叛，提出离婚。
- 男主因工作繁忙忽略了解释，两人在冷战中签署离婚协议。
- 女主搬出两人共同的家，独自生活。

第二章：身世之谜揭开

- 女主因经济困难，被迫寻找新工作，意外发现自己是被豪门家族遗弃的千金。
- 家族长辈找到女主，希望她回归并继承家业。
- 女主犹豫后决定接受，开始学习商业管理。

第三章：初入职场

……

通过 DeepSeek 生成的大纲，作者可以清晰地规划每一卷的情节和关键转折点，确保故事逻辑清晰、情感张力十足，吸引读者持续追更。

（二）如何让 AI 输出的内容和作者本人风格一致

在长篇小说创作中，保持风格一致性是确保作品连贯性和读者沉浸感的关键。为了让 DeepSeek 输出的内容与你的写作风格一致，可以通过以下几个步骤进行"风格调教"和内容优化。

1. 明确你的写作风格

（1）分析你的风格特点

语言特点：你的语言是简洁明快的，还是细腻婉约的？

叙事方式：你喜欢使用第一人称还是第三人称？是线性叙事还是多线并行？

情感表达：你擅长描写激烈的情感冲突，还是更注重内心独白？

节奏把控：你的故事节奏是紧凑迅速，还是舒缓慢热？

（2）总结风格关键词

例如：细腻、情感丰富、对话驱动、悬疑感强、幽默风趣等。

2. 喂养数据，训练 DeepSeek

（1）输入你的过往作品

将你之前写过的文章或小说片段输入 DeepSeek，让它学习你的语言风格和叙事习惯。

例如，摘录几段你过往作品中的文字，然后输入指令：

请分析以上文本的写作风格，并生成一段类似风格的文字。

（2）提供你喜欢的作品片段

如果你希望 DeepSeek 学习某种特定的风格，可以提供你喜欢的作者或作品片段。

例如，摘录几段你喜欢的文字，然后输入指令：

请根据以上片段生成一段类似风格的文字，要求语言细腻，情感丰富。

（3）逐步调整和优化

对 DeepSeek 生成的内容进行反馈，指出哪些部分符合你的要求，哪些部分需要调整。

例如，输入指令：

这段文字的情感表达过于直白，请调整为更含蓄、细腻的风格。

3. 定制化指令，确保风格一致

（1）明确风格要求

在每次生成内容时，明确告诉 DeepSeek 你想要的风格。

例如，输入指令：

请生成一段描写女主内心独白的文字，要求语言细腻，情感丰富，带有淡淡的忧伤。

（2）细化场景和情感

提供具体的场景和情感基调，帮助 DeepSeek 生成更符合你风格的内容。

例如，输入指令：

请生成一段男女主在雨中对峙的场景，要求对话简洁有力，情感张力强。

（3）多次生成与选择

让 DeepSeek 生成多个版本，选择最符合你风格的内容，再进行微调。

例如，输入指令：

请生成三个版本的段落，分别侧重情感、悬疑和幽默，我会选择最合适的一个。

4. 持续优化与反馈

（1）定期反馈与调整

在创作过程中，定期对 DeepSeek 生成的内容进行反馈，指出需要改进的地方。

例如，输入指令：

这段文字的情感表达不够细腻，请增加更多内心独白和环境描写。

（2）建立风格数据库

将你满意的 DeepSeek 生成内容保存下来，作为风格参考库。在后续创作中，可以要求 DeepSeek 参考这些内容生成新的段落。

例如，输入指令：

请参考以下段落生成一段类似风格的文字，要求语言细腻，情感丰富。

（3）逐步调教 DeepSeek

通过多次生成和反馈，逐步调教 DeepSeek，让它更好地掌握你的写作风格。

例如，输入指令：

请根据我之前提供的文本风格，生成一段描写女主与男主重逢的场景，要求语言细腻，情感张力强。

（三）具体案例：风格调教与内容生成

案例 1：细腻的情感描写

你的风格：擅长描写人物内心情感，语言细腻婉约。

输入指令：

请生成一段描写女主离婚后独自生活的文字，要求语言细腻，情感丰富，带有淡淡的忧伤。

DeepSeek 回复：

夜色渐深，窗外的雨声敲打着玻璃。她蜷缩在沙发上，手中捧着一杯早已凉透的咖啡，眼神空洞地望着窗外。她轻轻叹了口气，泪水无声地滑落，融入了无尽的夜色中。

案例 2：紧凑的对话驱动

你的风格：擅长通过对话推动情节发展，语言简洁有力。

输入指令：

请生成一段男女主在生意场上对峙的对话，要求语言简洁，情感张力强。

DeepSeek 回复：

"你以为这样就能赢我？"男主冷冷地看着她，眼中闪过一丝嘲讽。"我从没想过要赢你，"女主微微一笑，语气平静却坚定，"我只是想证明，没有你，我一样可以活得很好。"男主沉默片刻，转身离开，留下一句："那我们拭目以待。"

案例 3：悬疑感强的叙事

你的风格：擅长制造悬念，叙事节奏紧凑。

输入指令：

请生成一段描写女主发现男主秘密的文字，要求悬疑感强，节奏紧凑。

DeepSeek 回复：

女主轻轻推开书房的门，昏暗的灯光下，桌上的文件显得格外刺眼。她走近一看，心中猛然一紧——那是一份关于她家族的调查报告。她的手微微颤抖，脑海中闪过无数疑问：他为什么要调查她？他到底知道多少？就在这时，门外传来一阵脚步声，她的心跳骤然加快……

简单来说，通过明确风格、喂养数据、定制化指令和持续优化，你可以逐步调教 DeepSeek，让它生成的内容与你的写作风格高度一致。在长篇小说创作中，DeepSeek 可以成为你的得力助手，帮助你高效完成作品，同时确保风格统一、情感连贯。

七、商业化运营

在网文创作领域，商业化运营是作者实现收益和扩大影响力的关键。DeepSeek 不仅可以帮助你提升创作效率，还能在作品发布、作品推广、读者互动和职业规划等方面提供支持。

以下是一些具体的应用场景。

（一）选择适合的平台

一个新人作者曾向我咨询："我正在写一本现代爱情题材的小说，但不知道去哪个平台发表。我写不了太长，字数大概在 30 万，风格比较慢热，比较偏《××》这种出版类型的小说，您有比较合适的平台推荐吗？"

以这个问题为例，我们可以提炼一下重点信息，然后直接询问 DeepSeek。

输入指令：

我写的是慢热型现代言情小说，偏 IP 向，总字数 30 万左右，适合在什么平台发表？

DeepSeek 回复：

1. 晋江文学城

读者群体：以女性读者为主，偏好情感细腻、剧情丰富的作品。

IP开发潜力：晋江是影视改编的热门来源，许多慢热型言情小说被改编为电视剧或电影。

推荐机制：通过榜单、推荐位和编辑推荐，优质作品容易获得曝光。

优势：适合慢热型作品，读者有耐心追更；平台对IP开发有成熟的经验和资源；评论区活跃，读者互动性强。

2. 豆瓣阅读

3. 掌阅小说网

4. 知乎盐选专栏

……

（二）分析读者反馈并进行优化

在网文创作过程中，与读者积极互动是提升作品热度、增加读者黏性和优化内容质量的重要手段。在免费网文的时代，读者的评论、点赞和分享可以帮助作者获得更多的曝光，吸引新读者。作者和读者也能通过有效互动建立情感连接，从而提高作品留存率。

读者对于作品的反馈可以帮助作者更好地完成内容创作，及时调整剧情和角色设定。读者的建议和讨论也往往能够为作者提供新的创作灵感，丰富故事内容。

1. 设计互动策略

输入指令：

请为我设计一个与读者互动的策略，包括评论区回复、读者活动和社交媒体运营。

DeepSeek 回复：

（1）评论区回复：每天固定时间回复读者评论，重点回复长评和高质量反馈。

（2）读者活动：每周举办一次投票活动，让读者决定剧情走向。

（3）社交媒体运营：在微博、小红书等平台发布小说相关话题，吸引更多读者。

2. 如何根据读者反馈分析作品并修改问题

输入指令：

我要如何根据读者的反馈来分析我自己的小说作品，及时去修改问题？

DeepSeek 回复：

分析反馈内容，将读者的反馈分为以下几类。

剧情反馈：例如"剧情太拖沓""高潮部分不够精彩"。

角色反馈：例如"男主出场太少""女主性格不够鲜明"。

节奏反馈：例如"更新太慢""情节发展太快"。

情感反馈：例如"感情线太平了""希望多一点虐心情节"。

3. 利用 DeepSeek 辅助修改

输入指令：

请根据以下读者反馈生成优化建议：读者认为男主出场太少，感情线发展太慢。

DeepSeek 回复：

（1）增加男主的戏份，例如在每一章中加入他的视角或行动。

（2）加快感情线的发展，例如增加男女主的互动场景。

4. 优化语言表达

输入指令：

请优化以下段落，使其更具情感张力：女主站在雨中，心中充满了绝望和愤怒。

DeepSeek 回复：

"冰冷的雨水打在她的脸上，混合着泪水滑落。她的双手紧握成拳，指甲深深嵌入掌心，却感觉不到一丝疼痛。心中燃烧的怒火与绝望交织，仿佛要将她整个人吞噬。"

这里举一个用 DeepSeek 辅助修改内容的案例。比如，读者反馈的问题是"女主性格太软弱了，希望她能更强势一些"，那么针对角色性格不够鲜明的修改计划主要有两点，一是增加女主的内心独白，突出她的成长和变化；二是设计一些体现女主强势的情节，例如她在职场上果断决策。

输入指令：

请生成一段描写女主在职场中和公司的老臣对峙、果断决策的文字，要求突出她的强势和智慧。简洁一些，控制在 100 字左右就可以。

（三）制定写作计划

如果你是一名新人作者，想要踏入网文圈，通过写作来赚取稿费，实现写作变现，并且有成为全职作者这样的目标，那么制定写作计划和进行职业规划就至关重要。DeepSeek可以帮助你明确目标、提高效率、应对挑战、评估进步，最终让你实现写作梦想，成为一名成功的全职作者。

DeepSeek作为一个辅助工具，可以利用海量数据和实时更新的信息，为你提供个性化推荐和精准分析；也可以提供写作辅助、素材收集和进度管理，帮助你提升效率；还能洞察行业发展，提供客观建议。

输入指令：

我是一个新手小白作者，想要踏入小说领域，赚取稿费，成为一名全职作者，你可以帮我制定写作计划和职业规划吗？

DeepSeek回复：

1. 明确目标与定位

（1）确定写作方向

• 你擅长写什么类型的小说？（都市、玄幻、历史、言情、科幻等）

• 你希望面向哪些读者群体？（学生、白领、男性、

女性等）

- 你希望达到怎样的成就？（出版、影视改编、全职
写作等）

（2）分析市场趋势

- 研究当前热门小说类型和题材，分析读者喜好。

- 关注各大文学网站榜单，了解流行趋势。

- 阅读优秀作品，学习写作技巧和叙事方式。

2. 制定写作计划

3. 职业规划

……

写作是一个长期积累的过程，需要坚持不懈的努力。
不要害怕失败，从失败中吸取教训，不断进步。保持对写
作的热情和热爱，享受创作的过程，这样才能走得长远。
DeepSeek 只是一个辅助工具，最终的成功还需要你自己的
努力和坚持。

第二部分

DeepSeek 在短篇小说中的应用

目前各大网文平台都禁收完全由 AI 创作的网文，相关作者甚至会被封号处理。所以正确的做法并不是让 AI 直接为我们创作，而是让它作为我们的小助理，更好地触发灵感，查漏补缺，这样既有助于我们写好小说，也可以更好地提高效率，达到事半功倍的效果。

卡文时、没有思路时，不妨和 DeepSeek 聊聊天，比如"当前的热门题材有哪些""帮我列举 100 个剧情反转的小说素材""想写一篇甜到爆炸的小说，帮我列举 100 个甜点"等，或许它将会帮助你打开思路。

在这一部分，我们将结合实际使用经历，和大家分享一下 DeepSeek 在辅助短篇小说创作上的出色表现，希望能够帮助到大家。

一、选题及设定

（一）背景及题材设定

想要创作一篇短篇小说，第一步就是要考虑它的选题和设定，设定能为短篇小说奠定基调、提供框架。我们首先要明确，自己要写一部什么背景、什么题材的小说，是古代、现代，还是末世？是爱情、悬疑，还是恐怖？

而大多数时候，我们的脑海里或许只有一些琐碎的情节和比较模糊的想法，一时无法形成一个比较明确的框架和方向。这时，我们就可以寻求 DeepSeek 的帮助。

输入指令：

请根据最近爆火的短篇小说，帮我罗列短篇小说常见的背景及题材设定。

DeepSeek 不仅可以给出分类，还会给出相对应的例子及网页链接，面对不明白的题材类型时，我们就可以直接点开查阅，为创作打开思路。

再比如，你想写一篇古代小说，且已经想好了写哪个朝代，或是以哪个朝代为参考，你就可以对 DeepSeek 发布指令，直接检索那个朝代的衣食住行及年代大事，辅助你进行创作。

由于短篇小说的篇幅较短，你不必为了写一篇短篇小说而花费过多的时间去查阅了解大量的资料，可以通过DeepSeek核实你所了解的知识是否正确，大大减少查阅资料的时间。

此外，在你思路依旧不够的时候，还可以请它细化某一具体题材。例如你想写一篇言情小说，不妨请DeepSeek帮你细化爱情的分类。

以下是DeepSeek生成的回答。

1. 浪漫爱情

- 初恋：描述第一次恋爱的纯真与美好。

- 热恋：浓烈的情感，充满激情和甜蜜。

- 异地恋：因距离而产生的挑战和思念。

- 青梅竹马：从小一起长大的恋人，感情深厚。

2. 悲剧爱情

- 生死离别：因死亡或不可抗力而分离的恋人。

- 社会阻碍：因某些社会因素无法在一起。

- 误会与错过：因误解或时机不对而错失的爱情。

3. 复杂爱情

- 三角恋：两人同时爱上一个人，或一个人同时爱上两人。

- 多角恋：涉及更多人的复杂情感关系。

4. 现实爱情

- 婚姻生活：婚后生活中的柴米油盐和情感考验。

- 中年危机：中年夫妻面临的情感危机和重新审视。

- 老年爱情：晚年生活中的爱情和陪伴。

……

同时，也可以利用反向思维创作。例如，DeepSeek 给出的老年爱情是晚年生活中的爱情和陪伴，但是老年爱情其实同样可以使用类似"追妻火葬场"这样的言情小说热门模板。

这些设定可以单独使用，也可以结合创新，创造一些新的内容。例如，将爱情与悬疑因素结合。

以下是 DeepSeek 提供的结合创新后的分类：

1. 失踪与寻找

- 恋人失踪：主角的恋人突然失踪，主角在寻找过程中发现隐藏的秘密。

- 神秘线索：在寻找过程中，主角发现一系列神秘线索，逐渐揭开真相。
- 双重身份：失踪的恋人其实有双重身份，涉及秘密活动。

2. 谋杀谜团

- 恋人被杀：主角的恋人被谋杀，主角成为嫌疑人，必须自证清白。
- 连环杀手：一系列与爱情相关的谋杀案，主角必须找出凶手。
- 隐藏动机：谋杀背后隐藏着复杂的情感动机，如嫉妒、报复等。

3. 神秘过去

……

同样，你也可以尝试让爱情和其它的关键词结合。

以上内容都可以为我们提供灵感，让我们有针对性地检索实际可参考的案件，并进行构思。

同时，你还可以就细节再次追问 DeepSeek，使其为你深度思考，帮助你夯实背景题材的地基，为后续故事情节的发展提供土壤。

（二）人设塑造

在短篇小说中，出色的人设也非常重要。悬疑小说的主角够不够聪明，大女主爽文的女主够不够清醒，言情小说的男主够不够苏、女主够不够讨喜，都非常影响读者对于小说的观感。

如果想要写出饱满的人物，我们也可以利用 DeepSeek 来辅助，让它来帮助我们建立、完善一个人物档案。

我们在本书的正文中提到过人物小传要怎么写，下面我们就来问一下 DeepSeek，看看它会怎么说。

输入指令：

请帮我设计一个饱满的人物，并且用表格的形式列举一个饱满的人物所需要的要素。

于是 DeepSeek 给出了一个相对完善的人物设计要素表格，如表 1 所示。

表 1　人物设计要素

分类	具体内容
1.基础信息	姓名、年龄、性别、外貌、职业、国籍等
2.内在特质	优点、缺点、欲望、恐惧、价值观、信仰等
3.背景故事	家庭背景、社会人际关系、重要事件、未解心结等
4.人物目标	愿望理想、短期目标、长期目标、人生意义等
5.语言与行为风格	口头禅、方言、肢体语言等
6.特殊能力	专业技能、超自然能力、天赋等

接下来，我们就可以按照这种人物档案的表格来比对自己笔下的人物，看看自己塑造的人物是否每个小项都已完善。

如果你对自己所创作人物的人设还构思地不够清晰，还不能做比较完全的填充，那么你同样可以询问 DeepSeek。

输入指令：

请给我当下比较火的 10 个短篇小说 CP 设定。

DeepSeek 生成的答案如下。

1. 双强互撕 → 相爱相杀

人设：腹黑商业大佬 × 冷艳女律师

关键词：商战交锋、智商博弈、成年人的极限拉扯

火点：势均力敌的爱情，爽感与荷尔蒙并存

2. 疯批反派 × 温柔救赎者

人设：偏执厌世反派 × 穿越而来的治愈系小太阳

关键词：黑暗救赎、破碎感、反套路

火点：极致反差感，虐中带糖的剧情张力

……

如果它的回答并没有达到你的预期，你可以继续让它罗列。这样你就可以从它给出的答案中选取自己需要的部分，再次进行加工，以此建构自己小说中的人设。

你还可以输入这样的指令：

在热门小说中，主角的人物形象有哪些？比如腹黑毒舌但心地善良型，请帮我列举十个受欢迎的人物形象。

DeepSeek 给出了很不错的答案，并且每种类型下面还带了解释。

例如：温柔善良且坚韧不拔型

这类角色通常以温暖和善良为核心特质，能够感染周围的人。例如，《我的游戏男友》中的男主角，温柔体贴，与女主共同成长，令人动容。

你可以尝试从头开始使用 DeepSeek 来辅助。同样，你也可以仅就自己需要的部分寻求 DeepSeek 的帮助。例如，你可以请 DeepSeek 帮助你为男女主起名（甚至可以要求名字里有典故），为城市、公司起名等。甚至，你可以输入小说的剧情概括，让它帮你起小说的名字。

二、大纲

许多新人作者有疑问：只是一篇一万多字的短篇小说，真的有必要费力写大纲吗？不能想到哪儿写到哪儿吗？

我的答案是：需要，但可以不用像长篇小说的大纲那么细致，按照自己的习惯为我们今后的行文做一个辅助即可。

短篇小说大纲有利于保证我们写出来的人物人设不

崩，也让我们不忘记提前设想的剧情，同时让我们在大纲阶段就做到删繁就简，在创作之前就能通过宏观的方式把控全文，避免浪费时间。

那么在大纲阶段，DeepSeek 能为我们提供哪些帮助呢？

（一）撰写大纲模板

输入指令：

请给我一个短篇小说的大纲模板。

这时，DeepSeek 就能给出一个结构比较完整的小说大纲。它给出的大纲往往内容比较详细，需要我们填充的内容有些多。此时，我们就要发挥主观能动性，对这个大纲模板删繁就简，准确捕捉到其中对我们来说有用及需要填充的信息，无须全部填充。

不过，如果你是刚开始写作，不太建议使用此项功能，因为如果还没有学会捕捉关键信息的，很容易跟着 DeepSeek 的思路走，写成一篇冗长且毫无新意的短篇小说，进而丧失了自己的创意。

建议大家把 DeepSeek 当成一个能够提供辅助、补充的工具，或者可以根据它给的大纲去思考：自己还有哪些方面的信息没有完全填充完整，若这些方面没有填充完整，是否不利于整篇故事剧情的展开？如果是，请提前构思好该部分内容。

（二）完善大纲及激发灵感

根据 DeepSeek 提供的大纲模板，我们不仅可以将自己的大纲进行优化和完善，还可以请它就某一个细分问题给予更明确的建议，以帮助我们激活灵感。

输入指令：

一篇一万字左右的短篇小说，大概需要设计几个配角？

DeepSeek 会给到非常详细的回复：

一篇一万字左右的短篇小说，通常需要 3-5 个配角。

1. 功能性配角

推动情节发展：例如，主角的朋友、家人、同事等，他们的言行可以推动情节发展，制造冲突和悬念。

衬托主角形象：例如，与主角性格相反的角色，可以衬托出主角的性格特点。

提供信息线索：例如，目击者、知情者等，可以为故事提供重要的信息线索。

2. 个性化配角：……

3. 控制配角数量：……

以下是一些例子。

爱情小说：主角的闺蜜、情敌、父母等。

悬疑小说：侦探的助手、嫌疑人、目击者等。

科幻小说：科学家的同事、外星人、机器人等。

……

当然，最终需要多少个配角，取决于你的故事本身。你可以根据 DeepSeek 的提示，继续深挖，让自己的大纲越来越完善。

以此类推，其他关于人物、剧情设定的具体问题同样可以借助 DeepSeek 的帮助。

三、导语

（一）导语公式及案例模板

导语是短篇小说写作中的重中之重，无论是短篇小说平台的主页露出还是推文平台"黄金3秒"的规则，都在直接告诉我们，导语几乎能确定一篇文的"生死"。

导语，在作者自己设定、灵感加持的同时，也有比较模板化的内容套用。很多人写导语总是分不清重点，写得不够精彩，抑或是情感、反转强度不够，而DeepSeek不仅能给我们提供导语模板，还可以有针对性地提供样例。

输入指令：

当下爆款短篇小说的导语怎么写？

DeepSeek会直接帮你总结出相应平台的导语公式及案例模板，具体回答如下。

1.知乎风导语：真实感＋悬念钩子

核心公式：身份代入＋矛盾提问/极端事件＋隐藏反转暗示

特点：

- 第一人称叙事，强化"真实经历"感（如"我""你"）；
- 用问句 / 极端事件制造"社会议题"式讨论氛围；
- 暗藏反常识细节，暗示后续高能反转。

案例模板如下。

（1）悬疑向："你遇到过最诡异的事是什么？我生日那天，闺蜜送了我一条红裙子。试穿时，拉链突然卡住，镜子里闪过一张陌生的脸。当晚，闺蜜跳楼了，遗书里写着：'下一个轮到你了。'"

（2）言情向："和暗恋十年的男神结婚后，我在他书房发现一张病例单。诊断结果：阿尔兹海默症，病程五年。可我们结婚，才三年。"

（3）社会议题："考上清华那天，我妈逼我签了一份协议：自愿放弃遗产，终身不婚不育。她说这是为了我好。直到我发现，她账户每月给一个陌生男人转账 10 万。"

以上案例中的钩子设计技巧有三点。

- 矛盾冲突前置：开篇直接抛出死亡、背叛、秘密等强刺激元素。
- 细节异常化：用"红裙子""病例单""转账记录"等具体事物暗示危险。

- 留白式结尾：在导语末尾制造未解悬念（如"可我们结婚才三年"）。

2. 番茄风导语：高能场面+情绪冲击

核心公式：极端冲突+金句点题+复仇/打脸预告

特点：

- 第三人称上帝视角，快速铺陈高能情节；
- 强化情绪关键词（如虐渣、重生、逆袭）；
- 直接预告"爽点"，刺激读者点击。

案例模板如下。

（1）重生复仇向："婚礼当天，妹妹抢走我的钻戒，笑着在我耳边说：'姐姐，你老公昨晚睡的是我。'我坠海身亡，再睁眼回到18岁。这一世，我亲手撕碎她的校花面具，她却跪着求我：'把那个男人让给你行吗？'"

（2）虐恋向："他亲手剜了我的灵骨，换给白月光。我修为尽废，沦为三界笑柄。百年后，魔尊率大军压境，他红着眼求我：'回来吧，六界需要你。'我轻笑抬手，捏碎他递来的婚书：可本尊现在，只想要你们的命。'"

……

钩子设计技巧如下。

- 场景浓缩化：用"坠海身亡""剜灵骨""换药"等

视觉化冲突抓人。

- 金句塑人设：主角的犀利台词直接点明性格（如"只想要你们的命"）。
- 预告结果：暗示后续打脸和逆袭，让读者期待"爽感闭环"。

同时，DeepSeek 还提供了写导语的避坑指南。

1. 知乎导语雷区

✕ 铺垫过长（如"我从小家庭幸福，直到那天……"）。

✓ 改进：直接写"家庭幸福的第 18 年，我爸带回一个和我长得一样的女孩"。

2. 番茄导语雷区

✕ 信息过载（塞入多个人名 / 设定）。

✓ 改进：聚焦 1 个主角 +1 个对手 +1 个冲突动作。

3. 两个平台的通用技巧

钩子位置：前 3 句话内必须出现核心矛盾。

关键词植入：知乎用"诡异""秘密""诊断书"，番茄用"重生""打脸""虐渣"。

虽然 DeepSeek 给出的导语案例比较平平无奇，但也能清晰明了地告诉我们，它是如何套用导语公式的。

这也适用于当下许多作者，或许你脑海中闪过的剧情比较平常，但依旧可以通过导语公式进行练习。练习的时候请注意，不要完全困于导语公式，而是要在一次次的练习中培养自己的风格、找到自己的语感。

（二）热门导语辅助检索

除了可以让 DeepSeek 生成案例外，我们同样可以让 DeepSeek 检索热门导语。

输入指令：

请给我分享十个知乎短篇小说的导语（网文开篇第一段）。

在 DeepSeek 帮你检索到相关文章或导语后，你可以直接去平台搜索原文，再配合上述的公式拆解，看看好的、热门的导语由哪几部分内容组成，从而进一步进行学习。

（三）热门导语拆解学习

当我们看到爆款导语想要学习，但又不知道从何下手的时候，可以用 DeepSeek 来辅助。

输入指令：

帮我分析《×××》的导语，找到它的爆点钩子，并进行总结。

DeepSeek 不仅可以给出爆点钩子，还可以给出优化建议。

四、剧情

（一）卡文时辅助寻找灵感

写小说，难免会有卡文的时候。

在卡文时，我们经常通过多种方式去找寻灵感，例如会选择去多看同行在写什么、抑或是回头翻翻之前的读书笔记，也可能去刷刷新媒体平台的内容，看看有没有什么新的热点可以有所启发。

但有了 DeepSeek 以后，我们可以更有效地激发灵感、提高撰写剧情的效率。

例如，我们可以从整篇小说的设定出发，看看还有什么内容可以写。举个例子，我们按照自己小说的实际情况，提取如下关键词：女主黑料女星、男主京圈太子爷、假戏变真爱、甜宠文。

这样，我们可以先尝试从故事背景、人设两个方面来展开提问。

输入指令：

娱乐圈文有哪些剧情可以写？

DeepSeek 回复：

1. 新人崛起

- 主角从一个默默无闻的新人，通过选秀节目、意外机会或贵人相助，逐渐在娱乐圈崭露头角。

- 面对娱乐圈的潜规则和复杂人际关系，主角如何保持初心，最终成为顶级明星。

2. 明星恋情

- 两位明星因合作拍戏、综艺节目或偶然相遇而擦出火花，展开一段甜蜜又波折的恋情。

- 恋情曝光后，面对媒体和粉丝的压力，两人如何平衡事业与感情。

3. 幕后故事

4. 重生 / 穿越

5. 复仇 / 逆袭

……

DeepSeek 能够较全地罗列当下娱乐圈文里的常见梗，我们可以通过 DeepSeek 给到的信息，来看看是否可以激发自己的灵感、为自己短篇小说的完善提供帮助。

当然，这些剧情设定可以根据不同的角色、背景和情节进行组合和创新，创造出更新、更精彩的娱乐圈故事。

有了具体的人物类型、形象，我们就可以从人设展开，来看看如何撰写符合人设的剧情或对话。

例如，输入指令：

京圈太子腹黑毒舌但是心地善良的男主角，在面对没有食物吃了，想吃女主的食物时，他会怎么说?

DeepSeek 回复：

他斜倚在墙边，嘴角勾起一抹戏谑的笑，眼神却若有若无地瞥向她手中的食物。

"啧，你手里的东西，看起来倒是挺适合喂猫的。"他语气轻飘飘的，仿佛毫不在意，却又故意拖长了尾音，"不过，像你这种连吃饭都慢吞吞的人，大概也吃不完吧？浪费食物可是罪过。"

见她没反应，他挑了挑眉，故作无奈地叹了口气："算了，看在某人可能会被噎死的份上，我勉为其难帮你解决一点好了。毕竟，救人一命胜造七级浮屠，虽然你这种迟钝的家伙大概连浮屠是什么都不知道。"

说完，他伸手去拿她的食物，动作看似随意，却带着一丝不易察觉的急切。

需要注意的是，虽然 DeepSeek 给到的内容已经相对完善，但我们不能完全依赖于 DeepSeek 的答案，而是应该在其答案的基础上练习、修正、创新，这样才能真正进步、写出可以有收益的短篇小说。

（二）辅助检查上下文逻辑

我们可以将自己拿不准的部分，发给 DeepSeek，让它对自己的小说进行审读。

例如，输入指令：

请从写作角度分析此篇小说存在的逻辑漏洞和不足。

或者输入指令：

请从读者角度分析这篇小说存在的逻辑漏洞和不足。

版权原因，该部分内容暂未举例。请各位自行尝试。

五、文笔

众所周知，小说作者的卡文不仅体现在剧情上。

很多时候，我们脑海里有很完备的剧情，可在描述某个风景或场景时忽然词穷、不知道怎么写，写外貌的时候形容词匮乏，写动作或幻想的剧情时实在不知道该怎么样才能写得紧张刺激，那么 DeepSeek 在此时可以为我们提供什么样的帮助呢？

（一）风景 / 场景描写辅助

例如，输入指令：

请描写一段短篇小说中 KTV 的场景。

DeepSeek 回复：

包厢里的灯光昏暗而迷离，五彩斑斓的光点在墙壁上跳跃，像无数颗星星在夜空中闪烁。音乐声震耳欲聋，低音炮的节奏仿佛敲击在每个人的心脏上，震得空气都在微微颤动。桌上摆满了啤酒瓶和果盘，几杯未喝完的饮料在玻璃桌面上留下了一圈圈水渍。

输入指令：

请描写一段短篇小说中夕阳的场景

DeepSeek 回复：

夕阳西下，天边的云彩被染成了绚丽的橘红色，像是被画家随意泼洒的颜料，层层叠叠地铺展开来。远处的山峦在夕阳的映照下，轮廓变得柔和而模糊，仿佛被镀上了一层金边。微风拂过，树叶轻轻摇曳，发出沙沙的声响，像是在低声诉说着一天的故事。

……

（二）外貌描写辅助

输入指令：

请描写一个有少年感、比较凶又很帅的校霸外貌。

DeepSeek 回复：

他站在教室门口，单手插在裤兜里，另一只手随意地拎着书包，肩线微微倾斜，带着几分懒散和不羁。他的头发有些凌乱，几缕碎发随意地搭在额前，发梢在阳光下泛着淡淡的棕色，像是被风吹乱的麦田。眉毛浓密而锋利，微微上挑，透着一股不容忽视的锐气。那双眼睛漆黑如墨，眼神冷冽，像是藏着无数未说出口的警告，却又带着一丝少年特有的清澈。

……

（三）剧情动作描写辅助

输入指令：

请写出校霸和校草在校外打架的动作描写

DeepSeek 回复：

陈野率先动了。他猛地向前冲去，脚步迅捷而有力，脚下的碎石被踢得四处飞溅。他的拳头紧握，带着风声直击顾言的面门。顾言眼神一冷，迅速侧身躲过，拳头擦着他的耳际划过，带起一阵凌厉的风。

陈野没有停顿，紧接着一记横扫腿，力道十足，直奔顾言的腰侧。顾言反应极快，身体向后一仰，双手撑地，一个后空翻稳稳落地，避开了这一击。他的动作干净利落，像是经过无数次训练，带着一种优雅的从容。

......

　　请注意，以上内容并不是让大家直接复制粘贴的，而是让大家从中获取灵感、记录下自己之前没有想到过的词汇及描写方式加以熟悉，再运用到自己写的小说中。

　　在日常使用中，我们发现 DeepSeek 更擅长写虚的东西，它可以用词极致华丽，但很难将词语运用得朴实干净，甚至有时候段落中可能也会出现前后不搭的修辞，乍一看很美，可是细看好像又经不起推敲，不知道在说些什么。

　　而很多时候，DeepSeek 似乎只有一种风格，哪怕你让它仿写某种风格的文字，它仍旧是很明显的"DeepSeek 风"，如果过分依赖 DeepSeek，在今后的创作中不仅很难有自己独特的风格，可能也会慢慢丧失情感的敏锐度。

　　总而言之，写小说也并不是一件急于求成的事，不是用 DeepSeek 拼拼凑凑就能够发表的，我们仍要耐下性子，感受生活，去体会文字真正的美感。

　　今后 DeepSeek 是否也会懂得感情里的克制与隐晦呢？这个暂时还未知，但我们知道的是，作为书写者，无论何时，我们可以使用 DeepSeek，但我们的文字审美都不要轻易被 DeepSeek 绑架。

六、拆文

拆文是非常好的一种学习手段，可对于一些新人作者来说，正因为没有写作习惯，很多时候拆文不知道从何入手，分析时也只会拿着理论生搬硬套，看不懂作者真正的创作逻辑。所以很多时候的拆文成了抄袭别人剧情和设定的一种手段了，这是非常错误的做法。拆文的目的是学习别人怎么把爆款小说写出来的，要搞清楚为什么这么写。

这里结合 DeepSeek，分享一个拆文的步骤。

第一步一定是要明确自己薄弱的部分是哪里，拆书大概分为"结构、节奏、情绪、冲突、人物"等这几个大类，我们可以根据自己薄弱的部分，重点去关注某几个大类。

在这里我也帮大家列举了拆文的要点（表 2），大家可以对应来看。

表 2　拆文的要点

需要着重拆的部分	详细解释
文章的类型	是爽文，虐文，还是甜文？明确好类型，在拆解后面的核心梗以及爽点时才会更好地理解。
主要人物及配角	一般在短篇故事中的人物不会太多，描写笔墨也不会太多，所以人物还是非常容易找到的，然后再对应找到其明显特征即可。

需要着重拆的部分	详细解释
导语	导语就是小说最开头的几句话，非常重要，拆文的时候一定要重点来拆。
切入点	短篇小说的篇幅有限，你的故事从哪里开始呢？一个好的切入点是能够吸引读者看下去的关键。所以在拆文中这个也是要重点学习的地方。
核心梗	核心梗一般是小说里面很精彩的部分，也是需要重点去摸索和学习的，而且每种类型的小说都有其专属的核心梗。核心梗有非常多种，常见的有追妻火葬场，扮猪吃老虎等，大家可以自行整理和积累。
叙事方法	现在市面上的很多爆款短篇小说并不是顺叙的写法，而是利用了很多精妙的插叙，这样不仅让整篇文章的节奏更好，还能不断吸引读者读下去。这个也是拆文时可以重点关注的部分。
剧情	拆解具体故事情节的时候，很多新人作者容易束手无策，我们可以按照"起承转合"的方式，找到每个部分，这样整个故事的脉络就清晰了。
情绪	这个部分是很多新人作者拿捏不好的，为什么很多优秀的小说，你还没看几行就泪流满面了，为什么你读这些小说的时候总能沉浸其中？这就是情绪的作用，同样都是文字，为什么有人写出来就代入感极强，极具拉扯感？这部分我们同样需要学习和练习。

大家可以根据表格上列举的这些，结合 DeepSeek，分析爆款短篇小说里面的写作方法。

你也可以直接向 DeepSeek 输入指令：

请告诉我短篇拆文应该拆分成哪些部分。

结合 DeepSeek 的建议和本书正文中关于拆文的讲解，相信你会更深入地理解短篇小说的结构、主题和写作技巧，从而更好地分析和学习。

七、制定职业规划

DeepSeek 还有一个非常实用的作用——它可以帮助我们制定码字计划及职业规划。

举个例子，当我对 DeepSeek 输入指令：

我是个新人作者，我应该去哪个短篇小说平台以什么样的频率写作，才有可能做到月入 5k?

DeepSeek 给出的答复如下：

作为一个新人作者，想要通过短篇小说月入 5k，选择合适的平台和保持稳定的更新频率是非常重要的。以下是一些建议：

1. 选择平台：……
2. 更新频率：……
3. 收入来源：……
……

如果你还有更加细化的问题，有关于平台的、收入分成方式的等基础问题，都可以再细化向 DeepSeek 提问，它都会给出相对准确的回答。

同时，你也可以通过 DeepSeek 制定你作为一个新人小说作者的每日计划表。

输入指令：

请以月入 5k 为目标帮我制定一日码字计划。

DeepSeek 回复：

8:00 – 8:30 起床 & 早餐

8:30 – 9:00 阅读与灵感收集

9:00 – 9:30 大纲与构思

9:30 – 12:00 专注写作（目标：2000 字）

12:00 – 12:30 午餐 & 休息

13:00 – 14:00 修改上午的稿子

14:00 – 15:00 写作第二部分（目标：1000 字）

15:00 – 15:30 休息 & 放松

......

DeepSeek 会结合你在每天各个阶段的状态帮你制定较为科学的码字计划。同时，你也可以依据你的实际情况对其进行修改，以达到较好的效果。

以上，我们分为两大部分、14 个章节解说了在长篇男频文、长篇女频文及短篇小说的写作过程中，DeepSeek 可以为我们提供的帮助，中间或有不够详尽的地方，还请大家继续发散、探索。

AI 的发展是大势所趋，既然无法阻止趋势，那就让我们在提升自我能力的基础上，与时俱进吧。

就让 DeepSeek 成为提高我们生产力的工具，在下一次浪潮来临之前，先不要错过眼前的机会。祝好！

暴的写作小技巧：**名场面写法。**

顾名思义，名场面就是指给人留下深刻印象、为人熟知的经典片段，也就是最让观众和读者印象深刻的画面或故事片段。如《西游记》中的猪八戒背媳妇，《三国演义》中的关羽温酒斩华雄，《水浒传》中的武松打虎，《红楼梦》中的刘姥姥进大观园。放在网文的大纲中，因为读者的视角通常在主角的身上，所以这个名场面也可以理解为**主角的高光时刻，**或**剧情高潮**。

在写大纲的时候，我们可以先想好几个名场面，并将这些名场面结合在一起，同时让前面的剧情去不断推动，期间进行各种铺垫，最终促成各个名场面，组建出一个长期的剧情框架。以《水浒传》来举例：先确立名场面为"一百单八将聚义梁山"，再思考各路好汉在聚义梁山之前如何结识，又如何通过宋江、晁盖等头领被凝聚在一起，最终聚义梁山，竖起替天行道的大旗。

由此我们可以得出一个思路：先确立名场面，组建出整体的脉络和骨架，再利用小剧情来填充骨架缝隙，推动大剧情向名场面的方向发展，直至最终完成名场面，进而丰满整个大纲。在这之中，小剧情是填充大剧情的，而大剧情的推动，是为最终的名场面服务。而大剧情和名场面完成之后，主线的后续发展如何，这就需要作者提前思考好剧情和剧情之间的连锁反应，以及前因后果。

而这里需要大家特别注意的是，被动事件下的小剧情可以随时出现，但是主动事件下的大剧情，则需要进行提前铺垫，避免读者因为看完大剧情过了瘾之后就纷纷离开。这也就是我在最开始讲过的，剧情大纲的核心关键点就在于，剧情与剧情之间要无缝衔接，最终形成一个完美的闭环，让每一步都环环相扣，直至故事结局。

再给大家举一个最直观的例子，**经典动画片《葫芦兄弟》的名场面"葫芦娃救爷爷"**。爷爷被抓后，各个葫芦娃依次去救，却都被抓了，最终马上就要救到爷爷的时候，爷爷却被妖怪害死了，临终前抛出新的事件——消灭妖怪。于是，葫芦兄弟开始报仇，最终成功消灭妖怪。你以为这就结束了？实际上并没有，在消灭了蛇蝎之后，葫芦兄弟化作大山，将蛇蝎夫妻压在山下，蛇精的妹妹青蛇得知姐姐和姐夫都被葫芦兄弟消灭，决心炼出七心丹为他们报仇，于是便有了《葫芦兄弟》的第二部作品《葫芦小金刚》。

这个例子应该足够直观了，故事中包含了救爷爷和消灭妖怪这两个大剧情，而在这之中，又穿插了葫芦兄弟各自面对妖怪时所遭遇的困境，也就是小剧情。

三、地图大纲

地图大纲，大家可以理解为**以一张地图的形式搭建出的大纲内容**，也可以理解为世界大纲。

就比如《斗破苍穹》所设定的斗气大陆这一世界体系一样，主要地区分为：乌坦城、青山镇、云岚山、塔戈尔沙漠、黑岩城等。

地图大纲首先要做的就是设定世界观。作者需要先想好自己准备写的是一个怎样的世界，在主角开始他的历程之前，整个世界曾经发生过什么样的变迁，有着怎样的历史和时间线。这些要素都是后面要用的，尤其是历史大事件，通常会造成后续影响，并直接或间接地影射到主角身上。地图大纲中要包含大小地区中的各个势力及背景、各个势力中的诸多人物、大小势力之间的关系，以及这些关系最终造成哪些历史大事件或由此引发了哪些前因后果等。

接下来，我以《斗破苍穹》中的斗气大陆为例，按地图所划分的地区，带大家梳理地图大纲写法。

主角萧炎出生在加玛帝国的乌坦城萧家，为了历练自身实力，去了魔兽山脉，并结识了拥有先天毒体的小医仙和未来的云岚宗宗主云韵。之后为了收服异火来到了塔戈尔沙漠的蛇人神殿，遇到了未来的妻子美杜莎。在那之后则是为了赴三年之约，杀上了云岚宗。而在西北区域，像加玛帝国这样的国家又有着数百个之多。后来，萧炎为了逃避追杀前往黑角域。

黑角域：

1. 黑印城，也就是萧炎得到阴阳玄龙丹和三千雷动的地方；

2. 迦南学院，地底有着陨落心炎和古帝洞府；

3. 天擎山脉天涯城，萧炎在此乘坐虫洞前往北域。

北域：

1.天北城，萧炎侥幸得到三千雷幻身；

2.天目山脉，偶遇纳兰嫣然，萧炎为和风闲相认来到风雷东阁；

中域：

1.音谷；

2.焚炎谷，二者坐落在中域的西南地区；

3.冰河谷，于北方地区坐落；

4.落神涧，萧炎解救小医仙之地；

5.圣丹城，其分为外域和内域，外域有着八个空间广场，内域则是丹界和位于中心的丹塔；萧炎在丹塔的星域空间侥幸得到了三千焱炎火。

南域：

1.星陨阁：由风闲和药老共同建立；

2.兽域：聚集着大陆70%以上的魔兽家族，萧炎在兽域的远古遗迹侥幸得到大天造化掌，在九幽地冥蟒族的黄泉石碑深处，侥幸得到了黄泉天怒；

3.药族：南域极南之地，也就是药老的故族；

4.古族：女一号萧薰儿所在的家族，萧炎在古族的古界天墓里遇到了萧家祖先萧玄，侥幸开启族纹；

5.莽荒古域：萧炎侥幸得到菩提心和菩提子。

虚空：

1. 古龙岛：龙女紫妍所在的龙族；

2. 几大远古家族：魂族，炎族，石族，雷族，灵族。

故事最后，萧炎和魂天帝爆发双帝之战，以炎帝之名救天下万火，自燃斗帝之体封印魂天帝，结束了斗气大陆的浩劫。直到几十年后，萧炎决定探索斗气大陆以外的世界，并在新世界遇到了《武动乾坤》的主角林动。在新的地图又展开了新的故事。

很多人觉得地图大纲的复杂程度要远远超过人物大纲和剧情大纲。这一点，其实是不一定的。

在我看来，只以地图大纲为主去构建作品，在某种程度上可能更适合成绩稳定、经验丰富的老作者，新人作者去写地图大纲，由于本身对于人物和剧情就没有足够强的掌控能力，在此基础上再去侧重构建世界，可能会本末倒置。而经验丰富的作家使用地图构建大纲体系，不仅能由此写出一本成功的作品，更能延伸出两部曲，甚至三部曲。就比如天蚕土豆的《斗破苍穹》《武动乾坤》《大主宰》三部曲，辰东的《完美世界》《遮天》《圣墟》三部曲等。

新人作家写大纲，常常只能由点化线，由线化面，以此类推；而有经验的老作者或大神，完全就可以反其道而行之，由面化线，由线化点，以此类推。写大纲的方式和方法因人而异，并不固定，所以以上三种大纲类型并不冲突，大家可以根据自己的需要自由选择，再去落笔实践。

我个人认为，**大纲重要，但不必要**。尤其是新人，千万不要白白浪费过多的时间和精力在大纲上。在思路并不清晰明确的时候，你可以选择直接动笔去写，得到市场和读者的反馈后再补充大纲内容，并及时进行调整。

📖 **知识卡片**

```
                    ┌─────────────────────────┐
                    │ 人物大纲：高效，适合有发  │
                    │ 散性思维、经验丰富的作者  │
               ┌────┴─────────────────────────┘
               │    ┌─────────────────────────┐
┌──────────┐   │    │ 剧情大纲：简单好用，适合  │
│ 男频常见  ├───┼────┤ 新人作者                 │
│ 大纲分类  │   │    └─────────────────────────┘
└──────────┘   │    ┌─────────────────────────┐
               └────┤ 地图大纲：适合成绩稳定、  │
                    │ 经验丰富的作者            │
                    └─────────────────────────┘
```

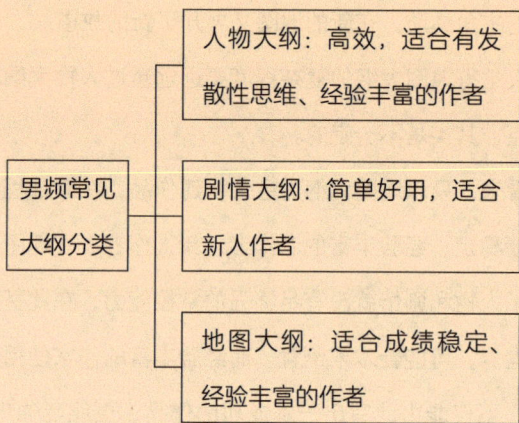

第七节　男频小说的人物塑造

这些年大家在看小说的时候会发现一个规律，越成功的作品，其中的人物往往会越让人印象深刻。

在人们谈及某一部作品的时候，许多人会先想到某一个经典角色，而后再想起与之相关的剧情。如看到《西游记》中的孙悟空，我们会联想到三打白骨精的故事；看到《水浒传》里的鲁智深，我们会想起他倒拔垂杨柳的名场面；看到《三国演义》中的赵云，我们会想到他七进七出救阿斗的事迹。

这一点，放到网络小说中也是同理。

一、如何写出一个让读者记住的角色

很多新人认为只有将人设写得足够丰富，人物才会鲜活。可事实证明，在网文中，人设写得越丰富，反而就越难以驾驭，久而久之甚至还会出现人物设定崩塌的情况。

所以我常常推荐新人在写作经验尚不丰富的时候使用一种简单粗暴的立人设方法：**套模板**。顾名思义，就是先找到一个脍炙人口的角色，然后将他的语言，动作，神态外貌和性格当作模板，举一反三套用到自己笔下的人物身上。比如，在谈及"宁教我负天下人，休教天下人负我"这句话的时候，大家会第一时间联想到《三国演义》中的曹操；在听到"二营长，把意大利炮拉出来，开炮"这句话的时候，大家会回忆起《亮剑》中李云龙攻打平安县城的场景；在看到"倒拔垂杨柳"这个场景的时候，大家会想到《水浒传》中的鲁智深。

套模板并不是要你去照抄或者照搬某一个角色，而是以他们的特征为基础，举一反三创造出类似的角色来。比如，《三国演义》

中，张飞在当阳桥负责断后，面对曹操大军的追击，发出三声雷霆之吼："谁敢与我决一死战！"滔天气势顿时唬住曹军，竟无一人再敢上前，夏侯杰甚至当场被吓得肝胆碎裂落马而死，进而引发曹操下令撤军。

这个例子完全可以套用到很多分类和题材当中，如"古有三国张飞当阳桥喝退曹军，今有某科幻小说的角色 A 在虫洞入口喝退外星战舰"。虽然写的不是一个类型的故事，但是套路模板一致，再加上一些形象描写，读者自然会在看到角色 A 的时候产生深刻的印象。这也正是套模板这个技巧的核心所在。

不过需要注意的是，如果作者没有较强的举一反三能力，套模板很容易弄巧成拙，让读者直接出戏，甚至可能构成抄袭。

随着写作时间越来越长，经验逐步积累，当你再去写人设的时候，就可以跳出套模板的写作方法，往上进阶，使用第二个技巧：**贴标签**。

从狭义上来讲，贴标签最直接的方式，就是给读者一个身份概念，比如狂徒张三。有了标签，读者每每在看到这个角色的时候，自然就会按照他们的身份去产生联想，相对来说比较直观。

从广义上来讲，这里的标签并不是单指某一个角色的性格，而是综合多方面总结出的人物显著特点，作者可以让人物根据自己的特点去做出相应的行为，切入相应的剧情。

简而言之，**就是什么样的人干什么样的事**，要让这个标签牢牢贴在角色的身上，贯穿始终，一旦轻易改变或者推翻，就容易导致人设崩塌。

同时，在贴标签的基础上，我们由此再往上进阶，就可以使用"反差"这一新的写作技巧。

很多新人喜欢直接在内容中介绍某反派很凶很坏，无恶不作，杀人不眨眼，这样描绘无疑是苍白的。想要看清一个人物的本质，不光是要听他说了什么，还要看他做了什么。比如玄幻小说中有一类反派，他们为了修炼不择手段，选择堕入魔道，哪怕献祭一整个宗门的人也都不眨一下眼。

在此基础上，如果我们倒推一下，从动机与目的上进行更深层次的设计，就会让人物更加立体。如果这个反派不惜献祭所有人来让自己变强，只是为了杀入禁地拯救自己的妻子和儿女呢？或者他本就是要被献祭的棋子，被逼无奈之下，屠龙勇士终成恶龙呢？

如此转折一下，这个角色的人设就可以得到升华，也更加饱满，不再单纯是一个为了做反派而成为反派的人物，他也具备着自己的情感，他也有着自己的执念，有着自己想要保护的东西。

再比如，一个父亲终日在家无所事事，可却苛责自己的儿子，逼迫他努力修炼，出去打怪升级，赚钱养家。表面上看，读者会认为这个父亲只是把自己儿子当成赚钱的工具，全然不在意儿子的喜怒哀乐。可实际上，随着剧情的发展，读者才发现这位父亲曾经也是一方强者，后来重伤退隐，而正是因为他见证过真正的危机，才会对自己的儿子如此苛刻，逼迫着他去进步，让他尽快独当一面，同时在未来面对危机时，能有自保之力。

反差让人物具备了两面性甚至多面性，读者对于角色原有的理解就会发生改变，对于角色的印象也会随之而加深。这样的例子还有很多，比如高傲者求而不得，浪荡者死于忠贞，自私者死于牺牲等。这些都是通过反差的手法深化人物形象，让人物变得更加立体，给读者留下深刻印象。

```
┌─────────┐      ┌─────────┐      ┌─────────┐
│  套模板  │ ───> │  贴标签  │ ───> │  用反差  │
└─────────┘      └─────────┘      └─────────┘
```

从套模板，到贴标签，最后是用反差，本质上这是一个写作难度由低到高的过程，大家可以根据自己所需，进行灵活调整，不用一板一眼地按照这个顺序去进行创作。模板固然好用，但千万不要被模板完全锁死。

二、如何塑造重要人物

大家都知道，一个人物鲜活归鲜活，可如果他对于剧情的发展产生不了什么实质性的作用，那耗费笔墨去刻画这个人物就没有什么意义。所以从某种程度上来说，除了主角之外的其他人物，都应该带有一定"工具人"的属性，不管是正面还是负面，哪怕是路人也拥有各自的作用。那么重要人物都有哪些呢？

比如，男频小说中的女主就是一个非常重要的人物，写好了锦上添花，写不好全书拉垮。甚至行业内有一些作者，为了避免写不好女主，索性删掉了女主这一设定，写出了一批无女主的作品。

　　我简单分享一个比较实用的女主写法，即女主对不同的人和事有着**特定的区别对待**，最重要的是：**女主对男主和对其他人的态度和行为有所区别**。不管女主是高冷的，热情的，狡黠的，还是乖巧的，胆怯的，倔强的，只要你确定了人设，就可以根据人设来具体设计女主的双标行为。

　　比如在校园恋爱文中，女主和男主都在同一个班级里，女主是校花，追求者数不胜数，但她却只喜欢男主，由此引发出配角的羡慕，或者反派的嫉妒。

　　说完女主，咱们再来说说主角身边的男性配角，也就是所谓的"好兄弟"。其实这种角色和女主也大致相似，不论性格是刚毅也好，莽撞也好，甚至笨拙、粗俗也好，只要他跟主角站在同一阵营、同一立场，是主角的铁杆友军，那么他一定有一个很常见的特质，那就是**忠义**。

　　一个忠义的男配在讨喜程度上是绝对不输于女主的，甚至有过之而无不及。在男频小说中，忠义男配所发挥的作用，多数时候是无条件或有条件地支持主角、鼓励主角、帮助主角。同时作者也可以在主线剧情推动的过程中，不断完善该类配角的故事线和人物丰满程度。

目前，在男频网文市场中，最典型的男配人设大致有以下八种类型。

1. 铁杆挚友型：这种类型可以说非常典型，普及面非常大。我们在很多作品中都能看到主角身边有一个朋友，这种配角通常在作品开篇不久就会出现，并且和主角情谊深厚，赴汤蹈火，两肋插刀，在所不辞。同时他也拥有着自己的势力和背景。

2. 逗趣小弟型：俗称男主的小迷弟、小跟班。通常在剧情发展的过程中，由于看到了主角的超凡实力或过人之处，被主角深深折服，加入主角麾下。这类配角往往喜欢耍贫嘴，幽默风趣，最崇拜的人就是主角，忠心耿耿，对主角唯命是从。

3. 深藏不露型：这种配角表面上看着平平无奇，可暗地里却隐藏了许多底牌。他与主角之间常常存在利益关系，但也恰恰因为看清了主角的重要价值，所以他并不会跟主角起冲突，反而会想方设法帮助主角，好让主角欠下自己的人情。

4. 亦敌亦友型：这种角色往往身在与主角相对立的阵营当中，多数时候是反派身边的得力干将，与主角不打不相识，从最开始对主角的好奇，再到对主角的欣赏，直至最后彻底被主角的人格魅力折服。因此他虽然身在对立阵营，但却情不自禁地做出对主角有利的事情。

5. 严厉固执型：这种配角大多是主角的父辈，对主角的要求非常严苛，想方设法地鞭策主角去进步。他表面上不苟言笑，有时还爱要点儿小面子，但私底下为了帮助主角，却会放下自己的尊严，甚至在主角陷入危机时，还会低三下四地去恳求别人，乃至做出重大牺牲。有时他由于思维跟不上时代，经常产生一些落后的想法。

6. 手足兄弟型：这一类配角多数为主角的亲兄弟，或是堂兄弟，和主角有着血缘关系，一般哥哥居多。他平日里非常疼爱主角，在主角儿时受欺负的时候替主角出头，直到主角外出闯荡，崛起腾飞后，他也甘当绿叶，默默守护好主角的故土。

7. 恩师贵人型：一般是指主角的老师，如《斗破苍穹》中的药老。他往往身怀绝技，会一路辅助主角成才，为主角指点迷津，在主角的崛起之路上发挥尤为关键的作用。同时，他年轻时的经历，以及人脉关系，也可以作为主线剧情中的一条分支。

8. 竞争对手型：这类配角往往天赋卓绝，实力不俗。放在玄幻小说中，类似于某宗门的首席大弟子。在主角出现之前，他一直是高高在上、万众瞩目的存在。但随着主角的横空出世，他原本的光芒逐渐被主角掩盖，甚至一度产生活在主角影子里的感觉。不过他对此并不懊恼或愤怒，而是鞭策自己更加努力，争取早日追上主角的脚步，直至超过主角。有时在看到主角遭受不平等待遇时，他会通过自己的权力去主动做出平衡，只为和主角公平竞争。

说完配角，再来说说反派。目前网文中的反派主要有**小反派，**

大反派，无脑反派和有脑反派四种。

很多作者对于反派人物的用法往往是"打跑小的来大的、打跑大的来老的"，以此让主线里的矛盾冲突像滚雪球一样向前扩展。可以肯定的是，这种思路的确是行得通的，因为目前网文市场中大部分作品对于反派的用法，都是按照滚雪球的方式来写的。然而，在很多小白爽文中，剧情前期冒出来的一些反派角色往往都会被读者诟病，甚至扣上"无脑反派"的帽子。这就导致了很多新人会在潜意识中认为，自己一旦写出了"无脑反派"，就会劝退大量的读者。所以很多新人作者在写反派的时候会绞尽脑汁地去设计，可惜结果却不尽人意，反而白白浪费了大量的时间和精力。

首先，大家要认清"无脑反派"和"有脑反派"的区别。

第一，**无脑反派不等于智商低**，他们往往只是欠缺思考，同时被信息差蒙蔽，导致做出了一系列让读者感到很幼稚的行为。

第二，**无脑反派不代表无逻辑**，哪怕是他们和主角产生矛盾冲突，那肯定也是有更深层次的原因，比如利益冲突、新仇旧恨等。

第三，**有脑反派更擅长思考**，他们会先分析矛盾冲突所带来的利弊再去行动，行事风格往往是利弊重于对错。

第四，**有脑反派会更加理智**，知道自己斗不过主角之后，他们就会主动道歉和妥协，甚至会欣赏主角的能力，想要拉拢主角，而不是一味地争强好胜，非要和主角斗个你死我活。

结合以上四点，我们在设计反派角色的时候，更应该考虑的是读者的兼容下限，而非审美上限。尤其是新人作者，不要上来就把无脑反派当作一个彻头彻尾的贬义词。多数新人刚开始写作的时候，其经验和技巧还远不足以把每一个反派都写得"有脑"，如果上来就奔着全员"有脑"去，那无疑是在强行拉高自己的写作难度，这样进行创作是会很累的。有句话叫"存在即合理"，放在这里也同样受用。不管是有脑反派还是无脑反派，他们存在于作者的剧情当中，必然就是要发挥出各自不同的作用。

同时，作者还要考虑到读者受众。很多"老书虫"书龄比较长，审美也相对较高，对于无脑反派包容性极低，自然会喜欢去看一些有着高智商反派的书。而有些读者，可能在外上班上学忙碌了一整天，回家之后就是想单纯放空一下，看一看那些不费脑子的"无脑爽文"，来愉悦一下自己，所以这个时候，往往无脑反派会更受用一些。

总而言之，不管是有脑反派还是无脑反派，这两种类型都各有各的受众群体，而到底该怎么去写，则取决于作者自身的需要。角色是为作者笔下的剧情而服务的，作者需要构建什么样的剧情，就要让角色在剧情中发挥出相应的作用。不少新人在写开篇的时候，为了把反派写得很有头脑，不知不觉就把大量的篇幅用在反派身上，导致剧情的整体节奏开始脱节，本末倒置。

> 📖 **知识卡片**
>
> - 可以通过套模板、贴标签、玩反差的手法，为笔下的人物增添两面性甚至多面性。
> - 前期人设靠剧情推动，后期剧情靠人设推动，这是想要写好大长篇网文不可或缺的核心之一。
> - 不论什么性格爱好、身份背景，把角色写讨喜才是王道。
> - 无脑反派不完全是贬义词，反派或小或大，或有脑或无脑，都应该在剧情中发挥各自相对应的作用。

第八节　取好标题，先声夺人

　　如果用专业术语表达，标题就是文章的眉目，要以全部或不同的侧面体现作者的写作意图、文章的主旨。其作用说白了就是要使读者能够通过标题了解文章的主要内容和主旨。

　　在谈及小说中的标题时，有些人可能觉得它无关痛痒，作用微乎其微，尤其是章节标题，在这个快节奏为主的网文市场之下，读者的耐心越来越少，标题的存在感也开始变得越来越低。在最开始进行写作的时候，我也是这么认为的，因为在这个内容为王的时代中，标题充其量也只能锦上添花，却并不能雪中送炭。可实际上，随着写作时间越来越长，经验积累越来越丰富，小说标题也开始逐渐向我展示出它的重要性。

当天赋发挥到极致，当努力达到上限，一个巧妙的标题完全可以在作品中起到举足轻重的作用，甚至真的能够为作者雪中送炭。

一、善用标题

当下网文市场，不管是书名，简介，还是章节标题，用噱头十足的标题来吸引读者已经是一件十分常见的事情了。当然，我们并不是鼓励标题党①的行为，而是想说，如果一个作品能给读者一种看上去像标题党，但又不完全是标题党的感觉，那么其实可以间接拉高读者期待，吸引读者持续往下看。

通过书名，读者可以看到一本书的核心卖点所在，同时对其产生期待感。可实际上，等到他们真正翻开书之后又会发现，种田文中所谓的灾年迟迟不肯到来，主角一直在做着应对灾年的筹备工作；末世文中所谓的天灾降临看了几十章都还没爆发，主角一直在各种囤物资；玄幻文中所谓的绝世龙王，闹了半天还是个未孵化的龙蛋，只能看着主角在孵蛋的路上越走越远。不过这也算不上跑题，只不过是核心卖点晚些出场罢了。

要注意的是，以上这个方法比较考究作者本身的笔力和剧情上的拉扯，优点和缺点都很明显。用好了读者会带着满满的期待感持

---

① 标题党是一个网络用语，指用夸张的标题吸引人查看，内容却是失实信息，或与标题所述内容不符。

续阅读，用不好反而会恶心到读者，使其弃书而去。所以如果你是新人作者，我更推荐你退而求其次，使用**轻剧透，高期待**的写作技巧。

二、轻剧透，高期待

有句老话叫"话到嘴边留三分"，但换到我们起标题的时候，则要改为："**话到嘴边留七分。**"意思就是标题里只展示出三成左右最吸引人的地方，剩下的七成左右进行保留。

前文提到过，标题的作用是让读者了解文章的主要内容和主旨，网文小说的章节标题也是同理。但是，如果将章节内容全部用标题来概括的话，尤其是在免费小说平台，一些耐心较少的读者很有可能就会依据标题来选择跳章阅读。比如有些读者喜欢看高潮的打斗画面，那么在前期内容不足以吸引他们的情况下，他们就会直接按照标题跳到写打斗的场面去看；有些读者喜欢看男女主互动的剧情，那么他们也会先挑标题中提及男女主互动的章节看，进而间接影响作品的整体数据。

所以这个时候，作者就不能太过于全面地把剧情梗概直接压缩到每一章的标题上。举个例子，作者 A 在第一章中写了男主王小冰天赋极差，一直被别人视为废材，结果却意外觉醒系统，当众展现出超凡实力，引发出了众多配角的震惊，反派更是嫉妒到后槽牙咬碎："王小冰，就你也配？"

如果按照常规逻辑，很多作者会起"××系统，觉醒！""觉醒××系统，震惊×××"等相对而言比较常见的章标题。但假如我们遵循话到嘴边留七分的逻辑，标题就可以是"废材？抱歉，我是天才！"，甚至"王小冰，就你也配？"。

以上从内容角度，情绪角度，甚至语言角度，得出的三个标题，本质上其实都不偏离本章的内容。而所谓的**"轻剧透，高期待"**的核心逻辑，也正是如此。至于这个剧透到底有多轻，期待感又能拉多高，则完全由作者本人凭借自己对作品的了解自行安排，只需切忌作谜语人 ① 或标题党。

> 📖 **互动问答**
>
> - 翻翻看，你最近正在读的小说中的标题，是否符合以上特点？
> - 有哪些书名、章节标题曾经让你眼前一亮？

---

① 网络用语，指喜欢故弄玄虚，将简单的事情复杂化的人。由于这类人往往会给出模棱两可甚至无厘头的解释，让其他人感到困惑，所以被称为谜语人。

PART

4

手把手教你写付费短篇

曹缦兮

我想写下去，不停地往下写，

写得迅速而富有激情。

——弗吉尼亚·伍尔夫

第十章 短篇小说的市场分析

第一节 短篇小说的兴起及发展

一、兴起

往上追溯，短篇小说在明朝初期便有了，早期作品更像是话本剧本的汇总。而在 1918 的《新青年》杂志上发表的胡适《论短篇小说》一文和鲁迅短篇小说《狂人日记》，让短篇小说这个文体在理论与实践的层面上得以确立，成为古典文学向现代文学转型过程中的典型产物。

因此，短篇小说并非近代快节奏生活下才有的，而是早有追溯，只是题材及行文方式随着时代的变迁不断变化。不过，本书中我们主要讲的还是 21 世纪的付费短篇小说。

首先是伴随很多人学生时代的杂志。比如之前很火的《故事会》《青年文摘》，以及女生常看的《爱格》《花火》《小美好》《桃之夭夭》《飞言情》等。杂志的页数固定，每个月版面有限，常常出现投稿多，过稿少的局面，过稿率很低。杂志稿费的计算方法是按千字算，大概是每千字 80 ～ 200 元，版权期大概是 5 年。

那时投稿渠道窄，对于很多人来说，如果屡次投稿不过，成本就比较大了。但过稿的头部作者常常能较容易地积累粉丝甚至开设专栏，为之后的版权运营打好基础。那个时候的互联网没有现在发达，人接收到的信息有限，因此杂志大神作者的粉丝黏性较高，小透明作者比较难有出头之日。

二、发展

随着网络的发展，各种公众号和网络短篇平台出现了。公众号的收稿方式与杂志类似，且部分杂志也会限免一些文章同步至公众号及其他短篇小说平台。

2014 年前后，短篇小说开始出现井喷状态，短篇小说作者有了不受版面限制自由发文的地方，作品也有了更多可以被看到的机会，并且他们还可以在线上和读者实时互动，能第一时间接收关于自己文章的反馈。

同时，行业竞争也开始更加激烈了，市场可供选择的内容更多，短篇小说作者版权运营难度更大，粉丝黏性也逐渐下降。稿费开始不仅限于单篇、千字计费，随着会员付费模式的兴起，平台开始给予作者保底及会员分成，还有其他版权运营、分发运营收入，短篇运营模式开始变得多样。

后来，随着《宫墙柳》的爆火，国内流量较大的问答社区及原创内容平台知乎开始运营短篇小说，短篇小说成为当下的热门赛道。短篇市场的蛋糕变大，越来越多大平台开始开发短篇小说版块，例如番茄小说网、UC小说等。目前的短篇小说平台有着更大的流量池、更符合当下信息获取习惯的推广运营方式、更科学的分发机制、更可观的会员分成收入，因此吸引了越来越多作者来写短篇、越来越多读者来看短篇。短篇小说线上阅读的兴盛让一代短篇小说纸媒杂志开始落幕。

这是摆在我们眼前的机会，也希望此书能帮助大家把握住眼前的机会。

第二节　短篇小说的分类及受众

一、短篇小说的分类

按大类目分：男频、女频。

按时空分：古代、现代、未来、架空、末日、民国等。

按风格分：甜文、虐文、爽文等。

按题材分：言情、世情或现实情感（亲情、友情、家长里短等）、悬疑、传奇、奇幻、仙侠、古风、青春、双男主、双女主、无CP、权谋、武侠等。

长篇小说有的题材，短篇基本上都有，甚至因为短篇小说的篇幅短，很多长篇没有办法实现的写法，短篇却可以。目前短篇小说里最火的三种故事类型，分别是情感、悬疑、脑洞。其中情感故事贴近日常生活，读者以女性为主，上面提到的现代言情、古代言情、世情文等都属于情感故事。

值得一提的是，在目前的短篇创作中，类型融合也较为常见，比如情感故事和脑洞相结合，或者脑洞故事和悬疑故事相结合等。例如在知乎很火的"恋爱脑穿进恐怖游戏"等，既有言情元素，又有恐怖游戏的脑洞元素。

二、短篇小说的受众

从阅读习惯来看，随着网络时代的发展，人们的阅读习惯发生了改变，短篇小说篇幅短，利用碎片化时间即可阅读完，因此很受读者喜爱。

从读者年龄来看，最早看网络小说的那部分读者随着年龄增长，以及阅读经验逐渐丰富，普通的内容会让他们读起来枯燥无味，反而一些新奇的短篇小说更能够提起他们的兴趣。因此在短篇小说领域，读者的年龄跨度较大。

从短篇小说的传播渠道来看，除了短篇平台自身，其他社交媒体也进行短篇小说的宣传，例如很常见的推文（视频结合文字），社交媒体的受众面更广泛，使得短篇小说的受众也更加广泛。

<table>
<tr><td>第三节</td><td>短篇小说的优缺点分析</td></tr>
</table>

一、短篇小说的优点

1. 能快速见到收益

短篇小说收到反馈的速度很快，如果过稿，很快就会上架得到市场的检验，通常第二个月作者就会拿到收益。只要有稿费的激励，无论多少，都能让人更有动力持续写文。

2. 容易构思框架

短篇小说的篇幅比较短，因此在人物设定跟剧情的构思上面不需要设计得太过复杂，作者也可以较为轻松地发现自己的遗漏和不足之处。而长篇小说的内容设定、大纲撰写等需要花费更多的时间，甚至作者在构思时很容易因为一个错漏，牵一发而动全身。

3. 沉没成本低

长篇小说动辄几十上百万字，有时新人单机更新①真的很没动力，如果更新完了也没有收益，沉没成本会非常高。但短篇小说更容易改稿，就算改稿改不好，也最多废个一万来字，这篇不行就迅速换下一篇，如果在当前的平台过不了稿，还有很多平台可以投，试错成本、沉没成本都更低一些。

---

① 指自己埋头写，没有读者互动也没有稿费激励。

4. 写作方式更灵活

长篇小说每天都会有更新要求，大多数平台都以日更 4000 字为最低要求，作者保证每日更新才能拿到全勤、保底收入等，时间捆绑强度太大。而短篇小说则没有这样的更新压力，作者有灵感就可以多写点儿，没有灵感就可以少写点儿，更适合兼职作者利用闲暇时间写作。

二、短篇小说的缺点

1. 需要创新

短篇小说需要作者不停地构思新梗、追热点。短篇小说作者就是要时刻保持像自媒体人那样的热点敏感度，能迅速构思剧情、迅速写新梗。短篇小说的写作方式并不像长篇小说那样连贯，而是每一篇单独成文的，这就导致每一篇的人物和情节都必须是新颖的。很多写短篇的作者也因脑海里没有更好、更新的构思而焦虑。

在这一点上，长篇小说的消耗显然要比短篇少。

2. 稿费波动

短篇小说的长期收益没有长篇小说好，这也是由短篇小说篇幅短、内容更新换代快的特点决定的。短篇小说作者极有可能这个月收入上万，下个月作品就被腰斩，收入归零。而热点、读者的口味不断在变，如果你不是有一定粉丝基础的大作者，推文博主可能这次看到你的文，帮你推火了文章，下次没看到就不会推。因此短篇小说能否爆火有一定的随机性。也许你的上一篇小说还在平台榜单上待着，稿费大几万，下一篇小说就在自己的主页上无人问津，稿费不过百，这个也是很常见的情况，稿费波动较大。

3. 读者黏性低

短篇小说在很短的时间内就可以读完，读者在读的时候很少会注意作者是谁。而长篇小说会给读者一种追文的快感，他们每天都在等待更新，甚至到作者的社交平台上催更，更容易和作者产生黏性。

> 📖 **经验分享**
>
> 无论是短篇小说还是长篇小说，都需要量的积累。一篇稿费低，两篇、三篇、上百篇呢？许多收入稳定的作者都是写了上百篇的。而在这上百篇之前，说不定他们在别的平台也有过默默无闻的时候。所以不要放弃，只要一直写，无论多少，总会有收获。
>
> 大家可以根据短篇小说的特点和长篇小说的特点，选择更适合自己的，或者自己更热爱的进行创作。无论选择哪个都没关系，两者都有相通之处，后续再进行另一项创作时，你也会容易上手。

第十一章　短篇小说的变现

第一节　短篇小说的六大平台分析及签约教程

随着短篇市场的不断发展，除了比较常见的一些短篇写作平台，很多长篇写作平台也开启了短篇试水。

下面我和大家分享六个市面上比较受作者认可的短篇平台，并详细讲解其投稿方式和签约教程，其中知乎和番茄小说将作为重点讲解。

一、知乎

1. 概述

知乎近几年崛起迅速，同时衍生出了别具一格的"知乎体"小说。这种短篇小说以第一人称为主，节奏快，让人代入感强。目前知乎平台是公认知名度高、受众广、更受推文及读者认可的平台。

2023年3月，知乎顺势推出盐言故事App，一个专门的原创短篇故事阅读产品，而盐言故事是可以与知乎账号互通的，用户可以通过知乎账号授权登录。目前知乎、盐言故事可以同时正常使用。

知乎的签约模式一般以分成为主，作者的收入还算有保证。只要文章上架，作者一般都是会有收入的，只是多或者少的问题，并且是持续有收益，部分文章如果小爆一次，那收入则会更可观。

目前知乎的收稿字数为八千至十万字，短篇小说的字数一般一两万字为佳，如果有极好的创意和内容，三至五万字也同样会爆火。

2. 投稿方式

知乎目前有三种投稿方式。**第一种是盐选作者平台投稿，**具体流程如下。

（1）登录知乎网页版。

（2）进入"创作中心"。

（3）点击"盐选合作"，如果没开通的话，就先申请成为盐选作者。

（4）点击"创建作品"。

知乎后台投稿需要全文投稿，且需多于 8000 字，格式方面不用特意改，后台会自动调整格式，作者按照自己日常的写作习惯即可。后台投稿的审核周期长短不一，一般都会在 20 个工作日内以站内私信形式回复，但有的会超过 20 个工作日，如果超时太久可以找盐选作者小助手帮忙问一下，沟通需有礼貌，不要急躁、辱骂。后台审核通过后便会签合同，上架作品。

第二种是发布问答，积攒数据。

点开知乎首页，上面显示的都是各种各样的话题，作者可以选择适合的话题点开，然后写回答，将自己作品发在相应的问题下面。

大家在发布回答的时候可以先发几千字试试水，建议发布三千至五千字，不建议大家在问答里面发全文，因为发全文被点赞收藏的概率较低，投稿时不容易过稿。可以选择定期更新，刷新自己的回答，被更多人看见。

我一般会发三四千字，结尾的时候留钩子，在最精彩的地方戛然而止，勾起读者想要继续阅读的心，这样会吸引读者来评论、点赞、收藏，当然也可以留一句简短的话来引导大家互动，但注意别违规。

点赞收藏的人越多，你的作品就越容易被制作人看见，他们也越有可能来主动联系你签约。就算没有制作人看见，有了数据后再到后台投稿，过稿的概率也会变大。操作流程也很简单，和前面讲的后台投稿一致，只不过后台有一个选择已发布内容进行投稿的选项，关联上自己的回答即可，注意问答投稿也需要投全文。

另外，还有一些其他发布回答的小技巧想与大家分享。

（1）学会选问题很关键。

首先，发布的时候我们要留意自己发的回答是不是与小说相关的，避免发到真实问题的回答下面，这样不仅不会收获很好的流量和数据，反而可能会遭遇不满和骂声。我们选择的问题一定要跟自己写的小说类型吻合，不要在虐文下发甜文，甜文下发虐文，如果不吻合，作品在后期有可能没办法从免费文章转成付费文章，会影响自己的收入。

另外，要选择活跃度高的问答。我们要看这个话题里面回答的总个数、关注人数以及话题的浏览量，如果同时有好几个话题符合你的作品，我们要优先选择回答数量少、关注人数多、总浏览量高的话题。总浏览量高和关注人数多说明这个话题受欢迎；回答数量少，说明竞争没有特别激烈。除此之外，我们还要看最新问答的情况，如果近几天一直有更新，且7天内更新的回答有不错的数据，那说明，你的回答也有可能收获好的数据；相反，如果一个问题下面已经很久没有人发回答了，说明这个问题热度很低，那就不建议发。

（2）关注知乎人气作者的动向。

一般情况下，知乎上面的人气作者是自带流量的，人气作者有可能会带火一个问题，如果你的作品恰好跟人气作者的是同类型的，那就可以直接发到人气作者选择的问题下面，还省了自己找问题的时间。

（3）利用好创作中心后台。

在创作中心后台经常有一些问题推荐和热门事件，我们也可以在自己的创作中心后台找到潜力问题，如果恰巧碰到合适的，也可以来发文。

（4）不要重复发文。

无论这个问题有多好，我们都只能在这个问题里面发布一次回答。一定要做好自己的计划和排期，争取为每一篇文章选到最适合的问题。

（5）数据不好可重新发布。

如果回答发了以后数据不好，是可以重新发布的，但建议修改一下开头节奏及末尾钩子后再重新发，不要直接复制粘贴。而且删除回答的时候不要直接点删除回答，可以先将正文改成修改中字样，等较晚的时候（23 点以后）再删除。注意不要无限次修改、发布，如果实在没有浏览量，也要勇于放弃，写新的开头。

（6）不要在太多话题底下发同样的回答。

如果发得太多，可能会被限流，被平台查重。

第三种是发布文章，这个操作方式和发布回答类似，也是需要积攒数据。

我们点开"创作中心"后，左侧有一个"内容创作"，点开便能看见发布文章的选项，可直接发布。但这种方式不太建议新人使用，因为作品被平台直接推广的概率不是特别大。如果你在知乎上有了一定的成绩，可以试一下发布文章的方法，或许会被推荐。注意在发布的时候也是不需要发全文，发布前三四千字即可。

3. 签约上架流程

如果投稿成功，后续的签约流程也是很简单的，现在基本上都是电子签约。方法是在盐选平台作家专区里面，点击合同管理→签约→填写入驻方式→确认→审批。

如果文章没有什么问题，也不需要润稿的话，上架是很快的，一般是先在知乎的专栏上架，这时候我们可以自己联系推文博主来给自己推文，如果推文数据不错，那作品的专栏数据也会不错。

作品上架两三天左右，作品会被"免转付"，意思就是一开始你的作品是免费让读者看的，签约之后，你的作品就需要读者付费才能看了，但从前点赞过这篇文章的读者仍旧享有免费政策。在改版后，制作人会根据你投稿时关联的链接直接免转付，不需要你自行操作。

而再过几天，你的作品有可能会被分发。分发有**个人分发**和**官方分发**。个人分发即用你自己的账号，在其他的话题下面发布的收费回答，流量好的时候作品会被分发好几次，增加曝光率，一般是运营人员操作，作者自己在后台收到消息后点击发布；官方分发即由小尘、宫墙往事等官方账号发布你文章的收费回答，所以有不少作者的专栏数据只有几十上百个赞，但是免转付和分发的数据很好，稿费也会非常可观。

4. 签约方式

目前知乎和作者的签约方式有两种，**一种是作者经纪签**，这种方式面向业内高人气或有标杆作品的作者，会预付一定保底金额，后续从收益中扣除。

另一种就是**作品独家签**，这也是大多数作者的签约方式，知乎享有作品的版权，签约时只签单部作品，不限作者写作自由，收益是 50% 分成。

5. 知乎小说收入构成

首先就是每月一结算的**稿费**，知乎的稿费是按照你这篇文每月的会员有效阅读计算。

稿费可以在后台查看，一般是每个月的第五个工作日可以看到自己上个月的稿费，查到后需要你本人点击确认。

另外还有广播剧有声改编。知乎在对一些比较火的作品进行广播剧改编，听广播剧也是需要会员的，这部分收听量也是你这篇小说的收入组成部分。

最后还有出版、影视改编等。如果你有非常优秀的作品出版了纸质书，拍成了影视作品，这些版权收入都将成为你这篇小说收入的组成部分。

二、番茄小说

1. 概述

番茄小说的短篇模块也是刚刚开始的业务，稿费情况有些不太均匀，高者可以达到大几万，低者也有可能为零，目前来看稿费中位数略低于知乎，且从目前的榜单情况来看，热点也稍滞后于知乎。

但番茄小说的优势也同样明显，它的前台及后台的入口搭建日趋完善，且与抖音、今日头条是一家，毋庸置疑抖音平台会扶持自家小说平台，未来或许会有更多的流量倾斜。

番茄短篇小说的投稿字数以四千至两万为佳。

2. 投稿方式

番茄小说目前有两种投稿方式。**第一种是通过番茄作家助手投稿，**具体流程如下。

（1）登录番茄作家助手，或登录番茄小说网，点击"作家专区"。

（2）点击"短故事"即可创作投稿。

第二种是通过编辑邮箱进行内投，具体流程如下。

（1）在番茄小说网主页，点击"作家福利"。

（2）找到"联系编辑"，点开即可。

（3）箭头继续向下滑，找到短篇组，上面附带了编辑的联系方式。

除此之外，大家也可以关注**番茄作家助手公众号，**公众号上会实时更新短篇征稿政策，有时会附上负责此项目编辑的邮箱，作者可直接投稿。

3. 签约上架流程

如果是内投，签约时编辑会告知签约流程。一般需要下载番茄作家助手 App，申请作者号，填完基本信息后实名认证，然后按照编辑告知的签约流程一步步操作，经过机器审核和编辑审核后，你会在番茄作家助手后台收到签约通知，按照步骤操作即可，签约流程相对简便。签好之后作品会显示已签约的状态。

如果是后台投稿，首先要获得签约资格，达到相应的数据要求，政策时而变化，大家可在后台关注最新政策，达到要求后，点击对应文章的"申请签约"，即可发起签约。

4. 稿费相关

番茄的签约方式有纯分成和保底加分成两种，如有历史成绩，可以在投给编辑时说明，可以申请到保底收入。

番茄短篇小说的分发主要在今日头条、番茄小说网和抖音，稿费由头条广告收益、抖音收益、头条会员收益、番茄广告收益等几大部分组成。

三、UC 小说

大家熟知的是 UC 的搜索引擎功能，但它目前也有了小说版块。在短篇小说方面，UC 短篇小说的风格相对独树一帜，且收稿类型多样，大家可在投稿前多关注其榜单上作品。

目前 UC 短篇小说的字数要求为八千至三万字。

1. 投稿方式

需用电脑端打开大鱼号创作者平台，注册成为作家后点击"故事会"，进入故事会作者专区即可创建作品投稿。

2. 稿费相关

对于有历史成绩的作者来说，UC 小说并不吝啬给作者保底收入，可以谈保底加分成的形式，若无历史成绩，普遍为五五分成的形式。

参加站内征文活动，若有爆款文章，还会额外有奖金。

四、黑岩故事会

黑岩小说旗下有单独的小程序和入口，也有自己的推文计划，整体数据和流量相对不错。收稿字数八千至两万字，对爆点要求较为严格，若符合推文规律，则过稿概率相对较大。黑岩故事的上架卡点较为靠前，一般在两千至三千字，注意写的时候就留好钩子，有助于后期数据。

1. 投稿方式

内投为主，小红书上有很多黑岩编辑和若初[①]编辑亲自收稿，可以搜到他们的邮箱。有的制作人在收稿时，作者是不需要投全文的，只需要投开头两千字就可以，试错成本较低。也有的制作人要

---

① 若初文学也是黑岩小说旗下的，主打女频。

求投全文，具体视情况而定。

2. 稿费相关

有保底加分成和纯分成两种方式，签约完成后，次月 15 日左右发稿费。

五、咪咕文学

咪咕文学也是一个老牌网站，是咪咕数字传媒旗下的品牌。咪咕文学后期才开始收稿短篇小说，字数要求在八千至三万字，主要收第一人称的小说。

1. 投稿方式

登录咪咕文学网→选择投稿→点击新建作品→选择文学作品→上传文档投稿，在作品类型那一栏里面选择短篇。

投稿时，需用一句话来介绍主线剧情。

2. 稿费相关

有保底加分成和纯分成两种方式，咪咕推广模式不算特别完善，爆文的概率较小。

六、每天读点故事 App

和上面五个平台相比，它收稿短篇小说的时间更早，收稿类型更多样，不局限于知乎风和第一人称。

1. 投稿方式

登录每天读点故事官网或者下载每天读点故事 App →选择写故事→选择写短篇，然后提交即可。

2. 稿费相关

有 VIP 保底加分成和纯分成两种方式，若过了 VIP 保底会有1000 元的保底金。目前每天读点故事也打通了其他网站的渠道，会将作品分发到其他网站上去，若数据好，稿费还是很可观的。

除了以上六个投稿平台，其他长篇平台也有短篇小说的版块，但目前并未作为他们网站的主推项目，于是我在此也不重点推荐。值得一提的是，市面上还有很多收稿的公司、工作室和个人等，习惯上我们将除官方以外的机构统称为**第三方**。

有的第三方有自己的平台，也会把文章拿到其他短篇大平台分发；有的第三方仅在自己的平台上发，他们有专门的推文团队来推自己平台的文章（目前存在这样的小程序）；还有的第三方没有自己的平台，仅靠把小说分发到其他短篇网站上来盈利。

短篇小说如果直接与平台签约，大部分会是纯分成或者保底加分成的收入模式。而与第三方平台签约，还可能会被买断，且第三方平台的分成后收入，是他们先与平台五五分，后再跟作者按照合同约定的比例进行分成，无论如何，作者分到的钱都比直接签约平台少很多。而且如果被直接买断的话后续的收入分成就与你无关了。

目前来看，知名大平台或老牌网站的版权运营能力更强一些，有专门的版权运营团队，但是作品数目多，可能顾及不到很多小作者；而现在大多第三方平台并没有版权运营，只是在不断收稿上稿，收割这部分线上阅读的稿费。如果你对版权运营有期待，在投稿的时候，就需要找版权运营做得不错的平台或者第三方。

但与第三方合作的时候一定要擦亮眼睛，以防遇到稿费不透明、延迟发放等等各种问题。毕竟写一篇文章也不容易，投稿不必心急，可在投稿前多做做功课。

第二节 由短篇小说衍生的其他行业

知乎短篇小说在推广时投入了大量资金和人力，以此衍生出短篇小说推文这一行业。后来各大写作平台效仿知乎，同样出了推文政策。推文博主都是直接与各大写作平台合作的，我们平日里刷到的那些配有小说字幕的一些视频都是推文视频。

最初的那批推文博主，因行业处在蓝海阶段，每天的收益有可能上万。后来越来越多的人自己在看文学习的过程中也顺便尝试推文，虽然这种不完全投入的方式无法让你成为推文界的佼佼者，但这也是一种记录方式，而且基本上每天赚个奶茶钱是没问题的。

如果你想在学习写小说和看短篇小说之余顺便做推文博主，我这里也有几点经验想要分享：

1. 捕捉热点文章

厉害的推文博主甚至比作者本身更加了解最近的热点是什么，推什么样的文容易爆，什么样的导语能吸引到人。想要自己的推文火，那就要练习这种捕捉热点的能力。

2. 保证推广画质

推文视频的画质不能太模糊，不能直接将他人的视频下载使用，如果画质模糊且非原创，抖音、快手等平台首先就会限流，用户看着也不会太舒服。所以要尽量自己制作更高清的视频，很多推文视频都是博主亲自录的。如果你只是业余做，没有特别多的时间，可以到网络上搜集可使用的素材来用。

3. 配音和背景音乐，尽量选热门的

留意其他推文博主选哪种声音读小说，以及选择最近有热度的背景音乐，这些小细节也非常加分，可能自带流量。

4. 不断更新，加强自己的特点

比如推文大佬草莓尖尖，她之前的推文是没有那句"草莓尖尖提醒您正文开始咯"的，而且她偶尔也会尝试 rap 推文，变更地图，在地图上加自己的 logo 等，不断更新形式，不断更新内容，以此突破瓶颈。

5. 注意短视频平台的敏感词

短视频平台的敏感词是可以查到的，小说里如果有的，字幕里要一律打码或替换。

6. 不要发超长推文

作者的收入跟会员有效阅读相关，如果推文太长会影响到会员的有效阅读时长，直接影响作者收入。所以一般作者遇到超长推文会举报。

第十二章　短篇小说的写作技巧

第一节　短篇小说的大纲

一、短篇小说大纲的作用

1.写大纲有助于人设的构建。虽然短篇小说相较于长篇小说而言崩人设的问题不会那么明显，但也仍然存在。写大纲会让你提前设定好后边的剧情并且检查，在检查中及时发现人设相关问题，从而进一步解决。

2.写大纲有助于你把控小说的剧情，从而删繁就简。对于新手、甚至是已经写过一段时间的作者来说，写短篇行文拖沓，想要表达的内容、交代的内容太多还是硬伤。写大纲能让你总体把握，哪些剧情是需要刚开始就交代的，哪些剧情是可以在之后的行文中一笔带过而不影响大局的，哪些剧情是可以直接删除的。

3.写大纲可以让你在没办法一气呵成写完时，避免忘记提前构思的剧情。短篇小说虽然篇幅短，但是一万多甚至两万字也不是能一下全都写完的。当你被打断，提前构思的一些剧情、细节可能就忘记了。这个时候如果有大纲在就会好很多。

二、短篇小说大纲的写法

短篇小说的大纲在格式要求上不会像长篇要求那么严格，一般都是可以按照个人习惯来写的，下面是一些通用大纲方法。

1. 定主题和亮点。自己的小说是什么题材？涵盖了哪些元素？让人眼前一亮的亮点是什么？一般对短篇小说来说，一个特别出色的创新点，就会让小说成功了一大半。

2. 定主角人设。可以的话尽可能把人物小传写完整，性格特点、人物目标、生活环境、家庭背景、优缺点等，这样在后续的行文和构思中可以发散出更多的可能性，能够有效地推动情节发展。

3. 定配角人设。如果有一些角色和主角产生一定的关系，其人设也需要写出来，无论是帮助主角成长的角色还是对主角有威胁的人设，有时反派人物的人设对于一篇文能否出彩会起到很重要的作用。但如果没有配角可以不写。

4. 定起承转合。需要把故事起因，故事经过，故事高潮和故事结局简单概括出来。短篇可以根据相应的字数来定相应的内容，以一篇总字数为 12000 字的小说来举例：

500 字之前：要有亮点、矛盾和清楚的主线。

500 至 2000 字：要有快速的剧情展开，剧情要叠加递增，把读者情绪拉满，最少要给三四个爆点。

2000 至 5000 字：故事持续升级，注意卡点付费，一定要留好钩子。

5000 至 8000 字：有一个大高潮，可能是主角的高光时刻。

8000 至 10000 字：有一个反转，主角又遭遇了一点点危机。

10000 至 12000 字：故事走向结局，升华主题。

以上并不是固定的结构，具体还是要看自己的故事走向和行文安排。

5. 定内在逻辑。因果逻辑是否得当，事件递增逻辑是否得当，铺垫和后面的冲突是否得当等。

第二节 短篇小说的导语

短篇小说的导语有点像长篇小说里面的简介，是读者最先看到的东西，读者对你这篇小说的第一印象完全决定了他们是否会继续往下看。

知乎能够露出来的导语目前是 50 字左右，如果你想让这篇小说被更多人看到，那这 50 个字就要足够精彩和吸睛，否则即便平台推荐给了用户，但大多数用户不感兴趣，不点进来看，也会极大影响后续推荐情况。包括现在的短视频平台的推文，一般用户首先听到的就是前面几秒，如果不感兴趣的话就会直接划走了。所以如果想留住读者、想让他们去搜索你的小说，你就必须在导语上下功夫，否则注定失败。

1.只保留动作和台词，能简则简。50 个字的导语想要写得精彩一定要有反转、吸睛，所以千万不能在开头就堆砌华丽辞藻，或者大段的背景和心理描写。背景描写可以在故事展开后一点一点写出来，环境和心理描写只在重要的情节中写到一笔带过即可。

2.不要留任何悬念，全篇吸睛的梗毫不吝啬地放上来，要有噱头。大家被吸引才能看到你写的精彩的部分，藏着掖着大家更加看不到。

3.扒榜。学会用成熟短篇小说的节奏和短句的写作方式来写出你的故事，导语也一样。目前常见的导语结构一般都会有悬念、反转、内涵，好的导语是能够在第一时间调动起读者情绪的。建议多看看爆款导语的结构，多找找手感，看得多了，自然就能写出来了。

第三节　短篇小说拆文

拆文，即找到一篇爆款文，对其进行比较全面的内容拆分学习。这是一种非常有用，且花费时间就能见到成效的写作练习方式。一般短篇小说拆文分析的内容包含：**导语、人设、结构、故事线**等。

1. 导语

导语是短篇小说的重中之重。对导语进行拆分时，一般会将导语逐字逐句拆分，分析导语中提到的背景、人物、情节及转折。多少人物出场、设置了几个转折，都是可以通过拆文的方式学习的。

2. 人设

人设是短篇小说的灵魂。不少人设是比较大众的人设，每个人都可以用的。我们需要在大众人设上增加一些其他的设定。在拆解爆款人设的时候，可以着重拆解这些人物身上特有的设定。

3. 结构

结构拆解就是拆这篇文章的起承转合，拆解详细的纲要，看到哪一部分作者在写什么、主角在做什么，我们需要把每个部分都用一句话总结出来，从而学习他们的结构和节奏。

4. 故事线

通读全文后，把文章的主线和副线找出来。

小红书 App 上有很多人分享拆文，也有不少人收藏这些分享。如果你平时没有时间自己拆文，也可以去看看别人已经"拆好的"；但如果有时间的话，还是自己亲自拆文，亲自整理，更不容易忘记。按照导语、人设、结构、故事线这样大概的顺序去拆，虽然会花费很多时间，但你一定会收获很多。

第四节　文笔与情节

一、文笔与情节哪个更重要

对于短篇小说来说，这两个都很重要，但一定要分个主次的话，我们普遍认为还是剧情大于文笔。很多爆火的文章其实作者的文笔一般，但读起来却让人欲罢不能，这类文章通常节奏非常快，情节爆点一个接一个。

不少刚入行的新手写作有两个特点，一个是喜欢堆砌华丽辞藻，另一个是担心自己交代不明白，总在开头就啰唆一大堆，而且还咬文嚼字。这样不仅拖慢了节奏，而且非常影响读者的兴致。其实读者都不喜欢看这些，短篇篇幅有限，不少天气、环境、心理描写一笔带过就好。在重点剧情、高潮剧情、转折剧情、反转剧情上可以多着墨，进行多方位的描写。环境、心理等描写只是辅助项，起到的是一个烘托氛围的作用，一切描写都不是为了炫技，而是为了剧情服务的。**详略得当**是每个短篇小说作者的必修课。

笔力比优美的文笔更重要，所谓笔力通常指用通俗流畅的文字把故事讲明白，讲清楚，能够牵动读者的情绪，让人代入感强，是一种玩转文字的能力。

如果你想要在短篇小说领域有更长远的发展，剧情和文笔缺一不可，但想出好情节会比磨炼文笔更难一些，文笔是可以靠后期训练的，灵感却可遇不可求。

二、如何提高文笔？

1. 多看

写小说，无论是写短篇还是写长篇，不看是不行的。成熟作者写的短篇小说，无论是剧情文笔还是行文方式，都是经受住了市场检验的，所以我们在写之前一定要多看，学习别人的行文方式，通常是你准备写什么题材，就看什么题材。在你有足够实力去自创一派之前，必须先根据前人的足迹走，除非是天才，否则很少有人能第一篇就石破天惊。

2. 扒榜，拆文

每个平台流行的内容是不一样的，榜单就是一个平台近期流行趋势的最好呈现。你需要多看榜单，然后再对其中的爆款进行拆文学习。只有足够熟悉每个平台的风格，你才能写出适应市场、读者喜欢的文，让自己的小说顺利变现。

3. 做读书笔记

这是个听起来古早但是很有用的方法。看到陌生但是好用的词汇、句子、人设，通通记到笔记本里，没事就拿出来翻一翻。好记性不如烂笔头，写得够多了自然而然就能将它们消化成自己的东西并且灵活运用。写作是一个输出的过程，但长久的输出肯定会有词不达意或者找不到合适字词的时候，这就需要我们多输入，多积累了。

4. 先完整地写完一篇文

很多刚入行或者没入行的小白目前最大的问题就是，身未动，心里已过万重山，还没开始写或者刚写了个开头，心里先预设了一万个问题把自己难住了。短篇不像长篇，长篇的试错成本比较高，如果一本写完没有水花会非常难受，但短篇就是一篇写完还有下一篇，这一篇不行就看下一篇。所以对于很多刚入行的小白来说，最重要的就是先写完一篇文。因为你只有写完了才知道自己的问题出在哪里，没写完就永远不能对自己有一个直观的认知。比如导语不行、节奏不行、写得拖沓、环境描写太多、情节很平、中间高潮没推起来、结尾太突兀等，找到问题才能对症下药。

练习文笔没有什么捷径可以走，只能是不停地读，不停地写，必须先把文字写清楚。没有通顺的文字，甚至一句话都说不明白，又何谈写故事呢？

我们可以尝试把自己脑海中的画面描述出来，比如平时走路的时候看到有人在聊天，就想象他们的身份和聊天内容，把他们聊天的画面描写出来。还可以根据你在报纸上看到的某一张有故事感的照片，尝试编一个故事出来。

下面分享几个具体的提高小说文笔的小技巧。

（1）把形容词替换成具体感官描述。因为人的大脑对于画面很敏感，我们需要做的就是描写画面，而用感官来描述，会更让人身临其境。感官包括嗅觉、视觉、味觉、听觉，触觉等。

海明威《乞力马扎罗的雪》里，就使用了此种写作方法，善用感官，少用形容词，使得画面感、代入感更强。

死神来了，头靠在床脚，他闻得到它呼吸的味道。

它还在靠近，现在，他没法说话了，见他说不了话，它靠得更近，他开始试着不说话就赶跑它，但它已经挪到了他身上。

史铁生在《我与地坛》中，也善用五感写作，我们在阅读的时候就会很有画面感。

露水在草叶上滚动，聚集。压弯了草叶，轰然坠地。甩开万道金光。

（2）善用比喻。不是所有的比喻都让人有眼前一亮的感觉，那些太常见的比喻，比如"红得像苹果"之类，并不会让文章的阅读感更好。

张爱玲的文字就非常具有灵气，比喻用得恰到好处，给文章增分许多。

一树的枯枝高高印在淡青的天上，像瓷上的冰纹。

蛮荒的日夜，没有钟，只是悠悠地日以继夜，夜以继日，日子过得像钧窑的淡青底子上的紫晕，那倒也好。

情感和事物之间也可以有比喻的联系，比如"他们的友情像暗夜里的那把锁，闻起来满是生锈的味道"。善用比喻、比拟、通感等修辞手法，都会让你的文字有新鲜感。

（3）写小说时想象自己在拍电影。想象自己的笔是摄影机，你拿着摄影机去拍摄画面，在描写的时候就会更加注意镜头和画面感。比如鲁迅曾写过的"一株是枣树，另一株也是枣树"，这种写法就很像电影里面的运镜，先拍到一棵树，又拍到了另一棵树。很多作家都很喜欢"一镜到底"的写法，从这个房间写到另一个房间，或者由远及近，中间很连贯，读者跟随着文字，就像在看电影一样，伴随着紧张感和参与感。

（4）善用具体的名词。假如你描写路上的树，就不要写笼统的行道树，而是写白杨树或者梧桐树。同理生活中其他的物品或事物，也需要更明确具体。如有特殊需要，可以选择市面上不那么常见的事物，增强文字的新鲜感。

（5）注意细节描写。比如你想描写路边的一只可爱的小狗，如果直接描写小狗，那就只是你的观感。但如果写小狗咬到了你的裤脚后，再来描写小狗，你和小狗之间便有了一个小的联系，增加了层次。这种很微小的细节和动作会让读者脑海里的画面更丰富，更有动作感。

（6）不需要每个动词都加副词修饰。有的小说读起来感觉很有文化，选的字词也都很亮眼，但读起来有点儿累，感觉不接地气，读者无法更好地代入。这时，你就需要检查一下是不是副词用多了。

举个例子："我**吃力地**抬起桌子，**重重地**放在教室中央，**飞快地**拿起半截窗帘，**准确地**安在了天花板上。"这段话读起来就很别扭，明明是一件很连贯的事，加了众多副词后却显得没有那么连贯了，整篇文章很累赘。副词可以偶尔使用，或穿插使用，起到点睛的作用，那样才会让自己的文章更流畅。

（7）可偶尔语序措置，让文字更有美感。就像古诗中为了押韵和某种韵律而将文字倒换但不改变原意一样。举几个古诗的例子："春日繁鱼鸟，江天足芰荷。"正确的顺序应当是春日鱼鸟繁，江天芰荷足；"绿垂风折笋，红绽雨肥梅。"笋和梅明明是主语，却放在了最后；"露从今夜白，月是故乡明。"这句话所要表达的意思是今晚的露白，故乡的月明，但经此调换，却格外有韵味。我们在小说创作中也可以借鉴古诗中的这种写法。

（8）情绪也要有画面感。想要更好地写出画面感，一定离不开动作描写。比如描写一个人开心，就可以把开心写得更加有画面感："她甩了甩辫子，嘴角上扬。"再举个简单的例子，描写一个人难过，不要写他很难过，而是写"他低下头，红了眼睛"。

三、词不达意怎么办

写作经常词穷，也是困扰很多新人作者的一个问题。明明脑海里有画面，但就是不知道该用什么词来表述出来；或者就是反反复复总是用同样的词来写文，没有更多有新意的词。

对此，较为有用的解决办法就是积累词汇，积累句子，多做读书笔记。平时看到的顺手记下来，用手机、手写笔记都可以。找不到合适的词去形容，不知道该如何表达，那就是写得少、看得少。

我还有一个不错的方法。当有一个情节出现在你的脑海中，但是你却没办法很好地写出来时，其实你可以用录音的方法，直接说出来，或者不考虑文笔，用最简单的话记下来。这样既保留了你当下的灵感，而且在你之后积累了一定的词汇量或者是写了一段时间文后再拿出来看时，或许就能很好地表达出来了。

四、短篇小说节奏慢怎么办

短篇小说的写作节奏非常重要。我们可以看到爆款短篇小说大多是节奏快、起伏多、情节有趣或激烈的。许多习惯看长篇、写长篇的朋友，可能下笔节奏都比较慢。对此，我来分享六个建议。

1. 不要想到某个情节后先从心里否定自己

有不少刚入门的短篇作者在构思阶段就已经把自己的梗否定八百遍了，要么觉得老、烂，要么觉得夸张、觉得剧情无法推进，还没开始就先结束了。对此我还是那句话："有时候完成比完美重要。"不管你的梗是什么样的，先把这篇文写出来。当你完整写完一篇文再回头去看的时候，你才能更宏观地发现自己的问题，更好地去改进。

短篇小说中有大众梗很常见，虽然你想要写出更有新意的梗，但真正有天赋、一下子就想出石破天惊题材的人很少。先接受自己的平凡，再慢慢去提高。当你不从心里否认自己，并把完整的文章写出来了，你才能发现自己的作品哪里节奏慢，哪里节奏快。如果一开始很难做到节奏快，那么写出来后检查的时候再对剧情删繁就简也是可以的。

2. 开篇就直接爆发冲突，关键人物出场

比如知乎文《花非花雾非雾》，第一句话便是起因和冲突："我的丫鬟冒充我的身份，和借住在相府的李墨白暗生情愫，珠胎暗结。"这样，关键人物也出场了，能抓住读者眼睛的情节也写出来了。

3. 故事情节要为主线服务

在写短篇小说之前，一定要确立好自己的主线，定了主线之后再开启故事线，每一个故事情节的出现都是为了推动主线，都要有助于达成目的或者推进主角情感变化，而不是写了一大堆自我感觉良好的情节后，却发现对主线没什么用。在短篇小说里一定要"稳、准、狠"，知道故事的重心是什么，直指结局。建议你在写大

纲的时候，先把会发生的事件写出来，开头、发展、小高潮、大高潮（反转）、结局等，有了框架再往里填内容，通过框架确定好哪些需要多写，哪些需要一笔带过，再动笔写，这也是个加快写作节奏的好方法。但要注意，情节多、情节进行得快并不代表节奏好，好的节奏应当是跌宕起伏的。

4. 写情绪时，不要太平，要体现出情绪的拉扯

如果反派一直打压主角，主角迟迟没有反抗，很容易消耗读者的耐心。反派要不断对主角发难，程度要逐渐加重，主角要"见招拆招"，再给予其最后一击。正确的写法需要有一个交互的过程，不能让读者沉浸在同一种情绪里，要尽量穿插进行。

5. 对话推动情节

在小说里对话也非常重要，首先，故事细节可以由对话来传递，而不是使用烦琐的叙述。另外，可以用对话来揭示角色的动机和目标，这样不仅可以更好地刻画人物，还可以直接让矛盾冲突升级。这也是常见的一种推进节奏的方式。举个例子：

"我必须要去，她还在等我。"

"你不准去，你知不知道那个湖刚刚死人了？"

上述对话里出现了一个小冲突，且给出了新的讯息，推动了后面情节的发展，比直接写"××到了一片湖，发现湖里死人了"

更耐看，更有紧张的氛围。

6.扒榜、对比爆款文的节奏

学习一下爆款小说的语言节奏及如何留钩子，再用到你想写的题材、你构思的情节里，学习用他们的口吻及节奏去表达你自己的创意，这是初期练笔比较有用的方法。但一定要规避抄袭，在模仿自己喜欢的文章和梗时，很容易造成抄袭，如果想要长久发展、职业化地去做写小说这件事，一定要慎之又慎。

📖 **互动问答**
- 你还有什么提高文笔的小技巧？

第五节 人物塑造

一、人物塑造的技巧

短篇小说中人物角色的塑造，不能像长篇小说那样花费许多笔墨，这就更要求我们掌握好其中的技巧。

1.创造立体多面的角色，而不是单一的角色

最简单的办法就是将你的人物加一个反差设定，比如一个无业游民，看似软弱可怜，任人欺负，实则心思缜密，心狠手辣。写正

面人物的弱点和不足，写反派人物的柔情。比如《狂飙》里面的高启强，他虽然是个无恶不作的反派，但还是令观众印象深刻、让人同情，这是因为高启强的人物形象很饱满，他也是从小人物一步步走到现在，并且对家人始终有最真挚的感情。

还可以给人物加上成长轨迹，将其直接融合在小说的情节里，比如人物是遇到什么事后才变得怎么样。

2. 直接描写人物

在短篇小说里较为常用的就是通过描写人物的语言、外貌、行为、心理等来直接塑造人物。

每个人物都有自己的语言风格，比如口头禅、乡音、语调等。一个有着良好教育背景的人物，说话可能会文绉绉，可能会说一些复杂的词汇。但如果是一个粗俗的人物，那他说话一定更接地气。

描写外貌时，要挑最有特色的写，省去其他不必要的外貌描写。在写人物外貌的时候也可以善用比喻，比如沈从文在《边城》里，就曾将翠翠比喻成一只小兽，以此来凸显她的灵气和活泼。

人物心理描写不能着大量笔墨，但却不能不写，可以用简单的词来带过，比如"心中一颤""胸口一滞""心口倏然一跳"等。平时可以多积累一些描写心理的简短用词，到时选择最精准最简洁的词语。

二、常见的男女主人设

1. 男主

总裁、影帝、王侯将相、大学教师、律师、创业者、科学家、大学生、高中生、校草、酒吧老板、清冷、病美人、温文尔雅、设计师、画家、侍卫、医生、导演、美强惨等。

2. 女主

影后、实力派女艺人、大小姐、小说作者、编剧、主持人、女老板、女制片人、设计师、丫鬟、皇后、王侯将相家的女儿、妃子、清冷、大女主、学霸、校花、歌手、戏精、锦鲤、黑莲花等。

> 📖 **互动问答**
>
> - 在这些男主、女主人设中，你对哪些更感兴趣？

第六节　环境描写与情感描写

一、环境描写

短篇小说中的环境描写，基本上一笔带过就可以了，不要用大长句描写，尽量让每一句环境描写都起到作用。

1. 可以用环境描写带来的反差感烘托情绪。比如你想写主角此刻非常悲伤，那你就可以把环境描写得特别美好，世界没有因为主角的悲伤而发生任何变化，可以在无形中更增强主角此刻的悲剧色彩。再比如男女主分手的时候可以艳阳高照、满目盛绿，对很多人来说其实就是天气很好、生机勃勃、普普通通的一天，而主角却在这一天经历了人生中非常重要的转折，这种反差感也是描写环境的一种小技巧，反而能把主角衬得更惨。

2. 可以用与情绪一致的环境描写烘托情绪。比如，现在大家形容雨下得大，都会说"雨下得像依萍去找她爸要钱那天一样大"。主角心中悲恸，天气环境也特别不好，惨上加惨，也能起到烘托主角受挫、增强阻碍的作用，更让读者心疼、共情。

3. 可以用环境来转场。比如小说《将进酒》中，作者就利用了环境或物品等作为介质进行转场："萧驰野已经上马，把沈泽川压在身前，冲破大雨疾奔向城门。电闪雷鸣，天像是被撕出了裂口，雨没命地下。陆广白扯掉了破旧的披风，把枪钉在了脚旁。"在这段情节中，萧驰野跟陆广白实则在两处相隔甚远的不同场景下，作者使用了平行蒙太奇的手法，用一场大雨实现了两个场景的连接及情绪渲染。

4. 可以用环境加强人的情绪。紧张时觉得针落可闻，恐惧时觉得空间环境逼仄，开心时觉得阳光灿烂，难过时觉得阴雨沉沉。描写到情绪时可以一笔带过当下的环境，既写环境，又写心理。

5.可以用环境描写增强主角的人设。例如男主或女主的家里，可以一笔带过冷色调或是暖色调、简单或是复杂的装饰，有没有什么名家真迹、特殊摆设等，这样就很容易辅助读者想象主角是一个什么样的人，能更好地帮作者塑造人物。

6.第一视角描写环境。用"目之所及"的描写方法有利于加强读者对文章的代入感。短篇小说大多是第一人称，读者带入的是"我"的视角，"我"看到了什么、听到了什么，有什么一下引起了"我"的注意，这些都是能提升读者代入感的剧情。不要用华丽的辞藻，用最直白的语言将目之所及直接表达出来即可。

7.以环境为锚点，可以做一个完美的呼应。比如在男女主感情焦灼或者是剧情推向高潮的时刻，下雪了，或是谁抬头看到了月亮。在文章的收尾处或是剧情需要的时候，你想让人带回到前面的剧情或者是情绪中时，可以用这个环境描写来直接带过去，完成一次完美的呼应，既新颖又能很好地让读者联想到前面的剧情，传达情绪。

二、情感描写

我读过一本关于描写情感的工具书《如何描写情感》，上面有一个"情感公式"，我觉得十分受用，在此与你们分享。

情感描写分为以下几种。

1.外部信号。人类在体验情感时产生的身体反应，情绪越强烈，身体的反应也就越剧烈。

2. 内部感觉。人体内部的本能反应和生理性感觉。

3. 精神反应。情感的思维模式。

4. 体现强烈情感或长期性情感的信号。人在情感非常强烈或持续时间较长时表现出来的外在、内在或精神反应。

5. 体现受压抑情感信号。人在试图掩饰自身的情感或是对情感尚不自知时，表现出来的外在、内在或精神反应。

我们按照这五种描写来举一个描写悲伤情绪的例子：外部的信号可能是哭肿的脸和眼睛；内部的感觉则是胸口痛，胸闷等；精神反应是不愿意与他人交流，想要独处；第四种描写可能是食欲不振、绝望等；第五种是转身离开，或者为使自己平静下来而中断谈话等。

我们在进行情感描写的时候都可以按照此公式来思考，找到主角的核心情感，使读者更有代入感。

PART

5

职业网文作家的养成

真真的秘诀是多读多做。

——沈从文

第十三章　入门

第一节　新手入门——从敲下第一个字开始

据不完全统计，国内网文作者的数量有八百多万。可实际上，在这个庞大的数量背后，真正保持每天在更新的作者却仅仅只有几万人，而能通过写作变现赚到可观稿费的，就更是少之又少了。

因此以我的个人经验来看，新手入门写小说，只有在正式敲下键盘、开始输出内容时，才算是真正意义上的入门。不论是查阅资料也好，在开书前各种筹备也好，这一切都是基于理论层面。但写小说不光需要理论知识，还需要实践才能出真知。即使前期的准备工作做得再好，如果你不去写，稿费自然也不会凭空冒出来。

这些年，网文圈的新人作者犹如过江之鲫，数不胜数。我曾见过很多新人，在入行之前各种翻阅资料，各种罗列大纲细纲，主线支线暗线井井有条，但准备了半天，却迟迟不肯动笔去写，最后就这么倒在了入门前的第一关。这类事情看上去挺荒谬，可实际上在网文圈内很常见。

很多写作经验和感悟，只有你去动笔写，去敲键盘，才能真正领悟，动笔去写甚至比理论学习都重要。可如果连这样一件简单的事你都没有下定决心开始，那么想要通过写作完成变现自然遥遥无期。

第二节　完成比完美更重要

这些年来，很多新人作者在开始正式创作之后，会因为作品无人问津，或者流量数据不够好，对收益不够满意，而产生了放弃的想法。这就导致很多"烂尾作品"流入市场，最后被时代的洪流彻底淹没在网站的书库深处。

很多新人作者切书[①]成瘾：流量不好？切！收益不高？切！差评太多？切！一来二去，最后能够顺利完本的作品寥寥无几。看似节约了试错的时间成本，可实际上却是走了更多的弯路。

以我个人经验来看，新人入门写作，追求作品的完美远远不如好好完成一部作品重要。只有真正意义上从头到尾写完一本作品，你才会真正发现自己身上存在的问题。要知道，并不是每个作者都能对自己身上的问题有十分清晰的认知。

我曾见过一个天赋异禀的年轻作者，在第一本书写到三十万字的时候，因为收益不如身边同期的作者，果断选择断更。后来他跑

---

① 切书：形容一刀切，作者因为某些原因，写到一半直接不写了。

来请教我，并在我的辅导下反思了自己的问题，发现是因为写到了主角慈悲心泛滥的毒点，导致读者大批量流失。在吸取了经验教训之后，他在第二本新书中改善了这个问题，让主角变得杀伐果断，结果在写到五十万字的时候，又出现了新的问题——主角变强的速度太快，已经打遍宇宙无敌手，没得写了。于是，这位年轻作者再次断更，之后便有了第三次、第四次、第五次……直到第 N 次的时候，他的新书终于有了起色，前五十万字成绩还算不错；可当他第一次将作品写到六十万字之后，后续剧情还是不可避免地出现了新的问题。

　　事后，这位年轻的作者进行反思，发现原因出在自己根本没有任何长篇的写作经验，一直在开书和断更之间来回循环，就算切了无数次书，终于有一本比较有起色，但他还是因为没有完结作品的经验，白白错失了大好良机。

　　因此，我建议新人作者还是先耐心完成自己的第一部作品，善始善终，总结经验与教训，稳扎稳打才是最高效的进步方式。

第三节　如何浏览热榜、研究红文

　　经常有新人作者问我一个问题：我也想写小说，该从哪入手呢？这个时候我通常会问对方几个问题：你平时看小说吗？在哪个平台看小说？看什么类型的小说？如果对方能够说出一本如今正在看的热榜上的作品，那我就觉得这个人离成为作者不远了，因为很多新人作者甚至连网文都没有看过几本。

为什么现在很多编辑和老作者都会强调扫榜的重要性，就是因为现在的网文市场和早些年已经有了很大的不同。早些年网文市场并不成熟，作品和作者都不多，哪怕不看小说，你也有可能另辟蹊径写出一部专属于自己的作品，让读者觉得新鲜；可现在网文市场的作品已经趋于饱和，各大类型、题材几乎都被人写过了，在内容同质化比较严重的情况下，如何**推陈出新**才是作者面临的问题，而研究市场也是作者的必修课之一。

新人作者如果对网文的认知还处于一种迷茫的状态，不知该从何处下手，不如先从浏览热榜、研究红文开始，对如今的网文市场有了一定了解后，再开始创作。

一、如何浏览热榜

榜单虽然多，但是能够冲上榜单，尤其是能排在前几位也不是那么容易的事情。以前的网文网站大多都是付费阅读，编辑有一项很重要的工作就是排榜，即定期更换榜单，把近期成绩比较好的作品往上放，后继无力的作品则向下调。

榜单种类繁多，像番茄小说网有推荐榜、完本榜、口碑榜、高分榜、人气榜、阅读榜、巅峰榜、追更榜、热评榜、黑马榜、热搜榜等。

七猫中文网有必读榜、推荐榜、飙升榜、大热榜、完结榜、新书榜、脑洞榜、投票榜、热搜榜、好评榜、打赏榜、粉丝榜等。

起点中文网的榜单种类比较多，有月票榜、畅销榜、新书榜、阅读榜、出圈榜、剧场榜、完结榜、书友榜、收藏榜、角色榜、名作堂、更新榜、推荐榜、书单榜等。

浏览榜单的时候，可以直接挑一些热门的书籍，推荐榜通常是根据你看书的喜好由系统来给你推荐的，这些书籍也会反复出现在你的主页上面。高分榜、热搜榜、畅销榜、飙升榜这几个榜单都是近期比较热门的红文，值得研究。当然也可以直接锁定题材，挑自己想看的题材去研究。

作品越在前，被人看到的概率越大，点进去看的人自然也越多。一本小说作品能够冲上榜一，那一定是全平台大爆的作品，你会在很多热门榜单上都看到它的身影，很多书你可能没看过，但书名一定听过。如果你周围的信息并不发达，很晚才知道某部火爆作品，那么有可能等你知道的时候，它已经被改编成了有声书、广播剧、短剧或者影视化了，它会以另外一种形式让你知道。

榜单上靠前的作品，前十位基本上都是大爆款。长篇小说字数多，更新相对慢，一部作品要在全平台上线大概需要三十万到四十万的字数，甚至更长；连载的时间也很久，一百万字以上的作品连载期短则几个月，长则好几年。大爆的作品在榜单上的位置都比较固定，再往下排则是小爆款，哪怕是小爆款，一直停留在榜单上，也能被喜欢这种类型的读者看到。

二、怎么研究红文

研究红文，也是我们常说的"拆书"。

拆解一本小说，有点像我们上学的时候做阅读理解，把一部小说的骨架给拆开，拆出小说的主要组成部分：人设、情节、钩子、文笔以及写作技巧等。甚至还可以去仿写一些片段，作为文笔的练习。

大多数的时候，我们看小说都是以一种读者的心态，主要是看故事，很少会分析作者为什么会这么写。可是对于写作者来说，看小说也是一种学习，会下意识地去分析、做笔记，这也是输入的一部分。

很多新人作者会吐槽榜单上的一些小说情节相似，套路一致，同类型的看几本就看不进去了，甚至连一本都看不进去，尤其是一些小白风的文，文笔都很稚嫩，细节方面也经不起推敲。为什么这样的文会火呢？

一来，你之所以看不进去小白风的文，是因为你不是此类作品的受众群。小白风小说的下沉市场是非常庞大的，因为阅读门槛低，而且噱头足，总有看得进去的读者，这类作品就是为这些受众服务的。我经常用高档餐厅和路边小摊来作比喻，也许不那么贴切，但确实路边小摊更加适合大众胃口，大众也消费得起。

二来，市场上每年有那么多作者和作品，能够冲上榜单被读者看见的书必定有其优势，而且是通过了市场的检验和认可的。读者当然可以疯狂地吐槽，但你身为作者，不妨辩证地去看待，放下心里的成见去研究一下，人家写的小说究竟为什么会火，为什么会被这么多的读者喜欢？

当你真正开始分析、研究红文的时候就会发现，这些小说不论什么题材、文笔如何，无一例外的是开篇都非常精彩，很吸引人。

一部小说能够出圈，精彩的开篇占至少三分之一的原因，甚至我们常说好的开篇是小说成功的一半。毕竟只有开篇吸引人才能留住大部分读者继续看这部小说，了解后面发生的故事。

长篇小说的章节和内容都太多，拆不完全部。我研究红文的时候会重点研究开篇前五章，拆书时没有什么固定的格式，通常是把书名、题材类型、文案誊写下来，便于后续翻阅。文案部分我会全部抄写下来，因为它包含小说的感情线、核心梗、主要故事脉络，还有钩子，是一本书最精华的部分，而且一本出圈的书，它的文案通常也会很吸引人。如果作者文笔极好，我会用阅读 App 把第一章从头到尾抄写下来，然后做电子笔记，逐句逐段分析。可以用阅读 App 来做分页，把作者的一些奇思妙想和写作技巧等值得你学习的部分记下来，一点一点地去积攒经验。

📖 知识卡片

小说的开篇通常都是由作者精心修订过的，所以里面都是重要信息点，不会有太多废话，因此我们拆书的时候需要把重要的信息点、出场的人物和场景等都划下来或者标注一下，在旁边记录作者的一些写作技巧和伏笔、巧思等。

不过每个人在意的点不一样，有些人在感情线的叙述上比较薄弱，就会重点学习这一块，有些人在期待感的拉扯上有所欠缺，就会主动去取长补短，哪里弱就重点拆哪里。拆书其实是一件挺慢的事，但这个过程就像做脑部按摩一样，也挺舒服的。而且研究别人的作品时，你也经常会激发一些别的灵感，触类旁通，所以保持输入很重要。

第十四章　进阶

第一节　如何保持高效率的输入与输出

想要写好小说，并通过写作进行变现，平日里的输入与输出绝对是最为关键的因素。而想要保持高效，无非就是坚持二字。但如果你能够在此基础上掌握一些技巧，那么就会在坚持的过程中少一些辛苦，多一些回报。

在我这些年接触过的作者之中，不管是新人还是老手，不少人都会出现以下两种状况：

第一，只输入，不输出。他们一直在各种看书查资料，但迟迟不肯动笔。

第二，只输出，不输入。这种情况在老作者身上更为常见，他们每天都在高强度地码字，但读的书却越来越少，最后导致自己始终受限于目前所擅长的题材，难以再往上精进，或者直接被市场和时代淘汰。

只输入不输出的作者，说直白一点儿就是太拖延、太懒了，缺少咬牙坚持写的决心；而只输出不输入的作者，更多则是由于自身审美随着时间的推移逐渐固化，很难再向其他方向兼容。

而想要真正保持高效的输入与输出，也是有一定技巧的。很多新人作者在刚入门的时候对于自己的定位十分迷茫，再加上网文市场题材繁杂多样，难免乱花渐欲迷人眼，有些无从下手。之后，他们就容易陷入东一榔头西一棒槌的学习状态，各种题材的书都看，但看完之后，又汲取不到多少营养，输入与输出的效率都极低。

而想要解决这个问题，我们首先要做的就是给自己定好准确的方向与目标，知道自己想写什么。你对什么样的题材最感兴趣，就先朝着这一个方向下手，并在后续的写作过程中有针对性地进行调整。自身的优势需要继续精进，那么就去找同类型的比自己作品成绩更好的书去读，并且学习之后不要拖延，要第一时间落笔去写，实践出来；而对于自身不擅长的方向，则需要学会把审美向下兼容，从基础开始做起，多读书、读好书，去其糟粕取其精华。

每天写完稿子之后，可以在睡觉前读上两本同类型的好书，并为第二天要写的内容提前做好构想和规划。如果遇到犯懒或者拖延的情况，就多想想那些靠写作完成变现的同行：别人能够坚持，为什么自己不能？别人能出成绩，为什么自己出不了？

切记，只有保持高效率的输入与输出，才能真正立足于写作行业。如果你真的下定决心开始写作，那么就请选择好方向之后，果断咬牙坚持下去，你的付出一定会有所回报！

对于写作之路上常见的几种瓶颈期，我在此举几个例子。

1. 卡文：写文写到一半卡壳了，作者不知道怎么写后续的内容，灵感枯竭。

2. 动力缺失：由于对收入不满意，或者作品流量减少，作者心态出现问题，没有动力坚持写作。

3. 自我怀疑：因为作品的成绩起伏不定，没能达到自己的心理预期，或者看到了某些读者的恶评和差评，作者时常陷入迷茫和自我怀疑，无心创作。

4. 外界因素：写作质量容易受到身边环境的不可抗力影响，作者的创作思路时常被打断，无法专心投入写作。

以上四点是我这些年来最常见到的，也是在新人身上最容易出现的瓶颈期。究其原因，还是在于一个"懒"字。卡文的时候懒得去寻找灵感，动力缺失的时候懒得去鞭策自己去取长补短，自我怀疑的时候懒得去调整心态，被外界因素打扰的时候懒得去摆脱现状。其实很多时候，这些所谓的"瓶颈期"，都是可以咬咬牙渡过的，只是看你有没有这个决心而已。

至于突破瓶颈期的技巧，其实也很简单。以最常见的卡文为例，我们来深层次解析一下。多数作者在卡文的时候总是爱钻牛角尖，导致自己陷入了思维死循环。这时最好的办法就是立刻停止当下的思绪，将注意力转移到其他方面，读一读同类书籍，寻求破局之法，或者走出家门，换个环境放空一下，也可以和朋友聊聊天。

人一旦把注意力聚焦到一件事情上，就非常容易焦虑，而越焦虑就越做不好事情。因此我们要做的就是转移自己的注意力，一旦紧绷的精神放松下来，注意力不再集中于卡壳的内容上，用不了多久思路就会豁然开朗，卡文自然也会迎刃而解。越是陷入瓶颈期的时候，就越要行动起来，不要坐以待毙，瓶颈期并不会因为你的原地等待而自己消失。

第三节　写小说应该全职吗

对于这个问题，我对外的答复一直都很统一：普通人在刚入门，还没出成绩的时候，千万不要全职。

因为写作本就是一个起伏不定的行业，哪怕是行业顶尖的作者也有辉煌和落魄的时候。辉煌时甚至年入几百万；但也许几年后就会因为跟不上时代而被市场快速淘汰。

大神尚且如此，新人就更不用说了。除非你有足够的资本和家底，能够支撑你在写作入不敷出的时候照样可以吃得饱穿得暖，不然的话，还是不太建议贸然选择全职写小说。

就拿我个人当年的经历来讲，我从高二开始写网文，一直到大学毕业时已经有了近六年的写作经验，从第三本书开始月入过万，之后的其他作品也陆陆续续出过成绩，其中一本更是常驻网站畅销榜单上游，巅峰时期位列第六。那个时候我手里已经拿着远超同龄人生活费的稿费，对于未来全职写作，我有着十足的信心与把握。

然而，世事难料，2020 年之后我所擅长的题材开始受限制，紧接着，在新冠病毒感染疫情的影响下，我在长达一年的时间里，基本上都没出过门。那个时候我宅在出租屋内，每天像是机器人一般不间断地进行创作，可当我第一次写自己不擅长的题材时，新书成绩直接一落千丈，我一度交不起房租、电费，吃不起饭，甚至某天因为卡文断更，我丢了当月的全勤奖，闷在被子里抱头痛哭。

长期全职写小说的压力、没有社交而产生的孤独感，再加上作品成绩始终没有起色而产生的失落感，种种情绪叠加在一起，致使我在之后两年的时间里一度陷入焦虑与迷茫。所幸后续我咬紧牙关，鞭策自己突破了瓶颈，不然今天的我或许早已被淹没在了市场的浪潮深处，告别了写作行业。

其实，在大家看不到的地方，很多全职作者都时常会因为每一本书的成绩起伏、收入高低而陷入迷茫与焦虑之中。如果你正是一个陷入迷茫的全职作者，那么就要积极地调整心态，同时督促自己多看多写，始终保持进步，以避免被市场淘汰；或者你也可以暂时暂停全职写作，去找一份工作，把写作当成兼职来做。

同样的道理，也送给目前还没有做全职作者，但是有这个想法的朋友。在入门初期，可以先把写作当成一个副业，在不影响生活和工作的情况下，尽可能利用空闲时间提升自己。如果后面你的写作成绩有了明显的进步，收入足以让你吃饱穿暖，养家糊口，且仍有富余，那么再去尝试全职写作也未尝不可。

第一节　如何写出爆款小说，成为畅销书作家

如今的网文市场和以前不一样了，越来越市场化，也越来越系统化。作品的质量作者自己说了不算，编辑说了也不算，而是需要拿到市场上去检验，经过层层测试，数据比对，才能知道这本书的成绩究竟如何。

写作是没有捷径可以走的，就是要不停地写，不停地看，不停地练。但想要写出爆款小说，成为畅销书作家，有没有最短的路径呢？我想也是有的。

一、多尝试，找到自己擅长的赛道

写作赚钱的赛道很多，公众号、纸媒、出版刊物、网文，包括做自媒体，都可以通过写作来变现，变现的方式和手段会有不同。

公众号会比较好上手，一篇稿子几百到上千字，稿费几十元、几百元甚至几千元。小体量的公众号过稿容易，但稿费少；大体量公众号过稿难，但稿费相对多一些。

纸媒像《读者》《青年文摘》等老牌的杂志，依然还在收稿。

想走出版路线的话，要么作者本身有名气，出版社会主动约稿，要么作品足够火，被出版社看中，当然也可以自己去出版社投稿。传统文学对文笔的要求比较高，过稿不易。

相对来说，网文比较适合想要在写作领域长期发展的普通人，成本比较低，也好上手。只是网文也有很多不同的类型，短篇小说、中篇小说和长篇小说的赛道都不同，不论哪一个赛道，头部作者都是相当赚钱的，即使是中部作者，收入也很可观。新人作者在写作初期可以大胆地多多尝试，无非就是付出一些时间成本，各个赛道都试试看，总可以找到自己擅长的那条赛道。

二、找到自己擅长的题材、类型

每个作者擅长的方向、类型和题材都不相同。作者在刚写作时肯定是按照自己最喜欢的来，但随着年纪增长，阅历增加，喜欢和擅长的风格和题材也会随之改变，自然也可以适当地做一下调整。

譬如我最初写小说时是写古言大长篇，熟悉我的编辑都知道我擅长古言宅斗类型，前来约稿的编辑约的也都是古言。但写了几年古言小说后，我有些腻了，写不出什么新花样，便开始转战现言，虽然这条路走得并不顺畅，但我还是走过来了。现在很少有编辑知道我以前是写古言的，前来约的都是现言的小说。

我是一个非常追求新鲜感的人，因为总写一个题材很快就会写腻，也不容易出成绩。曾经我也懊恼过我为什么不能像一些作者那样只专注于一个题材写作，这样可能我会发展得更好。后来，我在余华老师的《我们生活在巨大的差距里》找到了这个问题的答案。

我觉得作家在叙述上大致分为两类，第一类作家通过几年的写作，建立了属于自己的成熟的叙述系统，以后的写作就是一种风格的叙述不断延伸，哪怕是不同的题材，也都会纳入这个系统之中。第二类作家是建立了成熟的叙述系统之后，马上就会发现自己最拿手的叙述方式不能适应新题材的处理，这样他们就必须去寻找最适合表达这个新题材的叙述方式，这样的作家其叙述风格总是会出现变化。我是第二类的作家。

所以我们不需要墨守成规，也不需要故步自封。新人作者可以勇于尝试新的题材，多试错，最终总能找到自己真正擅长的题材。我也是用了八九年的时间，经历了无数次的失败，才终于找到了我擅长的题材。

找到自己擅长的题材后，下一步要做的，就是深耕。

三、深耕

"深耕"二字，说起来容易，做起来可不简单。它需要你夜以继日为之努力，付出时间、精力、耐心，并且极有可能在短时间内看不到收获和成果。

　　就好比我已经找到了自己擅长的题材和风格，可是在写的过程中发现自己依然有很多的欠缺，有许多薄弱的地方，而且不是一天两天就能够迅速调整过来的，我只能放慢脚步，一点一点地去调整。我经历了数次失败，才发现我擅长的类型是无线风的爽文，比起感情流我更擅长剧情流，而且我比较擅长写追妻火葬场的题材。那么接下来我要做的事情，就是不断地看这种类型的小说和文章，积累素材。

　　如果要写现言，那么我就要结合当下的热点，是写一篇闪婚的先婚后爱小说还是离婚的马甲爽文？敲定元素后就要开始针对这些元素开始做灵感整理，不停地扩散思维，想象着主角们会经历什么，怎么写这个故事才会有趣。如果要写古言，那么我就要思考，把这个故事设定在什么样的时代背景比较合适？男女主角是什么样的关系？他们要一起经历什么？他们有什么样的目标？

　　写作中我们要考虑的东西有很多，写之前要查阅资料，写的过程中也要不断填充，写完后不论作品好坏都要做一下复盘。

　　写作和生活一样，需要无尽的坚持和忍耐，才有希望抵达目的地。目的地那里有什么，只有真正到了才知道。

第二节　不要轻易爆马甲

　　我从事写作很多年了，身边有不少亲戚、朋友都知道我在写小说，但具体写什么小说、在哪里写，他们并不清楚。有比较好奇的人也会过来问我，笔名是什么，作品是什么，想去看看我写的东西。我通常会回复："不好意思，不掉马。"

　　"马甲"指的是作者的笔名。网络小说作者很少有直接用真名写书的，通常会起一个笔名，甚至在不同的平台会用不同的笔名去写。现在是互联网时代，在网上什么都能搜到，也有朋友从种种途径得知了我的笔名，去看我的作品，当她们兴冲冲和我分享的时候，我总是有一种淡淡的尴尬感。

　　写小说是我的工作，工作本身没什么好羞耻的。只是网文作品有点像虚拟世界的产物，那个世界对我来说如同精神上的秘密花园，与现实生活既有关联，又绝对分离。我并没有很想和身边的人分享这个秘密花园。

　　以前，我没有太多因为爆马甲带来的困扰，直到我开始做自媒体，因为没有太多经验，我直接用自己近些年的一个笔名注册了平台账号，分享自己的写作经历、写作经验，每个月发了稿费也会将稿费截图分享到平台上，由此收获了一部分粉丝。于是，很多关注我的朋友会去搜索我的作品。做自媒体，我觉得真实、真诚是很重要的，我也不介意把自己大大方方展示出来。在收获一些朋友的厚爱的同时，也会收获一些质疑和抨击，为我带来了些许困扰。

刚开始做自媒体的时候，评论区会有一些人发表一些令人不太舒服的言论，比如："财不外露，还是建议低调点儿，闷声发大财。""稿费一看就是 P 的，要不要这么假。"还有人用自己的专业知识逐步分析我截取的稿费图片，说有问题。也有一些新人作者怀疑：写作真的能赚这么多钱吗？

当我选择把自己的写作事业展示出来的时候，自然就会有人夸、有人骂，这很正常。就好像我的小说作品也会有喜欢看的读者和不喜欢看的读者。世界很多元，每个人的喜好都不同，善意的批评我都是可以接受的。

爆马甲也并非完全不可取，毕竟关注你的人搜到你的作品后，至少会觉得你这个人是真实的，不会一味地怀疑你根本就不是写小说的，少了一些自证的流程。但与此同时，也会有一些弊端。譬如有一些人去搜索完并草草看了一眼我写的小说后，就在评论区大骂我写的东西"很垃圾"；还有一些人搜到我的作品后，不去看成绩好的作品，只将成绩差的作品圈出来，发到评论区质疑我："那你这部作品挣钱了吗？为什么数据这么差？"我身边还有朋友遇到过爆马甲后被人恶意刷负分，或者举报，以及造谣等不友善的事情。

起初我也想要去解释，但往往你解释了这个，对方又会质疑你那个，所以后来我懒得理会，也不再陷入自证的怪圈。误会就误会吧，你所见即是我。

如何形成商业写作思维，打造自己的个人 IP

一、如何形成商业写作思维

近几年，我能够明显感觉到新人作者的商业写作思维要强烈得多，比起我们刚入行的时候非常懵懂地闷头写作，现在的新人作者目标非常明确，写作就是想要变现，就是想把写网文发展成一门副业。

之前我经朋友邀请参加了一场读书交流会，和热爱写作的朋友交流了一下，其中分享的一项内容是：写作变现的内核。拿到这个题目的时候我认真想了一下，后来发现，写作变现的内核就是想办法赚钱，没别的。

我最初写作是出于爱好，但我能够坚持写作这么多年，并且把爱好发展成了职业，最本质的原因还是我通过写作赚到了钱，能够养活自己并且养家糊口。

写网文想要快一些获得收入，除了需要作品本身质量好，还应该优先选择一些主流元素来写。如果你不知道主流元素是什么，去常看的阅读网站看一下榜单前十位就知道了，这样的热门作品通常被叫作"市场文"。不要嫌市场文"俗"，既然你想赚钱，想要具备商业写作思维，那研究市场就是你必须要做的一件事情。

大神作者能够做到引领市场，但新人的写作水平还达不到那种程度；如果自己不是天赋型的作者，那么就尽量往大神作者的方向靠一靠，先写了再说。

灵感很重要，执行力更重要。空想无意义，做起来就是了！

二、如何打造自己的个人 IP？

自媒体发展起来以后，个人 IP 越来越多。骆王宇、程十安等成了美妆博主的大 IP；董宇辉靠着自己独特的魅力和文化底蕴在直播界打开了一番天地；写作类的 IP 像花大钱、琬玲珑、谈亦默等都是做得比较好的。

很多人觉得，这不就是网红吗？没做自媒体之前，我也这么觉得。但做自媒体之后，我越来越觉得"个人 IP"是商业的一种模式，就像把自己变成一种商品，要把自己推销出去，让更多的人知道"我"。

个人 IP 并不好做。明星本身自带 IP 属性，因为他们有名人效应，自带光环，本身就有许多普通人难以企及的身份和特质。那么普通人要如何去打造自己的个人 IP 呢？现在很多人都在谈个人 IP，听起来高深，但其实特别简单。当我们提到某一个人，你会想到什么？比如提到余华，你会想到他是一个作家，一个很有意思的作家。那么延伸到你自己身上，你让别人记住的点是什么？

第一步，你要有一个身份。比如大学生、画画爱好者、单身独居、极限运动爱好者、手艺人等，要尝试多维度地找自己的定位。

第二步，你需要知道自己能够输出什么样的内容。大家喜欢看你的点有哪些，你能够为别人提供什么。这就是我们说的自己的价值。

第三步，确定形式渠道。你准备如何输出你的内容，如何让别人关注、看到自己？是图文，视频，还是文章？

第四步，要重新思考一下自己的特点和性格。你想给别人留下什么样的印象？你有哪些特点？有趣，高冷，温柔，还是暴躁？

第五步，也是很重要的一步，那就是营造记忆点。你的独特之处是什么？你能够让别人看一眼就记住的是什么？

按照这样的步骤来做，你的人设就会变得很丰富、很立体、很真实。

拿我自己举例，我就是一个普通人，在写作领域也不是大神作者，只能算是一个写了很多年，对写作这一行比较了解，还有那么一点点成绩的老作者。想想自己的优势，也只有写作经验了，那么我就分享一下自己的写作经历吧。最初，我对做自媒体没什么概念，但那个时候我有了一点儿做个人 IP 的意识。首先，我的内容比较垂直，发的都是写作方面的内容，关注我的粉丝也都是想看写作方面的东西。一开始，我发一些生活方面的日常，大家不一定买账；但后来大家慢慢了解我了以后，就开始想看我的日常生活了，粉丝逐渐有了黏性。我分享的是自己的真实生活，或许并不那么精致，但足够接地气，总有一些朋友能够在我的生活和我的写作经历里找到共鸣。

对我来说，做自媒体最大的收获反倒不是收入，因为我接广并不是很多。我最大的收获是通过做个人 IP 认识了很多志同道合的朋友，由此得到了很多别的工作机会。所以，打造个人 IP 的过程，其实就是个人成长的过程。

做自媒体和写小说有异曲同工的地方，那就是写故事。写小说是写别人的故事，做自媒体是写自己的故事。比如你想做写作博主，肯定要讲写作干货，但不能只讲干货，你的写作经历、你的作品、你的收入、你对于写作的态度、你未来的目标和方向，这些都构成了一个完整的你，也会让你变得更有温度。互联网让人变得焦虑，因此真诚、真实就显得格外重要。我看到过一句话："现在自媒体就是一个比谁更真诚的地方。"哪怕讲故事，也要讲得真实、生动、可信，虚假人设是撑不了太久的。

普通人做博主，一人就是一支队伍。从选题、拍摄图片、撰写文案、剪辑视频到和品牌方对接等，都是要一个人做的事情。在这个过程中，你也会发现自己要学习的东西有很多，并且越来越多，这也是一个学习和成长的过程。

我经常觉得自媒体是我和外界建立链接的桥梁，我向世界讲述关于我自己的故事，收获很多和我有共鸣的朋友，多么有意思。当然，做自媒体也不是一味地输出，要懂得"利他性"，也就是说，你输出的东西要对别人有价值，不论是情感价值，还是实用价值，要有用，别人才会关注、收藏、点赞。

打造个人 IP，就是打造属于你自己的世界，如果你觉得有意思，不妨试试看吧。

后　记

　　感谢大家看到了最后一章，也很开心大家即将去构建属于自己的小说世界。

　　从某种层面上来讲，小说作者很像一个"造物主"，写小说的过程是一个从无到有的过程，你一点点塑造人物，一点点刻画情节，小说里的世界就在你下笔的那一刻开始转动，就在你停笔的那一刻达到圆满。而这期间也只有你自己知道，自己究竟经历了多少迷茫和痛苦。但是，在这条路上的你我依然甘之如饴，因为和完结一本书的喜悦比起来，那些纠结和痛苦好像也不算什么。

　　我们三个人都是出于对文学和小说的热爱踏入的网文圈，各自取得过一些成绩，也经历过很多挫折，翻过了一座又一座高山，我们一路摸爬滚打着前行，浮浮沉沉，见到过很多不同的风景。十年的写作生涯，让我们一路见证了网文市场的发展和变化。书中观点均来自我们的个人拙见和经验总结，如果有表述不恰当的地方，还请读者见谅。市场飞速在变化，书中分享的一些经验，或许会存在一定的滞后性，尤其是在迭代飞快的网文风向中，大热的题材和类型随时都会随着时间推移而产生变化，如有不同见解，欢迎大家进入此书的读者群，与我们随时沟通交流。此外，我们还有许多内容想和大家分享，如拆书案例、各种题材的案例分析等，但篇幅有限，未能逐个展开，我们会在群里与大家分享和讨论，同时，我们也会在群内分享最新的市场资讯、与大家交流"互动问答"中的问题，与大家一起学习，共同进步，做到真正了解市场和最新网文风向，共同打造一个良好的网络文学环境。

后记

谢谢人民邮电出版社的编辑们一遍遍耐心地与我们开会讨论，才有了这本书的诞生；谢谢一直以来支持我们的读者和粉丝，你们给了我们莫大的动力、勇气和信心。如果有机会的话，希望《网文写作变现》这个系列可以一直写下去，让我们共同见证彼此的成长。

我相信，在这条写作的道路上，能力比运气更重要。运气也许能让你的一部作品火起来，但是要想持续写下去、持续出成绩，还是要靠自己的能力——比如阅历丰富、能够深刻洞察人性，比如脑洞很大、总是能构思出新颖的情节和创意，等等。让我们不断学习，好好打磨自己的作品，剩下的，就交给时间和市场来检验吧。

最后，希望大家都能灵感多多，过稿顺利，写下的每一个字都会被更多人看见和喜欢。这一路无疑是辛苦的，但一定是值得的。只要有足够的热爱与坚持，我们终能在写作之路上建起属于自己的里程碑。

一起加油！